谨以此书纪念中国人民抗日战争暨
世界反法西斯战争胜利八十周年

2021年度佛山市原创文艺作品创作扶持项目
2022年度顺德区文艺精品创作生产扶持项目
2022年度佛山市文艺精品重大题材生产出版扶持项目
2021—2024年顺德融媒（《珠江商报》）重点支持文化项目

火血凤江红

抗战中的顺德

KANGZHAN ZHONG
DE SHUNDE

王茂浪 著

SPM 南方传媒 | 广东人民出版社

· 广州 ·

图书在版编目（CIP）数据

血火凤江红：抗战中的顺德 / 王茂浪著. -- 广州：

广东人民出版社, 2025. 2. -- ISBN 978-7-218-18483-8

Ⅰ . I25

中国国家版本馆CIP数据核字第2025757YE3号

XUEHUO FENGJIANG HONG： KANGZHAN ZHONG DE SHUNDE

血火凤江红：抗战中的顺德

王茂浪　著

出 版 人：肖风华

策划编辑：汪　泉
责任编辑：王　茜　李幼萍
责任技编：吴彦斌
封面设计：萨福书衣坊
排版制作：广州市广知园教育科技有限公司

出版发行　广东人民出版社
地　　址：广州市越秀区大沙头四马路 10 号（邮政编码：510199）
电　　话：（020）85716809（总编室）
传　　真：（020）83289585
网　　址：http://www.gdpph.com
印　　刷：广东鹏腾宇文化创新有限公司
开　　本：787mm×1092mm　1/16
印　　张：21.25　字　　数：280 千
版　　次：2025 年 2 月第 1 版
印　　次：2025 年 2 月第 1 次印刷
定　　价：77.00 元

如发现印装质量问题，影响阅读，请与出版社（020–85716849）联系调换。
售书热线：（020）87716172

序

PROLOGUE

岑 桑

绝对不容淡化的一段痛史

20世纪60年代初，我奉命转到广东人民出版社工作不到两个月，便接受了一项特别任务，前往南京协助时任中国人民解放军海军学院院长谢立全少将撰写革命回忆录。

这项特别任务是时任中共广东省委宣传部副部长李超交下来的。谢立全少将是抗日战争时期由刘少奇同志亲自指派，从延安辗转南下广东，来到我的家乡顺德，任务是加强党对珠江三角洲抗日游击队的军事领导。其时，李超已参加了当地的抗日游击队，与谢立全成了战友。

正是基于这种关系，谢立全委托李超为他物色一名比较熟识珠三角情况的当地人，帮助他完成写回忆录一事。也许因为我是顺德人之故，李超副部长向谢立全将军推荐了我，谢立全表示乐意接受。我遂于1962年春前往南京中国人民解放军海军学院晋谒谢立全将军。谢立全将军把我安排在离他家不到200米的海军学院招待所住下来，让我每天三顿都到他家，与他们一家四口同桌吃饭。

那时，谢立全将军看起来离五十"知天命"之年尚远，魁伟、硕壮、谦逊、随和，甫见面便给我留下可亲可敬的兄长般的印象。他每天有余暇便来招待所找我谈他当年在珠三角的斗争史，由我笔录整理。如是者凡两个月左右，初稿完成。书名《珠江怒潮》，是将军自己定的。

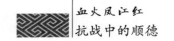

　　脱初稿后，我随即携稿南返。将初稿润色一次后送请领导终审，很快便通过并付印了。书出版面世，受到广大读者欢迎；加上电台以讲故事的风格定时连播，更使之一时成为家喻户晓的作品。

　　六十年前出版的《珠江怒潮》已成过去，到了今日，要从书店搜购一册简直不可能了！难道就让当年日军在珠三角犯下的罪行、灾难临头的顺德人民可歌可泣的悲壮历史，在人们的记忆中日渐消退？

　　不行！那是一段绝不应被淡忘的历史！为此，我对我家乡《珠江商报》记者王茂浪同志拟写一部对《珠江怒潮》有所补充的关于这段历史的作品表示支持，并乐意为之写一篇代序。

　　读《血火凤江红：抗战中的顺德》书稿后，有几点鲜明的印象：第一，当年在日寇铁骑的践踏下，不但顺德人民的血，也不但入侵者到处所放的熊熊烈火是红的；而且作者在书中所述，自始至终都紧扣着中国共产党对这个虽然规模较小的边远战场的关心和领导。读毕书稿令人感到全稿赤帜飞扬、荡气回肠。一切都对应了书名中"凤江红"里的那个显眼的"红"字。第二，这部作品写得真实而细致，对好些正反面的主要人物都予以扼要介绍；甚至对被日寇杀害的众多村民大都逐一列出姓名，对被日寇炸毁、烧毁的民房所值，也都有一清二楚的记录。第三，书稿对当时顺德战场较为重要的战役如"西海大捷"，有细致的叙述，其中不乏动人的细节。作者显然是事前浏览过不少史料、采访过许多知情者和亲临过昔时硝烟弥漫的战地，才郑重下笔的。正是这种严谨的写作态度，使他的作品增添了感人的魅力。

　　当年谢立全将军向我口述历史时，出于谦逊，对他自己在与"敌、伪、顽"三股恶势力的战斗和周旋中的好些故事述说甚少，茂浪在这部作品中为谢立全将军做了若干补充，这也是值得一提的。

　　在这里，我丝毫没有将《珠江怒潮》与《血火凤江红：抗战中的顺德》两书做一比较之意。应当说的是两书各有千秋：谢立全少将写的是自传，是自己亲历的见闻，如实下笔，正如所说的"直抒胸臆为文章"，读之令人感到真实、亲切；但局限于个人所见所闻的角度，无从发挥。

茂浪写的是纪实文学，可以借采访而丰富，其写作视野因而无限宽广，这优越条件自然使作品显得多彩多姿。从《血火凤江红：抗战中的顺德》的书稿阅读感受来看，作者正是充分利用了这一优越条件，强化了此书的魅力。

茂浪跟我交流也有十七八年，他很勤快，吃苦耐劳，经常带着打印出来的书稿和爱人来我家，一起跟我聊文学、谈顺德、说生活，我们之间经常交换作品、书籍来相互学习、交流，他是我一些作品的第一读者，我也是他大部分作品的第一读者。

茂浪正值盛年，已有不短的写作经历和不少成果，尤其可贵的是他对文学的高度热爱，《血火凤江红：抗战中的顺德》这部作品应该说是他的成熟之作，但愿他继续坚持自己体现于这部新作的写作态度、对写作的坚持不懈，不断有新的成果面世。

血火凤江红！感谢我家乡佛山市顺德区宣传和文化部门的支持，感谢我家乡佛山顺德融媒的倾力支持，感谢谢立全少将的小老乡茂浪实现了我"要大写、特写顺德人抗战"的愿望。

是为序。

2021 年 12 月 18 日

岑桑（1926—2022），顺德乐从人，著名出版家、作家。1958 年起在广州文化出版社、花城出版社、广东人民出版社、广东教育出版社、新世纪出版社工作，曾任广东人民出版社社长兼总编辑、"岭南文库"丛书执行主编，获中国出版工作者协会首届"伯乐奖"、广东文艺终身成就奖等荣誉。

人物表 ①

一、中共南番中顺中心县委 ② 领导下的番顺地区人民抗日游击队 ③
(1940 年 6 月—1942 年 5 月)

广州市区游击第二支队

司令：吴 勤

政训室主任：刘向东

司令部教官：谢立全

司令部参谋：谢 斌

秘书：严尚民

独立第一中队

中队长：林锵云（兼）

政训员：黄柳言 ④、何干成（后）

副中队长：郭汉冲、郭 彪（后）

---

① 姓名、职务、时间、建制等信息来源于《珠江纵队第二支队史》（中共番禺市委党史研究
室、中共顺德市委党史研究室合编，1996 年）。

② 1940 年下半年至 1942 年上半年期间，中共南番中顺中心县委书记为罗范群，委员林锵
云、陈翔南、刘向东（实名何向东）、严尚民、谢立全、谢斌。中心县委统一领导珠江三角
洲地区的人民抗日武装。

③ 1939 年 1 月至 1940 年 5 月期间，番禺、顺德地区的抗日游击队未编入序列。

④ 黄柳言，实名莫逢湾。

第一大队 ①

大队长：刘　登（后脱队）

副大队长：张戎生（后叛变）、冯扬武（后）

政训员：林　锋

第一中队

中队长：郭汉冲

政训员：马启贤

第二中队

中队长：冯扬武（兼）

副中队长：肖　强（肖　桐）

第一中队 ②

代理中队长：肖　强（肖　桐）

副中队长：王　流

政训员：欧　初

副政训员：马启贤、方达文

第二中队 ③

政训员：何干成

榄核小队

小队长：黄　鞍

---

①②③　第一大队于 1941 年 7 月撤销，整编为第一、第二中队。同年 9 月，第一中队调中
山县。

政训员：高乃山（马　奔）

副小队长：何　球

二、中共南番中顺中心县委领导下的番顺地区人民抗日游击队（1942年6月—1943年1月）

广州市区游击第二支队

代司令：林锵云

政训室主任：刘向东

教官：谢立全

参谋：谢　斌

秘书：严尚民

独立第一中队

中队长：林锵云（兼）

副中队长：霍　文

中队①

中队长：冯剑青

政训员：何干成、吴子仁（后）

中队②

中队长：陈　胜

政训员：蔡　雄

---

①② 当时为执行具体任务而设。

榄核中队

中队长：冯扬武

指导员：高乃山（马　奔）、黄友涯（后）

副中队长：何　球

副指导员：高乃山（马　奔）

中队 ①

中队长：霍　文

留守西海小分队

负责人：黄友涯、阮洪川

副中队长：梁国僚

三、南番中顺游击区指挥部 ② 领导下的番顺地区人民抗日游击队（1943 年 2 月—1944 年 9 月）

禺南大队 ③

大队长兼政治委员：郑少康

副大队长：陈　胜

副政治委员兼政训室主任：叶向荣

---

① 当时为执行具体任务而设。

② 1943 年 2 月至 1944 年 9 月期间，南番中顺游击区指挥部指挥为林锵云，政治委员罗范群，副指挥谢立全，副指挥兼参谋长谢斌，政治部主任刘向东、刘田夫（后）。南番中顺游击区指挥部统一领导珠江地区的人民抗日武装。

③ 1943 年春，南番中顺游击区指挥部决定，禺南大谷围一带的各人民抗日武装内部统称为禺南大队。

副政治委员：蔡　雄

广州市区游击第二支队新编第二大队 ①
大队长：卫国尧、郑少康（后）
政治委员：郑少康、邝　明（后）
副大队长：卢德耀
副政治委员兼政训室主任：李　海
政训室副主任：李　冲

顺德大队
大队长：陈　胜
政治委员：黄友涯
副大队长：何　球
副政治委员兼政训室主任：高乃山（马　奔）

四、中区纵队 ② 第二支队地区人民抗日游击队（1944 年 10 月—12 月）

第二支队
支队长：郑少康
政治委员：刘向东（兼）
副政治委员：邝　明

---

① 1944 年 7 月，禺南大队改称为广州市区游击第二支队新编第二大队。
② 1944 年 10 月 1 日内部宣布成立中区纵队，司令员林锵云，政治委员罗范群，副司令员谢立全，参谋长谢斌，政治部主任刘田夫，政治部副主任刘向东。中区纵队辖第一支队、第二支队和九个大队。

政治处主任：黄友涯

番禺大队（第二大队）

大队长：戴　耀

政治委员：李　海

副大队长：梁国僚

顺德大队（第五大队）

大队长：陈　胜

教导员：马　奔（高乃山）

副大队长：何　球

五、珠江纵队 ① 第二支队

（一）1945 年 1 月—5 月期间序列

第二支队

支队长：郑少康

政治委员：邝　明

政治处主任：黄友涯

参谋：冯剑青

---

① 1945 年 1 月 15 日成立广东人民抗日游击队珠江纵队，司令员林锵云，政治委员梁嘉，副司令员谢斌，参谋长周伯明，政治部主任刘向东。珠江纵队辖第一支队、第二支队和独立第三大队。

政工队 ①

队长：梁　铁、钱　乔（后）

指导员：卫　民

副队长：钱　乔、廖　了（后）

番禺大队

大队长：戴　耀

教导员：吴声涛

副大队长：梁国僚

中队 ②

中队长兼指导员：陈少东、何　洪（后）

副中队长：黄　石

中队 ③

中队长：蔡　尧

指导员：梁　明

副中队长：苏少伟

中队 ④

中队长：吕　珠

指导员：陈　克

---

① 第二支队的政工队还成立了征收处，主任余民生，副主任何洪，以及妇女领导小组，领
导小组成员有巢健、梁铁、梁炘、霍淑。

②③④ 当时为执行具体任务而设。

顺德大队

大队长：陈　胜

教导员：马　奔（高乃山）

副大队长：何　球

中队①

中队长：严　彪

指导员：冯　来

副中队长：黎　洪

中队②

指导员：梁　奋、张　开（后）

副中队长：马　锦

中队③

指导员：邓　斌

副中队长：苏　洪

中队④

指导员：张　开

中队⑤

指导员：钟　灵

①②③④⑤　当时为执行具体任务而设。

（二）1945 年 5 月—12 月期间序列

第二支队
支队长：郑少康
政治委员：邝　明
政治处主任：黄友涯

番禺大队
大队长：戴　耀
教导员：吴声涛

中队①
中队长：蔡　尧
指导员：陈　克、梁　奋
副中队长：梁　明

顺德大队
副大队长：何　球

中队②
中队长：严　彪
指导员：冯　来

_____

①② 当时为执行具体任务而设。

目　录
CONTENTS

引 子

日寇入侵

1937 年夏天极不寻常，一个在中国近代史上要以特大字号记载的夏天。

1937 年 6 月起，驻在我国河北省丰台的日军进行挑衅性的军事演习。7 月 7 日夜，在卢沟桥演习的日本驻军为了寻找侵略借口，诡称有一名士兵失踪，要求进入北平西南的宛平县城（今卢沟桥镇）搜查。中国守军断然拒绝了日军的无理要求，日军悍然开炮猛轰卢沟桥，向城内的中国守军发动进攻。中国守军奋勇还击，掀开了中华民族全面抗战的序幕。

日军制造卢沟桥事变，占领北平、天津后，又蓄意制造事端，于同年 8 月 13 日，大举进攻上海。久被日本帝国主义欺凌、深受屈辱的中国人民已忍无可忍，抗日怒潮汹涌澎湃，中国军队对日军予以迎头痛击。

1938 年 10 月 12 日，日军 4 万多人在广东惠阳大亚湾登陆，然后长驱直入，于 10 月 21 日占领广州。在占领广州的同时，日军第五师团主力在第五舰队的配合下，进入珠江口，换乘 200 多艘小型舰艇溯江而上来到顺德，10 月 23 日进入陈村，24 日占领龙江，26 日侵占大良。

呼啸而来的日军飞机在大良沙头和容奇圩投下一连串炸弹，随着轰隆的巨响，到处是血肉横飞的惨象，入侵的日军杀人、放火、强

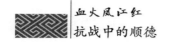

奸……顺德人民惨遭蹂躏。在此过程中，岭南水乡人民虽然进行了英勇的抗击，但最终未能改变顺德沦陷的局面。

广州、顺德沦陷后，中共中央和广东省委先后发布了《"在广州及其周围开展游击战争"的决定》，同时提出"各级党组织应加强武装锻炼，学习战争，学习领导战争，全党学习军事"①的要求，为顺德和珠江三角洲敌后抗日武装的建立和发展指明了方向。

中共顺德地方组织重建后，认真贯彻党的抗日民族统一战线方针，建立抗日民众团体，广泛深入开展抗日救亡运动，建立人民抗日武装。在战备物资和粮食供给极端短缺，日寇、伪军等敌人力量极占优势的情况下，顺德地方党组织领导抗日武装顽强斗争，在岭南水乡组织筹划了一连串大大小小的战斗，为赢取抗日战争的最后胜利做出了积极贡献。

顺德地方党组织快速发展壮大，成为坚强的战斗堡垒，发挥了中流砥柱的作用，使顺德逐步成为珠三角敌后抗战的重要战场。

血火凤江红！在抵御日寇的斗争中，顺德人民在中国共产党的领导下，用生命在桑基鱼塘、河涌水道密布的三角洲上进行战斗。广州市区游击第二支队（简称"广游二支队"）、顺德大队、珠江纵队第二支队的抗战功绩，以及为中华民族解放事业献身的烈士们的英名，永远铭刻在顺德人民的心中。

---

① 中共番禺市委党史研究室、中共顺德市委党史研究室合编：《珠江纵队第二支队史》，1996年，第12页。

第一章　暴敌压境敌忾同仇

募捐筹款共赴国难

1931年9月19日，沈阳失守。吉林、黑龙江相继沦陷。

顺德人民震怒了。

顺德乡村师范学生通电全国，谴责日军"强占沈阳，蚕食全满，毁我国旗，焚我署宅，戮我官民，摧我军备，绝我交通，掠我财物"的暴行，号召国内外同胞"奋起抵抗，共赴国难"，提出"唤醒民众，共同奋斗"，实行"抵制日货"。①

9月27日，顺德各界举行抗日救国大会，即通电全国，呼吁"团结一致，誓死救亡，促蒋下野，重组统一，强固政府，共御外侮"。②

为唤起民众，不忘国耻，在顺德县城，各商店铺户、居民住宅，从10月1日至3日一连三天降半旗，人人臂缠黑纱，上书"国难"或"抗日救亡"字样，所有酒楼停宴，戏院停演，娱乐场所停业。

在顺德中学门前，搭起了大花牌楼，悬挂巨幅"国耻地图"，标示被日寇侵占的东三省区域。

此时，顺德小巷大街，抗日标语蓝纸白字，满目皆是，到处笼罩着肃穆、悲壮的气氛。

很快，顺德乡村师范学生、员工议决："只要国难未有相当解决前，则从缓卸除黑纱。"③

顺德中学学生把纸扎的日寇模具，系以锁链，牵着沿街巡游、鞭

---

①②③　徐国芳：《顺德人民的抗日救亡爱国运动》，《顺德文史》2006年第32期。

挞；"广职""农职""梯云""凤群""广兴"等校师生，连日举行抗日示威大游行，印制、广发《告同胞书》《告学生家长书》，宣传抗日，号召共同抵制日货，并以通俗歌文、图画、话剧、演讲等多种形式宣传抗日救国。

顺德乡村师范、县立二小、三桂小学高年级学生，组成 10 多支宣传队，分赴陈村、新旧圩、勒竹、碧江、三桂、北滘、林头、西城、弼教、仙涌等地宣传抗日。同时，同仇敌忾的大良织巾厂女工，在毛巾上织上抗日口号。

顺德人除了全力支持抗日救国外，还从 1931 年 9 月开始掀起拒用"仇货"（即日货）浪潮，大良、容奇、桂洲、陈村商界，满怀仇恨，率先组织"根绝仇货委员会""对日经济绝交会"和"仇货检查会"，协同各地抗日分会清查"仇货"，庄重提出："今日以后，再有买卖仇货者，天诛地灭""掏出良心，拒绝日货""十九路军将士在前线与敌人拼命，我们岂能忍心在后方摆卖仇货"，号召全民"誓死抵制日货"。[1]

"抵制仇货！采用国货！挽我权利！"[2]在大良城内的商店、学校、工厂、团体和抗日分会，不断举行声势浩大的示威火炬大巡行，沿途高呼口号，广发传单。

各会属下的"仇货检查队"，组织宣传队到乡间教育、串联群众，通告各商号不得采办"仇货"，还制定清查的具体措施与办法，而对某些存有日货未沽清者，即行登记种类、名称和数量，然后放在货架上，盖上印章，规定沽完后，不准再行购办。

顺德有的地方，为杜绝"仇货"来源，统统封存，不准销售，明令警告："违犯规定者，即属私运，或全部没收，或当众焚毁。"[3]并设置群众告密箱，以起检查、监督作用。

陈村为提高民众识别国货与"仇货"的能力，严防鱼目混珠，特

---

[1][2][3]　徐国芳：《顺德人民的抗日救亡爱国运动》，《顺德文史》2006 年第 32 期。

在区立第十小学内举办"仇货辨认会",广泛收集各品类"仇货"汇总展览。陈村"水客"何添,无视检查队有关规定,偷偷替杂货商户购办日本鱿鱼30斤、味素5打,诡称国货,被检查队识破,即被全部没收,当众投入浊流,何添还受到严厉训斥。这一举措吓得何添当众承诺"保证不重犯"。

勒竹乡四十亩下芦(为地名)的周生,偷运海带48包,也被检举查处。而县"抗日大会调查组"主任彭础立,自恃权势,包运"仇货",阳奉阴违,即遭民众包围声讨,成为人人喊打的过街老鼠。

除了抵制日货,顺德人还全力支援东北抗日义勇军的马占山和在上海杀敌的蔡廷锴将军。1932年3月,传来蔡廷锴将军率领的十九路军迭胜日寇的捷报,万众欢腾,各家各户争相购买爆竹点燃欢庆,致县内爆竹脱销。

为激励前方将士奋勇杀敌,顺德援义军分会给前方将士发慰问电,表示"誓为义军后盾",号召全民"有钱出钱,有力出力,工农兵学商,一齐来救亡"[①]。

顺德县内各区乡群众纷纷义捐款物,购买抗日救国公债;学校学生则停课组队在乡间举办游艺义演,义卖鲜花和抗日纪念章,集废铜铁售卖,募捐筹款。

县内各行业,如商店、押店、米机、丝偈等,纷纷呼应。

美国等地的邑内侨胞,也以演戏、劝捐、义捐等方式筹集款项,先后多次直汇马占山、蔡廷锴将军。

民众除了捐款外,还捐出药品、棉衣、被单等一大批物资,仅陈村普育学校购捐的棉衣就达数百套。

随着民族危机的日益加深,中华民族已到了最危险的时刻。1935年

---

① 徐国芳:《顺德人民的抗日救亡爱国运动》,《顺德文史》2006年第32期。

12月9日起，北平、天津、上海、广州等10多个大城市先后爆发学生抗日集会和示威游行，抗日救亡的呼声很快扩展为全国规模的群众运动。

"打倒日本帝国主义！"在救亡呼声的影响下，顺德中学、县一小、县女小、区一小等校学生，组成了顺德大良学生抗日示威游行队伍，沿途经环城路、县前路、阜南路、华盖路、碧鉴路、新路、县体育馆，高呼"全民抗日，保卫中华民族！""全国团结起来，一致抗日！""反对内战，枪口对外！"等口号，齐唱"枪口对外，齐步前进"的抗日战歌。

在雄壮的口号和歌声中，很多被感染和激发的沿途百姓，情不自禁加入游行队列。

战争需要人！潘泽生等人组训大刀队，广招授徒，培训大刀冲锋肉搏杀敌之士。桂洲光华社巷梁自勋的独生女梁蕙芬，辞别双亲，加入学生战地宣传队行列。大良南乡局前街5号24岁的龙应标，深感国家兴亡，匹夫有责，屡屡请缨杀敌。顺德总工会300余名工人，积极报名参加敢死队，立誓与日敌决一死战。顺德县救济院200名孤童联名请愿，强烈要求上前线杀敌救国。聚居恒经堂的大良、容奇、桂洲、黄连、勒流的"自梳女"，感于国难深重，出钱出力支持抗日。

有战争就有伤亡，顺德各地组编救护班，紧急培训，随时准备开赴前线救护。如大良的御侮战地救护队、县国医专馆，分别征收百名学员免费上课受训，聘请周拙甫、梁其容、林道方医师，教授战地护理、抢救有关知识，还选派医师高炳辉、钟云彪、劳济生、周错及助理4名奔赴前线工作。容奇、桂洲抗日民众救护班，也选送14名学员开赴抗日前线。

揭露日寇罪行，号召全民抗战。顺德人办起了《抗战报》《救亡报》《抗日周刊》《六区刊报》《陈村三日刊》《顺德民众三日报特刊》等宣传抗日救国。郭鲁萍等10多人筹组成立文化界救亡协会；铁军、曼陶与"广职"学校在顺德县立图书馆联合举办抗日漫画展览。

1937年7月7日，日军向北平西南的卢沟桥进犯，中国驻军奋起抵抗。7月8日，中国共产党中央委员会向全国发出通电，向全国人民呼吁：平津危急！华北危急！中华民族危急！只有全民族实行抗战，才是我们的出路！全中国同胞，政府，与军队，团结起来，筑成民族统一战线的坚固长城，抵抗日寇的侵掠！

此刻，中共南方临时工作委员会和中共广州市委员会积极恢复和重建广东党组织，发动群众，深入开展抗日救亡运动。

1938年4月，中共广东省委员会成立。6月，中共广东省委军委书记林平（全名为尹林平）、组织部部长李大林根据中共中央指示和广东省委决定，在广州召开东莞、增城、南海、顺德等广州外围几县党的负责人参加的军事会议，研究如何开展和领导民众抗日武装救亡运动工作。6月至7月间，省委报告中央军委，经叶剑英批示同意，拟定于日军入侵广东前夕建立抗日游击根据地，积极准备发展抗日武装力量，开展武装斗争。

在中共抗日民族统一战线政策指引和国共合作的大好形势鼓舞下，顺德掀起了抗日救亡运动的高潮。日本战机滥炸广州，广雅中学迁至顺德碧江、省立第一女子中学迁至乐从良教后，广雅中学的共产党员黄万吉、岑振雄，省立第一女子中学的共产党员黄云耀、余慧等爱国师生就在顺德展开抗日宣传。

陈少陵、鲍钢石率领旅澳（澳门）中国青年乡村服务团到容奇、桂洲宣传抗日。第四战区战时工作队在队长张奠川少校带领下进驻容奇，会同政府机关、学校、各社团，并邀请当地爱国青年，组成顺德第七区防护团和第十区青年抗日救亡工作队，出版《防护周报》，由郭沫若题写刊名。凤城女子中学成立了"怒吼"剧社动员群众抗日。

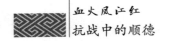

乐从沙滘青年教师劳满滔、陈绍文等发起组织仁声演讲团，到鹭洲、大罗村、小劳村、道教等地宣传抗日。广东省立勷勤大学教育学院师生组成战时乡村服务团，由王赞卿教授、王鹤清教授率领，到大良、容奇、陈村等地开展抗日救亡宣传活动。

随着抗日救亡活动的深入，群众爱国情绪不断高涨。顺德人积极参加八一三事变周年纪念献金救国活动，大良酒楼茶室工人捐出三天工资，容奇、桂洲缫丝女工200多人每人每天从薪金中提2%作为抗日救国经费，乐从群众捐款30多银圆、500多枚铜板，并缝制一批棉背心连同慰问信一起，由范志远（顺德农民抗日自卫大队干部）送到八路军驻广州办事处。

顺德人共赴国难的抗日救亡爱国活动，直接加深了民众对民族危机的认识，激励了百姓奋起救亡的决心，更为后来的敌后抗日斗争开展赢得了广泛的群众基础。

叶剑英碧江演讲

随着抗日救亡运动的发展，中共顺德地方组织开始恢复和重建。

冬去春来冬又来。1937年寒假和1938年暑假，中共广州市教忠中学支部书记张江明，支委李琼英（实名胡明）、李静，带领党员和学生先以教忠中学学生回乡服务团名义来到顺德活动，后又以抗日先锋队独立第二支队名义，定点到顺德路尾围、西海一带宣传抗日，并在工作中联系到大革命失败后隐蔽下来的共产党员、省港罢工工会骨干杨森，曾在广东省农民协会工作的罗享（实名罗善余），以及曾是乡农会委员兼农军①队长的梁虾。经过考察了解，呈报上级组织批准杨森、罗享、梁虾恢复党籍，同时发展了大革命时期的农军骨干陈九入党。

1938 年的春天，在木棉花正盛的时节，张江明、李琼英、李静适时创立了中共顺德西海路尾围支部，还在西海建立抗日同志会，组织当地积极青年到附近碧江等地开展抗日救亡宣传活动，到那年春天结束时会员人数就已扩至 500 多人。

1938 年的夏天，顺德热火朝天。根据中共广东省委的决定，中共南（南海）顺（顺德）工作委员会，简称"南顺工委"，在南海理教（现属乐从镇）成立，书记范志远（实名范毅），委员黄万吉、林锵云、王仕钊、黄云耀、邓贞子（也称戈明），并在南（海）顺（德）发展了一批农民积极分子入党，组织青年进行军事训练。

也是在这一年，春夏之交，新会罗坑下沙乡人林锵云来到顺德，在龙眼、西海进一步发展了抗日同志会，通过龙眼人梁棉的介绍和联系，在龙眼、大良先后恢复了大革命时期的共产党员李程、何秋如、潘开、区蔡等人的党籍，在路尾围吸收了梁德等入党。1938 年 6 月，在最需要党组织的时候，林锵云重建起中共大良支部，恢复了龙眼支部，西海路尾围支部发展为西海支部和路尾围支部。

从此，南顺工委在顺德有大良、龙眼、西海、路尾围四个支部，成为顺德抗日救亡运动的领导核心。

有了组织的支持，广雅中学师生邀请了郭沫若、于立群夫妇和《救亡日报》记者汪馥泉等，在碧江高桥头做了有关抗日救亡的演讲。

1938 年 5 月 5 日，八路军参谋长叶剑英，应广雅中学师生和顺德多个抗日团体的邀请，来到顺德碧江，在大夫祠振响楼，为 800 多名师生做了题为《把握住抗战胜利的基本条件》的演讲。

---

① 农军，第二次国内革命战争时期农民自卫军的简称。

叶剑英在演讲中分析了七七事变前后的形势，指出：日本帝国主义者制造卢沟桥事变，发动侵华战争，无非是想灭亡整个中国，使全中国人民变成亡国奴。而面对这种危机，全国人民都希望有一个和平统一的局面，才能同心协力，一致抗日。西安事变的和平解决，抗日统一战线的建立，它推动了国民政府加紧进行抗日。[①]

怎样才能打败日本侵略者呢？叶剑英在演讲中提出三个基本条件：

第一，全国团结以对付日本。

第二，争取各国人民同情和帮助。

第三，运用巧妙的战术，去克服日本的长处，来对付日本的短处。

他指出，中国抗战的前途如何，是否能取得胜利，要看我们能否把握住抗战胜利的基本条件，只有紧紧把握住这三个条件，才能够集中力量打败日本帝国主义。

在800多名听众的掌声中，叶剑英举起紧握的拳头高呼："今日中国的命运，正处在民族革命的高潮中。我们不是得到自由，就是在这波涛中沉没。但是，这个命运是由我们去决定的。"

演讲结束时，叶剑英勉励大家努力于中华民族的解放事业，求得中华民族的自由，努力前进。

叶剑英的演讲有力地推动了顺德抗日救亡运动向纵深发展，有力推动和鼓舞了顺德民众团结抗日、争取胜利的信心。聆听演讲的广雅学生欧初等一批热血青年，随即组成了"广东青年抗日先锋队广雅支队"，立志投身民族解放事业。顺德抗日同志会的群众深受鼓舞和教育。到了秋天，会员就增加到了5000多人，是组织重建时的10倍，顺德群众性的抗日救亡运动由此推向高潮。

自此，广雅中学学生会和抗日救亡宣传队纷纷组织学生学习军事。

---

① 叶剑英：《把握住抗战胜利的基本条件》，《广雅呼声》第3期，1938年5月20日。现存于顺德区档案馆。

学生们坐言起行，进行野外游击战演习，充分利用假日到中山石岐等地募捐，深入农村组织民众进行军事训练。当地群众纷纷加入抗日武装斗争，在不同的战线上开展轰轰烈烈的抗战运动，产生了较大影响。

2023 年 8 月，顺德区档案馆馆长叶卉时在《叶剑英到碧江的一些细节》①中记载，碧江是顺德东北部的一个小地方，开国元勋叶剑英曾经来到这里，广雅中学 39 届顺德籍校友吴裕洪收藏的《广雅呼声》第 3 期对此有较为详细的记录。1984 年 11 月 4 日，广雅中学 96 周年校庆时，吴裕洪专程把这本珍藏在家中四十六年又五个多月的刊物从顺德送至母校。佛山市委党史研究室和顺德区档案馆有幸获得部分复印件，从中可以了解到叶剑英到碧江的一些细节。

1938 年 5 月 4 日，广雅中学学生会在校园里贴出叶剑英专程来广雅演讲的海报，立即引起大家的围观。大家积极准备，分工负责迎接、记录、摄影等诸环节。

5 月 5 日早晨，教职员、学生会代表、童子军和参加军训的同学在学校的安排下，早早来到碧江码头，等候着叶剑英的到来。

这过程中有个小插曲。同学们临时架设了"瞭望台"，站在上面的同学一旦发现叶剑英搭乘的船只，就立即报告，让欢迎队伍做好准备。"火轮来了！"在"瞭望台"的一位同学大声叫喊，码头顿时一片寂静，童子军的主任认真严肃地发出"立正"的口令，童子军向火轮的方向敬礼。火轮靠近了，却不是他们要欢迎的船只，逗得大家一阵狂笑。

九时许，远处又传来隆隆的机器声，欢迎的队伍又一次集合好。

---

① 叶卉时：《叶剑英到碧江的一些细节》，《顺德档案史志》2023 年 8 月 4 日。

一声长笛响起，火轮徐徐靠岸，在广雅中学校长黄慎之的陪同下，在铜号军鼓声和革命歌曲的浪潮中，叶剑英与码头上的师生代表逐个亲切握手、还礼。

刊物①的图片中，叶剑英乘坐的船只不大，类似于现在的快艇或者冲锋舟，比较洋气，船舷离水面约一米高，船艉离水面也有半米高。这样的船如果是有动力的，那时在民间可称为"火船"，但若称为"火轮"，在现在的人们看来是难以理解的，毕竟"轮"的感觉要大一些。有没有可能叶剑英是真的搭乘火轮来的，这只是接驳火轮的渡船，那就不清楚了。不过，广州与碧江之间的距离不远，以其国共合作的推动者之一、八路军参谋长的特殊身份，叶剑英直接搭乘快艇来也是很有可能的。

当时的碧江码头有一个棚，像是一个凉亭，可能是用竹木搭建的。叶剑英下船后拾级而上，穿过凉亭，迎面就是欢迎的队列。

首先是教职员和学生会代表，个个毕恭毕敬；童子军的穿着就像是仪仗队的礼服，头戴类似通帽那样的半球形军帽，脚穿军靴，英姿飒爽；后面是军训生队列，个子都很高，他们立正着接受将军的检阅。叶剑英身材魁梧，身着灰白色的中山装，右手拿帽子放在腹部前面，精神奕奕，一边走一边侧面看着队伍微笑着。②

叶卉时说，《广雅呼声》是广雅中学学生会自办的刊物，从第3期的目录来看内容很多，大多反映了师生们的爱国热情。1938年5月20日出版的《广雅呼声》，自然是把叶剑英来校演讲作为最重要的内容，不仅有报道，有照片，还把演讲词《把握住抗战胜利的基本条件》全部记录，刊于前面。

---

① 指《广雅呼声》第3期，1938年5月20日。
② 叶卉时：《叶剑英到碧江的一些细节》，《顺德档案史志》2023年8月4日。

两岸爆炸声震耳欲聋

1937 年 9 月 16 日 19 时 20 分，日军 3 架飞机飞至陈村上空盘旋。

这是顺德上空第一次出现日军飞机。

1938 年 8 月中旬，日军侵占华南沿海蒲台、担杆、三灶、南澳等岛屿，修建码头、机场，封锁广东沿海，做进攻广东的准备。9 月中旬，日军第二十一军，司令为古庄干郎中将，下辖 3 个师团、1 个飞行团和军直辖部队、日海军第五舰队，共配有舰艇 200 多艘，渔船、舢板 700 多只，飞机 200 多架，总兵力约 7 万人，集结于澎湖马公岛，准备进占广州。当时，国民党政府军队有第十二集团军一五一、一五三、一五六、一五八、一八六师和独立第二十旅、独立第九旅等部队，负责防卫广州和大亚湾、大鹏沿海地区，虎门要塞有守备部队和海军 7 艘军舰，扼守珠江口。

10 月 12 日凌晨，日军第十八师团、第一○四师团和及川先遣支队共 4 万多人分三路从大亚湾之惠阳县境内登陆。国民党守军除个别部队有所抵抗外，绝大部分部队撤退或溃退。日军第一○四师团沿马鞍向惠阳进犯，15 日占领惠州，21 日，日军第十八师团占领广州。22 日，日军第五师团坂本支队在第五舰队支援下进入珠江口，以坂本支队为先头部队，开始溯江侵犯。在海军和飞机配合下，日军坂本支队第四十二联队于 22 日进攻虎门要塞。国民党虎门守军司令邬思滨畏敌怯战，弃塞逃离，扼守大角炮台的 100 多名士兵，宁死不屈，坚持作战，大部分牺牲，虎门要塞失守。

1938年10月22日，是值得顺德人永远铭记的日子。那天夜晚，日军第五师团四十一联队分乘运兵船，沿水路入侵顺德东南区域，因怯于上游水域有布雷，不敢前进，于23日徒步推进到陈村，但遭守军千余人抵抗，日军于24日进占龙江，傍晚时分进入澜石、乐从。25日下午，四十一联队转攻广州，日寇师团长安藤利吉乘船"八千代丸"号，率二十一联队第一大队分乘11艘船沿潭洲水道进入紫坭、陈村，向佛山推进，26日10时再次抵达澜石，经与守军作战，当晚占领佛山，所属第一大队生田部也于同时遭到零星守军的抵抗，后在林头汉奸梁润的引路下攻占了大良。

从珠江口登陆，到顺利抵达顺德，日寇有了攻占容奇、直捣中山、控制五邑、侵占华南的战略野心。于是，日寇很快对与大良一河之隔的容奇发起了进攻。

容奇、桂洲是顺德第十区，位于顺德南端，地处西江下游，四周水道环绕，河宽水深，南与中山小榄接壤，北与大良沙头隔河相对。容奇、桂洲两地属邑中大乡，素以经贸繁荣著称。为防匪患，保家卫乡，武装自卫力量较为雄厚，设有7个自卫团大队，共2000多人，分驻各乡村。抗日战争全面爆发后，为适应形势变化，防患于未然，自卫团重新组设，名为"抗日自卫团集结大队"，受辖于国民党顺德县抗日统率委员会。大良失陷后，国民党顺德县政府暂迁设容奇、桂洲，由此，容奇、桂洲两地成了各路抗日团队武装集结和活动的基地。

1938年10月末，日军生田部攻陷大良后，自恃兵械精良，火力强劲，遂调集舰艇、坦克、火炮、步骑兵分水陆两路，沿大良十二亩、旧寨直奔沙头，隔河向对岸发动进攻。日寇先是陆上发炮猛轰，继妄图以数十艘浅水舰和橡皮艇抢滩登陆。霎时，两岸枪炮声、爆炸声震耳欲聋，硝烟四起。炮弹落处，激起条条冲天水柱，波浪汹涌翻滚。河面上，中弹的日军浅水舰、橡皮艇冒出团团黑烟，在水中打转，或随水漂流。受伤落水的日军有的在水中挣扎，有的沉入河底。一缕缕殷红的鲜血渗入河水。在抗日武装的顽强抗击下，连续两天反复强攻的日军被打得焦头烂额，无法登陆。用马匹驮着伤员的日军垂头丧气，只得暂时撤退。

日军登陆没有得逞，还受重挫，心有不甘。退回大良后，频繁派出浅水舰、汽艇、橡皮艇和改装的装甲艇，在周边的水道三洪奇、乌洲、鸡洲、小黄圃的河面游弋，窥探抗日武装团队的沿河布防，寻觅进攻机会。日寇为显示威力，还不时向沿岸军事工事发炮射击，做试探性的进攻，施加军事压力。日军在谋划进攻容奇、桂洲的同时，在占领区内却频遭攻击，致后防不稳，后院起火，无力彼此相顾，而欲陷容奇的野心又多次受挫，遂改弦易辙，调集兵力，回驻陈村、碧江、三洪奇等地，不时"进剿"①当地抗日武装吴勤和梁雨泉所部，以期绥靖容奇、桂洲外围的骚扰，巩固占领区，再图进攻容奇、桂洲。②

1939 年 3 月 12 日，日军重占大良不久，苦于兵力不敷调配，被迫撤出回防，仅留驻伪县维持总会自警队和部分绥靖军。抗日武装侦悉敌营空虚、守军力薄后，迅即进击伪军，风驰电掣般攻占大良，以分散牵扯日军兵力，缓解容奇、桂洲被围的军事压力。14 日，日军军官伊田闻讯，从佛山、勒流、龙江和陈村调集 800 多兵力，回攻大良。两军对垒，当即厮杀。抗日团队依托残墙掩体，占据有利地形，向攻城日军猛烈反击。敌人依仗兵力和武器的优势，发起了疯狂的攻击，枪声、炮声、爆炸声，响彻云霄。激战处烟尘滚滚，火光熊熊，敌人一

---

① "进剿""清剿"等说法均是国民党顽固派对人民抗日武装的诬蔑，特加双引号以正观点。下同。——编者注

② 《香港工商日报》，1939 年 3 月 24 日第二张第二版；《香港工商日报》，1939 年 3 月 30 日第二张第二版；《香港工商日报》，1939 年 3 月 31 日第二张第二版；彭铁生：《抗战时期的容奇简况》，《顺德文史》1985 年第 6 期；区伯璇：《容奇沦陷五十年祭》，《容奇史话》，1999 年 10 月，容奇文史采编组编。

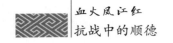

个个倒下，又一队队蜂拥而来。

在白热化的对战中，抗日团队冒着弹雨，迅速攀上西山岗（现在的顺峰山公园），转入宝林寺，依托有利地形，掏出手榴弹，架起重机枪，居高临下，向日军投弹扫射，直压得日军抬不起头，寸步难进。战至激烈时，从佛山方向飞来6架日机，在抗日团队阵地上方低飞盘旋，投弹扫射。抗日团队被迫退出阵地，向安全地带转移。

日军第三次攻占大良后，随即占驻容奇对岸的沙头，并在沿河修筑工事，架设火炮。容奇、桂洲上空一时战云密布。也就在此刻，抗日团队各队长在容奇区公所召开会议，商定防御对策，会议确定由县长苏理平带队赴中山石岐向中山县县长张惠长请援。国民党第四战区长官邓龙光训令顺德"努力抗战，歼灭日伪"的电文也随之而至。

3月16日至18日，连续三天，抗日团队的首脑会议在容奇马家祠召开，具体研究、分析当前的军事和政治形势，重申坚持"反攻大良、沙头，坚守容奇、桂洲，沿河警戒"的策略，并缔结了顺德、中山、新会三县的联防协议，调集容奇、圩头、桂洲外村、桂洲里村、东村、五坊、马冈七乡团队组成联防委员会武装，商定明确各路武装分防的任务和职责，严令各团队须"枕戈待命，毋擅离职守，否则以弃职论，依法严究，决不宽贷"。

会上，有人厉声疾呼"只有杀头将军，无投降将军"，县长苏理平也表达了守土有责、焦土抗战的决心。

抗日团队受命后，分别在容奇沿岸把已构筑的平安码头、丝业茧市码头、新涌码头和北便涌口码头的工事加固、延伸，继续增建碉楼，重新架设火炮；重新部署桂洲的里村、龙涌围、海尾、穗香围、竹林社等要隘，加派重兵，并联合中山县袁带所部布防桂洲，会攻桂洲外围的中山黄圃，以牵制、分散和吸引日敌军事力量。

徐国芳老人回忆说，为进一步实施"围魏救赵"战术，执行反攻大良沙头的策略，抗日团队又于 20 日凌晨 2 时，兵分四路，重拳向驻大良日、伪军发动进攻：

一路在金桔咀围攻梁天禄的伪自警队；

一路在旧寨阻击藤田部；

一路挺进大良，袭击驻西山岗的谷山部；

一路绕道迂回三洪奇，直插大良西山岗，从背后攻击谷山部。

抗日团队四面环攻，以凶猛的火力封锁，把日、伪千余兵力切割为四部分，使之陷于各自孤立、失去联络、互难相顾之境。日军在仓皇中被打得晕头转向，方寸大乱，胡乱射击，盲目发炮。金桔咀一路，被围攻的梁天禄伪自警队一触即溃，沿田间野道狼狈四散，向勒流方向逃窜；藤田部队受困于旧寨，四面受敌，后来得到飞机救援，投弹扫射，解围脱身。谷山部受困于大良北门西山岗，陷于腹背受敌、难以招架的困境，慌乱中发射的炮弹，其中一枚竟落到自己战队阵地中爆炸。

日军指挥官汤盘少佐，面对纷乱战局，手足无措，惊惶不已，急向日军广州司令部乞援。安藤利吉旋即增调宪警队小池部驰援大良。不久，8 架敌机先后飞至大良，向下俯冲扫射投弹。抗日团队赶紧调集炮火，密集封锁上空，敌机不敢飞近盘旋俯冲，即转飞容奇、桂洲上空投弹狂炸泄愤，在桂洲里村、路心和容奇打铁街灵官庙桥侧、竹山的梯云社、李地街等地投掷 50 磅小型炸弹 18 枚，毁屋 27 间，21 名百姓受伤，8 人身亡。

正当大良西山岗战况激烈时，从广州赶来的小池部开进西山岗增援。抗日团队见此，适逢弹药殆尽，各路撤回容奇、桂洲。同时，抗日团队捣毁日伪大良电厂，歼敌百余，给予敌重创。国民政府广东省政府主席李汉魂闻讯，即电嘉勉团队，电文为"奋击顽敌，殊深快慰，仍望振我军心，再接再厉"。

抗日团队的军事策略，致日寇穷于应付，无从调集有限的兵力，虽转战近五个月，仍无法踏足容奇、桂洲。

施放气球轰炸容奇

1939年3月21日，焦虑的安藤利吉急调九江装甲车一队、广州化学毒气兵和伪军一部，会同顺德日、伪军分驻大良城和城郊各据点。随后，又把原驻三洪奇、金桔咀等地日、伪军掠得的50余艘大艇，以及木板和杉木材运至大良近郊十二亩，日夜赶造渡河木筏，为再图进攻容奇、桂洲做准备。

22日晨7时30分，百余日军分乘20余艘舰艇，在机枪、钢炮的掩护下，试图强渡德胜河，登陆容奇、桂洲，未得逞。随后，驻两龙、陈村、勒流、大良、甘竹、九江的日军指挥官集中于龙江，召开军事会议，部署加紧进犯容奇、桂洲，随即开始频繁调动兵力。

日军频密调防的活动及其意图，均为抗日团队侦悉。为加强抗日武装的战斗力，更有效地防御、抵抗日、伪军的入侵，第四战区长官邓龙光发布指令重编抗日团队，实行汰弱留强，统一指挥，统一调拨，并檄调正规军何国光所部炮兵全力保卫容奇、桂洲，制定和设立保卫容奇、桂洲的第一道防线和中山县的波头、南头、大坳的第二道防线。

3月27日凌晨4时40分，驻金桔咀的日军向容奇长堤发炮轰击，发起总攻。日、伪军海陆空3000多人开始向容奇、桂洲发动三路进攻：第一路试图避开容奇长堤的正面火力，从侧面蚌滩头（今容奇大桥南岸）强渡德胜河攻占容奇圩头、桂洲新涌；第二路从中山、顺德边界的小黄圃渡河登陆，妄图抢占容奇、桂洲泗生围（现在的白莲池）；第三路从中山县黄阁绕道桂洲海尾，妄图攻入里村、大福基，会合后攻占容奇、桂洲。

刚进入抗日团队防线，敌军第一路木筏便被打得七零八落，散乱漂流；大盘艇中弹起火，浓烟滚滚；浅水舰则开足马力，掉头鼠窜。敌军第二路刚进入中山县大黄圃河面，即触预先布好的水雷，10余艘舰艇粉身碎骨，百余敌军葬身鱼腹。敌军第三路从中山县黄阁进入海尾后，被沿岸火力压得无法推进。

双方僵持激战至9时20分，敌仍毫无进展，上午10时，日、伪军第二路强攻泗生围，遭到驻守部队180人的顽强阻击，双方伤亡惨重。日军指挥官恼羞成怒，即调来6架飞机，轮番在容奇阵地上空盘旋、扫射和投弹，继而发炮轰击。守军阵地瞬即硝烟四起，爆炸声此起彼伏。在惨烈的血战中，一枚威力巨大的开花炮弹落于守军战壕掩体猛烈爆炸，守军大部分殉国。日军得逞，蜂拥而上。泗生围陷于敌手。

正当敌我双方激战之时，早已混入的汉奸在容奇上空施放气球，指示对岸的沙头、大岭、二岭等处的日军炮兵以此为攻击目标。霎时，炮声隆隆，气球指示处，爆炸声响彻云天，扼守圩头的抗日团队阵地瞬间硝烟滚滚，泥土、石块被炸得冲天而起，四周弹坑累累，所有工事、碉堡悉数被摧毁。很快，第二个气球又升腾凌空，日寇指示炮兵轰击容奇、桂洲公路上密密麻麻的逃难人流，所坠炸弹百余枚，沿路尸首枕藉，血肉横飞，鲜血染红了路旁的溪流，惨不忍睹，当时死于炮弹的民众有500多人。

不幸的是，潜入容奇圩头、坝头、上街市（现上佳市，下同）的汉奸，竟还在商铺民屋高处瓦顶，居高临下，丧心病狂地瞄准逃难的同胞开枪扫射，无辜难民又倒下200多人。从北边沙（今容奇大桥下游）突破泗生围的日军开进容奇，见人开枪，逢人刺杀，沿兰安社至北潮路段，伏尸连绵不绝，其中，太平社附近30余具，车公庙内数

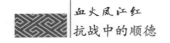

十具……被杀害者至少也有百人，北潮观潮里两户人家无辜横遭灭门惨祸。

日军攻占容奇后，抢占容奇大凤山的制高点，并向抗日团队据点和络绎于途的难民群发炮轰击，炮弹落处，血肉横飞，身首各异，哭喊声、呼号声震惊四野。日军还不罢休，复向容奇、桂洲两地密集村落民居发射燃烧弹，顿时，浓烟弥漫，烈焰冲天，火海蔓延数里，燃烧火头有 13 处之多。其中，上街市、坝头各 2 处，圩头 3 处，桂洲联卫公所街、路心细市各 3 处。当天，容奇、桂洲没有白天，只有黑暗，被焚民房 1300 多间，被杀百姓 1000 多人，其中容奇 700 多人、桂洲 300 多人。这一战，抗日团队 700 多名将士为国捐躯，击伤击毙日、伪军千余人。

◎日军就是从大良对岸攻占容奇、桂洲的

随后，日军继续向桂洲疾进。此时，桂洲圩内中心街的主干道，70 多个汉奸败类，在一仇姓男子的率领下，列队两旁，手持太阳旗，正在迎候日军入境。不料，欢迎队伍与撤守第二道防线的抗日团队撞个正着，霎时，数挺怒吼的机枪，喷出道道仇恨的火舌，仇某等欢迎队伍猝不及防，一排排、一行行，在原地倒毙，侥幸漏网生还者仅数人。

1939 年 3 月 27 日上午 10 时许，日寇把沾满罪恶和血腥的太阳旗插上桂洲狮山，宣示了对容奇、桂洲的占领。

火烧乐从两天两夜

　　顺德除了陈村与佛山、广州相邻，乐从与佛山、南海更是仅隔着那条宽阔水深的澜石河（现为东平水道），是广州、佛山通往粤西的必经之地。1938 年 10 月，日军还未接近广州时，国民党的省、市军政警就纷纷沿江佛公路撤退，并在途中变卖枪支、衣物等各种装备；10 月 21 日，借口"阻止日军进攻"，就直接炸毁了乐从公路的过河便桥。

　　10 月 21 日，广州沦陷，日寇随即向外围进犯，10 月 23 日派飞机轰炸澜石，并做火力侦察，未发现任何情况，便于 10 月 25 日派 8 艘电船进驻澜石，在澜石至石湾河面游弋，既是示威，也是侦察。澜石河南岸是顺德平步乡，乡长陈璧偕为中共地下党员。他见状，即令副乡长陈绍文带领自卫队，动员群众，到河边打击日军电船。当时，日军不知前方军情虚实不敢还击，只在澜石岸上用迫击炮向猪尾渡头的碉楼连发 10 多炮，群众陈剑身亡。

　　日军占领澜石后，渡河进驻乐从小布，并不时派人到平步、腾冲、乐从等地刺探情况。11 月 2 日，日军派两人以买豆腐为名计划进入平步时，被平步乡人支使他们转去乐从圩。不料，那两人刚走到渡头，其中一人就被对岸渡头碉楼上的乐从自卫队打伤，被打伤者是军曹（"军曹"是日本对中士级别士官的称呼）。见状，这两个日本兵再折回向平步方向逃走，但刚到鸡姆围时，就遇到乡民林福。

　　林福几下打死了受伤的军曹，还缴获军曹身上的一支手枪，而另一日本兵则逃回了小布。当天下午，日军向平步发起进攻。平步乡自卫队及乡人高大暖等人，在平步东北处斜对着小布的一个叫"后方"的地方阻击。

后来阻击人员看到日军炮火密集，就知道日军大部队要来了，于是赶紧撤退，由陈璧偕、陈绍文等组织乡民撤向村外。

没多久，日军攻入平步，梁二、梁添、黄根、邓星等一些来不及撤退的男女老少惨遭日军射杀。

日落时分，日军抬着被杀军曹的尸体，从平步撤走了。

此后，虽然有电船被打、军曹被杀，仍不时有日本兵持枪偷偷到乐从各地强奸妇女，令百姓十分痛恨。日军攻占乐从7天后，乡民何永在平步往上华的"至善亭"茶亭附近与一名日军相遇，立即拔出手枪将这名日军击毙。还有一次，一名日军单独到大围尾基塘寮屋欺负妇女时，被持枪的林礼、邓妹等人看见，双方扭打、缠滚在一起，其他人怕误伤自己人，又不敢用枪打，后来用竹棍把日军打昏，又用枪托把日军打死，并把尸体掩埋在河涌里的水仙花底下，用水仙花严密遮盖。后来，尸体还是被日军警犬嗅到，日军把尸体捞起搬走。

11月4日上午9时许，驻小布的日军进攻乐从，兵分三路向乐从夹击，每路约40人。左路通过腾冲沿公路向乐从新庄进发，攻击南边；中路由公路直指乐从；右路通过平步向乐从北边进攻。

南线新庄，根本未设防，一点防御工事也没有，所以日军长驱直入。中路之敌配备较强，有火炮、重机枪，到达公路后，即用火炮、重机枪的强大火力掩护强行渡河。而猪头坊亦只是设有简单工事，即只堆了几个沙袋，守方只放了几枪便撤了。日军攻入猪头坊、占领"泰和祥"茧市后立即放火焚烧，首当其冲的是"和茂"木材店，大量木材正是引火之物，东边成了火海。

日军左、中两路进入乐从后随即会合，向北丫、沙滘方向追击退走的自卫队、社训队和百姓，并在北丫和沙滘白莲社等地烧了几间屋。

日军右路进至平步渡头，被对河乐从碉楼自卫队坚守还击而一时未能渡河。后来日军一面用炮轰击碉楼及"仁泰"当铺，一面向西转到"调和"酱园，用晒场上的交通小艇渡河，"仁泰"被击中两炮后，自卫队才撤退下来，这路日军则较迟进入乐从。

日军进入乐从后即到处放火，整个乐从顿成一片火海，除几个机器厂，如"就成""生祥和""公心成""怡盛隆"米机等一带，因本身消防设备较好未被焚烧外，大部分都难逃火劫。

乐从遭火烧达两天两夜，其中大部分是日军放的火，也有一些是趁火打劫的人，在抢劫后放火消除抢劫痕迹。这场战斗中，平步乡民梁流、乐从医生冯宁等多人惨遭日军毒手。日寇烧杀乐从后，圩内鸡犬不宁，各方歹徒更趁机入圩大肆抢劫，不仅各商号所存货物被劫一空，各店户的木材、钢铁等建筑材料还遭拆抢，全圩变成了废墟。到抗战胜利时，只保存下来乐从医院、隆德乡公所和8间平民住宅。

在10月日军入侵澜石时，乐从的败类陈礼明、劳有功等准备前往敌营迎引日寇，以便当上汉奸，得到日伪"官爵"，但在他们奸计还未得逞之时，日军已在圩日袭扰乐从，全圩鸡飞狗跳，日本兵兽性大发，开枪扫射无辜百姓。乐从壮丁队负责人陈励吾目睹此状，毅然率领队员直上炮楼还击，当场击毙1名日军，其余日军逃回澜石后带领大队人马攻入乐从烧杀，并沿江佛公路继续西进，新隆、沙滘两乡惨遭祸殃。

此后，各乡汉奸纷纷设立"治安维持会"，日伪同流合污，群众苦上加苦。早已存心投敌的陈礼明，此时已当上新隆乡伪维持会会长，他不仅横行乡里，而且指引日军将曾抗日的陈励吾抓到小布军营，用水灌毙，弃尸河中。抗战时期，乐从一年之内出现了四个恶霸团伙，带头的分别为"杀井夭"、"求神佳"、曾海（也称"魔箩差"）、大头妹"四大天王"。其中，大头妹"四大天王"按先后顺序则分别为曾梓刚、曾超仔、曾麦妹、曾嘉林。

与上级失联

日军侵占顺德后，加紧诱降国民党势力，收编土匪，扶植汉奸，建立伪军和伪政权，以巩固其对占领区的统治。1939年春，日军扶植建立伪第三路军，司令为曹荣；伪第四路军，司令为李辅群（绰号"李望鸡"）。从此，日、伪控制了顺德陈村、容奇、桂洲和大良，派重兵把守，实行法西斯统治。

广州沦陷前夕，南顺工委领导机关设在理教乡。该乡东部属顺德五区，西部属南海县，在范志远、黄云耀等同志领导下，南顺工委在这一带开展地下活动，对群众进行抗日救国思想教育和组织工作。同时，地下党员劳满滔与进步教师陈绍文、劳雅刚、黎勇哲、谈文中、刘希裕等同志组织了仁声演讲团，深入宣传抗日，从而使不少群众逐步对抗日有所认识和觉醒。

事实上，在顺德沦陷之前的1938年10月18日，中共广东省委为应对广州即将沦陷的局势，在广州召开紧急会议，部署日军入侵后党的工作。会议决定成立中共东南特别委员会（简称"东南特委"）、西南特别委员会（简称"西南特委"，1939年1月改称"中区特委"）。10月20日，西南特委成立，书记为罗范群，副书记为冯燊，负责领导西江以南地区党组织，机关设在开平县。10月24日，东南特委在香港成立，书记为梁广，常委为吴有恒、杨康华，领导中山、南海、顺德、惠阳、东莞、宝安等县及香港岛、九龙、澳门的党组织。

◎炮楼的枪眼外面就是桑基鱼塘

　　1938年10月下旬，顺德大部分地方沦陷时，南顺工委与广东省委失去了联系，更不知道南顺工委已划归东南特委领导。南顺工委书记范志远和大部分委员带领包括共产党员在内的70多人来到开平县赤坎，与西南特委取得联系，并暂时留在了开平，剩下工委委员林锵云、黄云耀带领部分党员在勒流的龙眼、众涌等乡村坚持敌后斗争。

　　12月，林锵云也来到赤坎，找到西南特委，南顺工委就这样暂由西南特委代管。罗范群在赤坎召集南顺工委成员开会，指出当前党的主要工作是健全和整顿党的基层组织，建立敌后抗日武装。

第二章
在敌人枪炮声中建立政权

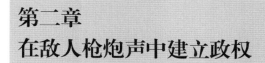

广州市区游击第二支队

　　1938年10月21日广州沦陷，第二天，吴勤就在广州南郊崇文二十四乡组织成立抗日义勇队，队员60人左右。

　　吴勤是南海县第四区南浦村人，参加过辛亥革命，广州起义失败后去了中国香港、新加坡，并失去了中共组织关系。后来回到香港积极寻找党组织，最后在廖承志和中共香港市委的指导帮助下，于1937年秋返回广州，在广州郊区从事抗日活动，以及在佛山鸿胜体育会开办杀敌大刀训练班和学习战伤救护的防护团。同时在南海山紫村组织了一支农民抗日自卫队，练习武艺准备抗击日军侵犯。

　　抗日义勇队成立不久就与日军正面作战：他们在南海平洲夏福附近河面上伏击日军的两艘运输船，毙伤10多名日军，缴获数百包大米救济难民；他们截击日军交通运输线，阻延日军西进，两次攻击了广（州）三（水）铁路小塘车站。经过这几场战斗，吴勤和抗日义勇队的影响逐渐扩大，得到了人民群众的拥戴和支持。

　　为使抗日义勇队得到武器和给养，吴勤与在广州沦陷前夕撤退到广宁县的广州市市长兼西江八属总指挥曾养甫取得联系。那时，曾养甫在广宁县成立了广州游击指挥部，正在筹建游击队。曾养甫拨给吴勤300银圆活动经费，并给予抗日义勇队"广州市区游击第二支队"番号（简称"广游二支队"）。吴勤被委任为司令，冯君素（大革命时期的中共党员）任政训室主任。

　　有了组织番号，吴勤为壮大声势，扩大队伍，也为把一部分地方实力派争取过来，就广发番号，很快就使得广游二支队迅速扩大到 19 个大队 2000 多人，但吴勤能掌握的队伍只有由抗日义勇队改编的司令部直属队。吴勤率领直属队，在顺德陈村同来犯的日军激战，毙伤日军 30 多人，后转移到禺南大谷围一带，驻防在石涌、涌边村。

1938 年 12 月，吴勤去韶关找中共广东省委，后又到香港找到中共广东省委委员、八路军驻香港办事处主任廖承志，请求广东省委派人到广游二支队工作，加强领导。没过多久，廖承志派旅澳（澳门）中国青年乡村服务团成员冯剑青、李苏、赖建荣等到广游二支队工作。1939 年 1 月，中共广东省委派党员干部刘向东（实名何向东）到番禺南山峡会见吴勤，了解广游二支队的情况。两个月后，省委派刘向东到广游二支队工作。

刘向东临行前，中共广东省委书记张文彬向他传达了中共六届六中全会精神，党中央确定广东党组织的工作方针和主要任务是："长期积蓄力量，积极在战争中发展力量，准备在抗战最后阶段起决定作用。"

张文彬要求刘向东到广游二支队后，要动员组织群众，广泛开展敌后抗日游击战争；开展统战工作，整顿和训练广游二支队，把直属队建设成为共产党领导的革命队伍，为珠江三角洲开展敌后抗日武装斗争打好基础。

廖承志对刘向东做出指示："对土匪不要存在所谓绿林豪杰的幻想，既要提高警惕，又不要'过桥抽板'，要坚持按党的抗日民族统一战线的方针政策办事。"

刘向东带着省委交给他的任务，经中山会同中共中山县委调出的党员黄柳言（实名莫逢湾）、吴德堂、陈侠光和张日清（实名陆应民）一起到广游二支队工作。

刘向东向吴勤传达省委意见时，吴勤当即表态："我十分同意，广游二支队听从党的领导。"

当天，吴勤任命刘向东为政训室主任，冯君素改任副主任。接着，在广游二支队直属队成立了党支部，由刘向东任支部书记，党支部全力加强对直属队的领导。

为了巩固发展部队，广游二支队直属队的党支部与广游二支队副司令、反共分子史文坚企图控制、分裂部队的阴谋进行了坚决的斗争。1939 年的夏天是多灾多难的夏天，更是邪不压正的夏天，史文坚乘吴勤去韶关筹借武器、刘向东去香港向东南特委汇报工作之机，借口外出筹措经费解决给养困难，带领、唆使直属队部分人员到处敲诈勒索群众，出入茶楼烟馆打牌赌钱，以"捞家"、土匪的习气影响腐蚀部队。

不仅如此，史文坚还将直属队绝大部分人员拉到他家乡禺南大洲乡，企图控制、分裂直属队。7 月下旬，中共东南特委派党员干部严尚民、林锋、黄友涯到广游二支队工作，严尚民任该队秘书。7 月底，刘向东从香港回到石涌，获知直属队被史文坚拉走，便立即与严尚民等多位党员干部共同研究，决定设法把部队调回石涌。

刘向东写了封信给史文坚说："奉吴勤司令命令，把直属队调回石涌继续训练。"史文坚见信，无可奈何才让部队回去，但仍扣留了大部分枪支弹药。刘向东、严尚民等党员干部带领直属队返回石涌，使部队转危为安。这也使得史文坚企图控制、分裂直属队的阴谋破产，确保了部队纯洁。

俊杰抗日同志社

1939 年 5 月，吴勤和爱国人士何福海等在禺南大石乡组织"俊杰抗日同志社"（简称"俊杰社"）。

"俊杰社"是抗日民族统一战线性质的半武装群众团体，农民社员占大多数，其中不少是大革命时期的农会会员、农军成员，少数是地方实力派成员。社员大会选举吴勤为社长，林俊兴、何文灿为副社长，何福海、戴启棠、黄成、李公侠为委员，秘书长由何福海兼任。总社设在大石乡留春园。由于吴勤出任"俊杰社"社长，"俊杰社"和广游二支队的关系比较密切。

"俊杰社"成立后，以禺南为基地，向南海、顺德、三水、花县和广州近郊发展，拥有52个分社，数千名社员。在南海平洲设南（海）三（水）花（县）指挥部，在若干地点设立了秘密交通联络站。分社以自然村为单位，设正副社长，社员公开或秘密佩戴胸章。为了加强对"俊杰社"的领导，1939年五六月间，吴勤和刘向东先后会见了"俊杰社"总社日常工作负责人，互相勉励做好统战工作。广游二支队直属队党支部派黄柳言、张日清、吴德堂、邓斌（实名邓展明）、邓准等以直属队协调员身份，到各乡村开展群众工作，重点加强"俊杰社"各个分社的宣传教育，动员青年参军，为开展抗日武装斗争创造了有利条件。

"俊杰社"成立后立即展开对敌斗争。1939年7月到1940年9月期间，吴勤指挥600多名"俊杰社"社员袭击了广州市郊东塱和南海盐步的伪军，消灭了员岗伪军地税征收队，袭击了员岗乡伪维持会，破坏了敌人的交通要道；伏击日军船只，缴获2艘日军汽船，毙伤数十人，俘虏日军3人，包括军官山本正男少尉。后来，这批日军俘虏由"俊杰社"总社派员押送到国统区，交给国民党当局，得到国民党广东省政府嘉奖。

1939年9月，广游二支队的共产党员已有20多人，党组织就在石涌村成立了广游二支队直属队总支部委员会，刘向东任党总支书记，严尚民任副书记，委员是黄柳言。党总支成立后，就与广游二支队政训室在涌边召开联席会议，分析研究了形势。会议决定：刘向东继续配合吴勤，做禺南各地国民党上层人物和地方实力派头面人物的统战工作；吴德堂在沙湾坚持部队日常工作。

经过党总支派往各地的同志的艰苦工作，广游二支队的影响迅速扩大，广大群众的抗战热情大为提高，许多青年农民要求参加抗日队伍，"俊杰社"领导的抗日锄奸活动也轰轰烈烈地开展起来。至1939年年底，广游二支队在禺南大谷围大部分地方初步建立起敌后抗日游击区，使广游二支队和"俊杰社"在游击区能进行比较公开的活动。

顺德抗日游击队

顺德抗日游击队在艰险的敌后建立，依靠共产党的领导，不断克服困难，巩固了队伍，为以后的发展打下了良好的基础。

1938年10月26日，日军攻占顺德县城大良后于11月5日撤出。

1939年3月12日，日军第二次占领大良，其后不断对顺德各地进行"扫荡"，以巩固其占领区。

此时，国民党顺德县党部和县政府迁至顺德县第八区（今杏坛镇）古朗乡，第四战区直属广东第一游击区第二支队游击司令部特务中队在顺德部分地区活动。第一游击区的部队编入第四战区挺进第三纵队（简称"挺三"），司令袁带，副司令屈仁则、林小亚，但他们惧怕日军，消极避战，积极扩充自己的实力。

顺德的游击区和国统区多为地方实力派所控制。比如：陈村有欧驹、欧荣部，勒流有廖忠部，勒竹有关应部，林头有梁桐部，霞石有梁砍胜部，大洲有周锡部，荔村有苏妹部，水口有梁德明、梁雨泉部，龙涌有钟添部，碧江有苏舜臣部，小涌莘村有曾岳（也称为马济）部。

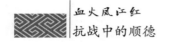

在这些被地方实力派控制的地方，乡乡有武装，村村有碉堡，处处有关卡，过往人员都要交买路钱。

1938年10月下旬，中共南顺工委委员林锵云、黄云耀带领部分党员，在顺德敌后的龙眼、众涌等多个村庄坚持斗争。11月中旬，林锵云带领10多名党员，发动龙眼、西海抗日同志会的骨干，在西海、路尾围、大洲等地筹建抗日武装，并于1939年2月19日在顺德大良镇蓬莱小学成立了"顺德抗日游击队"，队部设在蓬莱小学，并通过蓬莱小学校长陈椒蕃的社会关系，取得了"第四战区直属广东第一游击区第二支队游击司令部特务中队"番号，从游击司令部领取经费。特务中队的队长对外由小学教师罗永坚挂名，实际由南顺工委领导，总负责人为林锵云。

顺德抗日游击队是顺德第一支由共产党领导的真正意义上的抗日队伍。

队伍建立不久，范志远在南海县理教村动员了部分共产党员加入顺德抗日游击队，队伍发展到30多人。在南海活动的共产党员招富，给顺德抗日游击队送来了长、短枪共5支。同时，为加强党对顺德抗日游击队的领导，1939年2月下旬，中共广东省委将中共中央从延安分派来的党员干部邓桂林分配到顺德县，任南顺工委委员、顺德抗日游击队副中队长，负责军事工作。后来，中共中区特委、东南特委先后派党员干部何干成、方群英、孙正川、容海云、叶向荣到顺德抗日游击队工作，何干成任政治指导员，叶向荣为南顺工委委员。

1939年3月，黄云耀、林锵云先后到香港，与东南特委接上组织关系。4月，东南特委常委杨康华到顺德，接收南顺工委的组织关系。南顺工委在顺德召开扩大会议，由杨康华传达中共六届六中全会精神和广东省委、东南特委的指示。会议结合顺德的实际，着重讨论如何开展敌后武装斗争等问题。会上批评了当前一些同志存在的错误观点，比如：认为敌强我弱，不能搞武装斗争；主张把游击队合并到国民党地方团队等。最后与会同志统一了认识：一定要坚持独立自主的原则搞武装建设，坚持开展敌后游击战，打击敌人，保卫群众，并积极设法解决部队给养问题。会议做出决定：在适当时机，经过周密部署，可以先在大良等地采取有效的军事行动，打击日伪，扩大政治影响。

这次南顺工委扩大会议，确立了正确的斗争方针，为顺德抗日游击队的发展指明了方向。会后不久，顺德抗日游击队由大良转移到龙眼、众涌一带活动，在大良留下一个秘密工作站。

1939 年 6 月，又一个夏天来临，又是一个热火朝天的实干季节。顺德抗日游击队分别建立男、女队员党支部，男队员党支部书记为霍文（后由梁棉担任），女队员党支部书记为方群英。

其间，让人意外的是，国民党特务中队的队长罗永坚突然离开部队后，"挺三"副司令林小亚停止了对顺德抗日游击队的供给。顺德抗日游击队自动取消了"特务中队"番号，实行给养自筹，导致队内生活十分困难，只好安排部分队员暂时离队，全队只留下 18 人。

留下的人员坚持活动，半天学习军事，半天学习政治。林锵云讲二七京汉铁路工人大罢工、五卅运动、广州起义等革命斗争历史，组织学习毛泽东的《论持久战》，鼓励大家在困难时候看到光明，坚定革命信念，坚持抗战到底。

看到队内给养困难，黄云耀、陈椒蕃多方活动，奔走于港澳同胞和大良爱国人士之间募捐筹款。黄云耀去澳门筹款时，得到其同学、爱国人士姚集礼的支持，姚集礼捐献给该队 1000 银圆、2 支手枪；西海和路尾围党支部发动群众给部队捐送大米、杂粮等食物；西海桔围陈九就连家里的 50 多公斤稻谷种子也送给了部队。此后，澳门四界救灾会回乡服务团先后派第四队和第五队两个服务队到顺德抗日游击队开展地方工作，第四队的中共支部书记是胡泽群，队长是梁铁，第五队的中共支部书记是李淑明，队长是曾宪猷，两个服务队男女队员共 20 多人。他们组织青年读书会、妇女识字班，教唱抗战歌曲，演出抗战戏剧，开设医疗站，宣传抗日形势，进行群众工作。后来，服务队一部分队员参加了顺德抗日游击队，服务队一部分转移到学校坚持敌后工作。

1939 年 9 月的一天，顺德抗日游击队负责与地下党联系的共产党员陈麟阁在执行运送武器的任务途中，在大良东门关卡不幸被捕。陈麟阁遭敌人酷刑拷打，坚贞不屈，最后壮烈牺牲。

还是在这个夏天，南顺工委书记范志远调离，林锵云接任。

中共南番中顺中心县委

1940 年 3 月 30 日，汪伪政府在南京成立。4 月，陈耀祖为代理伪广东省省长兼伪省保安司令。5 月 10 日，汪伪广东省政府成立。珠江地区的伪县政府、区署、乡公所以及武装团队和警察队、侦缉队等相继成立。

此时，在军事上，日军通过对国民党军队的诱降和大量收编土匪武装，建立和发展"绥靖军护沙队"和"联防大队"等。日军在南、番、顺地区组建由其直接指挥的伪军第二十师，李辅群任副师长兼第四十旅旅长，以禺南市桥为大本营，分驻广州市南郊、市桥、大良一带。在经济上，日军加紧抢夺珠江三角洲的资财，在番禺、顺德和中山等地霸占很多土地，开设农场、糖厂、军械厂、船厂、金铺和商行等 10 多个，操纵市场，勒收苛捐杂税。日军与汪伪政府发行军用票和储备券，到处设立关卡，收"保护费""开耕费"和"禾票"。

中共广东省委为了加强珠江三角洲的武装斗争，于 1940 年 6 月建立中共南（海）番（禺）中（山）顺（德）中心县委（简称"中心县委"）统领南海、番禺、中山、顺德地区党的组织和抗日武装。广东省委同时对中心县委指示：在珠江三角洲日军占领区域，要采取小而精的方式发展扩大人民抗日武装，应注意用广游二支队的合法名义扩大部队。

1940年6月，中共中区特委书记罗范群在顺德西海（现北滘镇西海村）桔围陈九家里主持召开中心县委扩大会议。参加会议的有林锵云、陈翔南、刘向东、严尚民，列席会议的有黄柳言、黄友涯、方群英、容海云、郭培福等。会议传达了"中共广东省委关于把广游二支队改造成中共领导的人民抗日武装和发展珠江三角洲敌后抗日游击战争，建立敌后根据地"的指示。会议分析了敌后抗日战争的形势，认为抗日战争进入相持阶段。一年来，相持阶段的特点在珠江三角洲亦同样得到反映，日军着力扶植汉奸势力，汪伪各级政权先后出现，伪军逐渐强化和扩大，国民党顽固派勾结日伪反共反人民活动日益频繁，抗战军民的对敌斗争形势更加复杂、更加困难。

会议着重讨论研究了贯彻长期积蓄力量的方针、统一领导珠江地区党组织和抗日武装、发动人民群众开展敌后抗日游击战争、打开敌后抗日新局面、争取新的胜利等问题。会议还就统一领导南、番、中、顺各县地方党组织和人民抗日武装，放手发动群众，武装群众，开展敌后抗日战争和建立抗日根据地、游击区等设想做了详细的讨论研究。会上宣布中心县委书记为罗范群，委员为林锵云、陈翔南、刘向东、严尚民。

中共中央十分关心广东敌后抗日武装斗争的开展，根据中共广东省委书记张文彬的请求，从延安派出抗日军民大学第三分校二大队政委谢立全、大队长谢斌到顺德西海，任中心县委委员，负责军事工作。

1940年9月，中心县委在西海桔围召开会议，决定加强对南、番、中、顺敌后各抗日武装的领导，深入开展敌后抗日游击战争；利用广游二支队的名义，建立"八路军、新四军式"的人民军队，加强党的领导和思想政治工作，把广游二支队整顿、建设成为中共领导下的人民抗日武装。会议还决定，以林锵云领导的顺德抗日游击队为基础，从中山、番禺抽调一批共产党员和进步青年，组织独立第一中队，编入广游二支队，由中心县委和广游二支队同时直接领导。会后，刘向东与吴勤商定，谢立全（化名为陈明光）任广游二支队司令部教官，谢斌（化名为刘斌）任司令部参谋。

1937 年冬天，抗日高潮逐步形成，党派广州市教忠中学学生李静、黄万吉等 20 多人到西海路尾围开展抗日宣传工作。"宣传队到我家，向我宣传国家兴亡，匹夫有责，使我懂得了一些道理，积极投身革命运动，参加了中国共产党。"①陈九先生在《顺德文史》1985 年第 5 期发表的《回忆当年中心县委在我家成立》一文中回忆，随着革命形势的发展，上级党组织派来了林锵云同志，发展游击武装斗争，顺德抗日游击队历尽艰难困苦，不少战友为了明天的胜利壮烈捐躯，"党为了加强对部队的领导，一九四〇年七、八月间，我奉命与严尚民同志经沙湾回西海去，准备迎接我党中央派来的谢立全、谢斌同志。两位谢同志到达西海后，就在我家过中秋节。随后又在我家寮仔开了几天会议，成立中心县委，决定将顺德部队编入吴勤广游二支队，并改编为独立第一中队"。②

中共南番中顺中心县委的成立，使南、番、中、顺各县地方党组织和各人民抗日武装，有了新的统一的领导机构，使中共中央关于放手发动群众、独立自主开展敌后抗日游击战争、建立抗日根据地等方针指示，得到进一步的贯彻。同时，中心县委将领导中心设在顺德，以顺德、番禺为开展敌后抗日游击战争的重点，直接指挥顺德、番禺人民的抗日武装，使顺德、番禺敌后抗战进入一个新的历史时期。

---

① ② 陈九：《回忆当年中心县委在我家成立》，《顺德文史》1985 年第 5 期，原载番禺县纪念珠纵四十年特刊。（"珠纵"为"珠江纵队"的简称。）

独立第一中队

1940 年 9 月，林锵云、谢立全、谢斌按照中共南番中顺中心县委关于组建广游二支队独立第一中队的决定，征得吴勤同意后，着手筹建独立第一中队。

独立第一中队以原顺德抗日游击队 30 多人为基础，再从中山、番禺中共地方组织抽调共产党员和进步青年 20 多人组成，林锵云任中队长，黄柳言任政训员，下辖两个小队。第一小队队长是梁冠，第二小队队长是黄銮。独立第一中队成立后，有战斗人员 50 多人，全副武装，转战禺南、顺德。

10 月初，独立第一中队在番禺县沙湾乡涌边村成立。

谢立全、谢斌按照党的建军原则，以八路军、新四军为榜样，建立了党支部和政治工作制度，切实执行"三大纪律八项注意"，发扬艰苦奋斗的作风，实行官兵一致，军民团结合作，组织指战员进行严格的军事训练。

经过一段时间的训练，部队的军事、政治素质明显提高，成为广游二支队的骨干队伍，在加强党的领导、培养干部、发动群众、打击敌伪等方面，起到了带头和示范作用。

独立第一中队成立后不久，便投入了反击进攻沙湾的伪军的战斗。

沙湾是禺南较大的一个乡，其西北面是石涌村和涌边村，东北面 5 公里处是市桥镇。沙湾乡当时是伪军第二十师四十旅旅长李辅群势力范围的一个重点地方，又是"大天二"①地主武装势力较集中的地方。那里有几股不同的武装势力：一股是何成（也称为周仓成）的地方实力派武装，何成在吴勤和刘向东的教育争取下，倾向抗日，其所属武装被编入广游二支队第二大队，何成任大队长；一股是伪军四十旅八十团第三营营长何健的投降派势力；还有一股是何端的地方实力派武装，对何成、何健两股势力保持中立态度。

李辅群为了打击广游二支队，占领沙湾以巩固其市桥外围地区，指使何健于 11 月 13 日带领伪军近千人，分两路从禺南渡头沿公路向沙湾进攻。一路伪军近 600 人进攻驻沙湾的广游二支队第二大队；另一路伪军近 400 人向驻涌边、石涌村的抗日武装进攻，企图切断广游二支队的退路。

此时，中共南番中顺中心县委正在涌边村召开会议。为了掩护参加会议的同志迅速转移，保障第二大队侧翼的安全，林锵云、谢立全、谢斌率领独立第一中队抢占涌边村后的一座山头，做好反击伪军进攻的战斗准备。

拂晓时，伪军开始进攻沙湾，何成指挥第二大队奋力抵抗。因伪军人多，且进攻突然，而第二大队只有 60 人，且仓促应战，抵抗一段时间后，何成便带大部分队员撤离沙湾，向禺南古坝转移，留下一个班在沙湾黄坭岗据碉堡固守。面对数百敌人，他们毫无畏惧，血战到底，最后全班壮烈牺牲，沙湾被伪军占领。

同一时间，另一路伪军近 400 人，在数挺轻、重机枪的猛烈火力掩护下，从涌边村村北和村东南两个方向向独立第一中队发起进攻。独立第一中队奋勇抗击伪军，一次又一次击退伪军的进攻。谢斌在指挥战斗中右手掌被伪军的一颗子弹穿透，他用手帕将伤口包扎起来，又继续指挥战斗。谢立全直接在前线指挥，这给了战士们很大鼓舞。从

①　"大天二"在顺德的民国故事中，指的是独霸一方、无恶不作的土匪恶霸。

天刚亮至 15 时，独立第一中队先后打退伪军的 10 次进攻，据守山头阵地。伪军见涌边村久攻不下，就鸣号退出战斗。这场战斗，独立第一中队牺牲战士 1 人，2 人受伤。

沙湾战斗是独立第一中队新组建后参加的第一场战斗，虽然训练时间短，战士们缺乏战斗经验，但有党的领导，指挥员处置情况果断、正确，战士们士气高昂，英勇顽强，经受住了首次较大的战斗考验，成功掩护参加中心县委会议的同志安全转移，保障了第二大队侧翼和退路的安全。独立第一中队在这次战斗中打出了威信，影响很大。群众和地方实力派传扬："吴勤队伍里的人真勇猛！"

战后，何成拉着谢立全的手，一再感谢独立第一中队救了他们，是真心的朋友。此后，何成同独立第一中队一直保持着良好的关系。独立第一中队的指战员也增强了运用灵活机动的战术、以少胜多击败强敌的信心。

顺德大队

顺德人民抗日武装，经历了从无到有、从小到大、由弱变强、曲折前进的过程。在艰难困苦中，坚持党的领导，依靠群众，动员群众，建立了广泛的抗日民族统一战线，开展了独立自主的敌后抗日游击战争，给敌、伪、顽军以重创，在斗争中不断成长、发展和壮大。

1944 年 7 月初，广游二支队第五大队，也就是顺德大队正式成立。大队由广游二支队榄核中队、陈胜率领的中队和留守西海坚持斗争的小分队组成，大队长为陈胜，政治委员为黄友涯，副大队长为何球，副政治委员兼政训室主任为高乃山，组织员为陈其略，妇女干事为谭清，中队军政干部有梁国僚、梁奋、严彪、冯来、苏洪、邓斌、钟灵、黎洪、张开、马锦。陈胜是陈九的儿子，中心县委就是在他家成立的。在顺德抗日游击队最困难的时候，陈九把家中50多公斤稻谷种子送给了部队，解决了一时困难。

顺德大队下辖榄核和西海两个中队。不久，又发展了乌洲、旧寨、碧江三个中队和麦村独立小队。部队驻防和公开活动的地区，包括榄核、大洲、乌洲、西海、路尾围、碧江、杏坛、麦村、莘良马等地。

驻西海中队中队长是梁国僚，指导员是关汉。

驻乌洲中队中队长是严彪，副中队长是黎雄，指导员是冯来。

驻旧寨中队副中队长是周流、苏洪，指导员是邓斌。

驻麦村独立小队队长是钟灵，副队长是邓溢初，文化教员是陈立光。

西海民兵另成立一个中队，中队长是黄牛，指导员是张开，归顺德大队指挥。

顺德大队的主要任务是：（一）作战锄奸；（二）进行军事、政治、时事教育；（三）组织发动群众，宣传抗日；（四）保护群众利益（反"霸耕"、反苛捐杂税、维护治安）；（五）保卫、巩固发展政权；（六）做好统战工作。

顺德大队为了迎接新战斗，利用战斗间隙以中、小队为单位，集中进行军政训练和建党工作，着重提高部队的军事和政治素质，并在大队建立党委，中队建立党支部，小队设立党小组。

不久，顺德大队各中队均配备了轻机枪和精良的长、短枪，深入开展敌后游击战，成为建立抗日民主政权的主要武装力量。

1944年10月，中区纵队宣布成立，顺德大队编入纵队第二支队，为下辖单位。11月11日，中共广东省临时委员会（简称"广东省临委"）、广东军政委员会联席会议做出决定：撤销中区纵队建制，调整珠江、粤中两地部队建制和任务，将中区纵队一分为二，一支部队为珠江纵队，另一支部队以"广东人民抗日解放军"名义开展活动，两支部队分别在珠江、粤中地区活动。

1945年1月15日，珠江纵队公开宣布成立，顺德大队编入珠江纵队第二支队所辖大队。同月，珠江特委撤销，顺德地方党组织由顺德大队党委统一领导。4月28日，顺德大队除副大队长何球率小部分队伍留守番顺交界地区坚持斗争外，大部分队伍赴南海官窑、黄洞与番禺大队会合。5月上旬，顺德大队大部、番禺大队和独立第三大队在黄洞整编，组成西江挺进大队，挺进西江。

这里要特别回顾的一点是：顺德大队内有一个由4名印度友人组成的战斗小组，他们是从广州日军俘虏营逃跑，路经碧江至西海途中，被顺德大队留守西海的小分队收留，他们表示愿意留在部队。

珠江纵队第二支队

1944年8月，中共广东省临委和东江军政委员会在宝安县大鹏半岛土洋村召开联席会议，深入讨论了中央军委《关于华南根据地工作的指示》①，分析了广东省抗日斗争的形势，做出了有关建立根据地、发展游击区、扩大部队，展开独立自主游击战等决定。

1944年10月1日是中秋节，南（南海）番（番禺）中（中山）顺（顺德）游击区指挥部（简称"南番中顺指挥部"）在五桂山区槟榔山村召开干部大会。罗范群在会上做了中区纵队成立经过的报告，谢立

---

① 中共番禺市委党史研究室、中共顺德市委党史研究室合编：《珠江纵队第二支队史》，1996年，第117页。

全做了军事工作总结和今后任务的报告。

大会在内部宣布成立中区纵队，纵队司令员为林锵云，政治委员为罗范群，副司令员为谢立全，参谋长为谢斌，政治部主任为刘田夫，政治部副主任为刘向东。

纵队下辖第一、第二支队，挺进粤中主力大队，中山八区抗日游击大队，新鹤大队，南三大队和雄狮中队等，共2700余人；第二支队（会议对外未公开，仍用原番号）下辖番禺大队、顺德大队，共700余人，支队长为郑少康，政治委员为刘向东（兼），副政治委员为邝明，政治处主任为黄友涯。

◎抗日战争时期，游击队通过伏波桥（也叫九眼桥）多次进入顺德县城袭击日、伪军

10月下旬，中区纵队挺进粤中后，中共领导的广东中区敌后抗日武装斗争的区域迅速扩大，部队不断发展，中区敌后抗战出现了一个崭新的局面。按照1944年8月"土洋会议"的部署，珠江地区的部队和粤中地区的部队均由中区纵队指挥。中区纵队主力大队挺进粤中后，继续向西发展，距离珠江地区越来越远，给指挥、联络带来困难。为

了加强两个地区抗日武装斗争的党的领导和部队建设，1944年11月11日，广东省临委、广东军政委员会做出决定，调整珠江、粤中地区部队建制和任务，将中区纵队一分为二，在珠江东活动的部队成立珠江纵队，在粤中地区的部队用"广东人民抗日解放军"名义开展活动，并报中共中央批准。

11月14日中共中央批准：成立广东人民抗日游击队珠江纵队，司令员林锵云，政治委员梁嘉，副司令员谢斌，参谋长周伯明，政治部主任刘向东，同时撤销珠江特委。

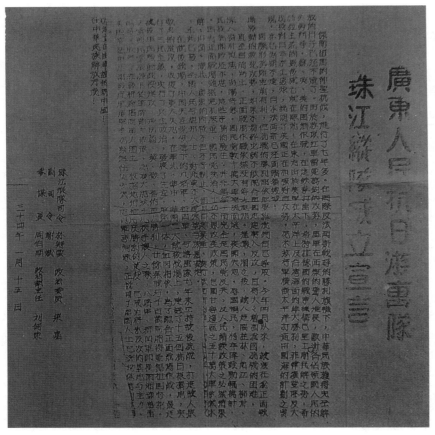

◎珠江纵队成立宣言

1945 年 1 月 15 日，广东人民抗日游击队珠江纵队在中山五桂山区公开发布《广东人民抗日游击队珠江纵队成立宣言》和《珠江纵队司令部布告》，庄严宣告珠江纵队正式成立。珠江纵队司令部设在中山五桂山区槟榔山村。珠江纵队下辖第一、第二支队，独立第三大队。第二支队下辖两个大队，支队长为郑少康，政治委员为邝明，政治处主任为黄友涯。

珠江纵队成立时，第二支队在禺南大谷围里仁洞举行了庆祝珠江纵队暨第二支队成立大会。出席第二支队成立大会的有部队代表和番禺、顺德部分乡村代表共 300 多人，刘向东做关于形势任务和珠江纵队成立意义的讲话，支队长郑少康致词，会上鸣放鞭炮，气氛隆重热烈。

会后，宣布了支队属下部队番号：番禺大队，大队长为戴耀，教导员为吴声涛，副大队长为梁国僚，原各中队编制和军政负责人没有变动；顺德大队，大队长为陈胜，教导员为马奔，副大队长为何球，组织员为陈奇略，原各中队、独立小队编制和军政负责人不变。

此时，两个大队已分别发展到 350 多人，共 700 多人，武器装备齐全，除长、短枪外，各中队均有两三挺机枪。此外，纵队成立了第二支队政治工作队，共有 40 多人，队长为梁铁、钱乔（后任），指导员为卫民。

1945 年 1 月 25 日，伪第四路军李辅群属下护沙总队一个集训队的 100 多人，到禺南市头村为员岗村梁姓地主收租，乘机劫掠民财。第二支队番禺大队得知后即做战斗准备，待伪军返回途经南村时，大队长戴耀带领一个中队迎头痛击，伪军逃窜。战斗开始后，民兵常备队鸣锣报警，附近民兵立即集合参加战斗。伪军遭到打击后即溃散，一部分窜回市桥，一部分逃上七星岗。枪声、锣声传到驻隔田村的第二支队队部，支队长郑少康即令支队参谋冯剑青带领一个小队向七星岗追击。

冯剑青带队从七星岗南坡登山时，伪军正从北坡登山，两方几乎同时登上山顶，中间隔着一形似马鞍低凹处，两方对峙。南村各坊和大石、会江、草塘、坑头、诜墩、蔡边、丹山等村庄的500多名民兵，配合部队把伪军收缩在七星岗北坡的一个山坳里。戴耀带领的一个中队从东南方向包抄伪军，陈庆南带领民兵占领大南岗后，则从西北方向包抄伪军，各乡的民兵举着各色旗帜，跟着第二支队战士包围伪军。草塘村民兵林润良这天刚好结婚，听到报警的锣声，立即取下挂红，拿起钢枪参加战斗。

后来，部队又用掷弹筒炮击被包围的伪军。

"打倒李塱鸡（李辅群贬称）！"

"打倒日本仔！"

"冲啊！杀啊！"

喊声此起彼伏，被包围的伪军胆战心惊。

到了20时，戴耀带领部队，陈庆南指挥民兵向伪军发起攻击，毙2人，俘30多人，缴获步枪30多支。不幸的是，里仁洞民兵李浩在冲锋时中弹牺牲。

第二天凌晨，伪军600多人分别从大龙圩、山门村，分两路向驻乔山村的番禺大队反扑。在附近民兵配合下，戴耀率队反击来犯之伪军，边打边向南村转移。另一路伪军300多人，也于清晨向南村、板桥、樟边进犯。陈庆南率领数百民兵占领大南岗及附近高地，英勇打击敌人。战斗一直持续至15时许，伪军被迫全部撤退。

第三天，伪军头目李辅群又指挥山门、谭山、曾边等地伪联防队300多人、伪军200多人，分三路向南村进犯。战斗进行了一天，最终，伪军未能进村。

番顺行政督导处

1944年年初，全国抗日形势发生了深刻的变化，各敌后抗日战场节节胜利，广大军民的抗日信心增强，纷纷要求建立以抗日民族统一战线为基础的民主政权，以巩固胜利成果，进一步增强抗日力量，彻底打败日本侵略者。

1944年春，南番中顺指挥部根据上级指示，做出了《关于政权工作的决定》，指出：革命斗争的经验证明，没有革命政权的支持，要想坚持长期残酷的武装斗争是不可能的；加强党内外、军内外对于建立抗日民主政权的思想教育，在抗日武装部队控制下的地区建立新民主主义的抗日民主政权。

在南番顺地区，到了1944年下半年，抗日力量已不断发展壮大。日伪在番禺、顺德只占领着市桥、新造镇内及部分村落。广游二支队和民兵控制了大部分乡村，拥有大小村庄土地面积达300多平方公里，约10万人口，不少乡村已建立民主政权，成立了农会、妇女会、民兵组织。各地的统战人士同抗日部队保持着友好关系，特别是各地涌现了一大批抗日积极分子，成为群众同部队联系的桥梁，从而使部队有了巩固而广阔的群众基础，给建立抗日民主政权创造了有利条件。

1944年10月，刘向东提出进一步加强政权建设，巩固发展抗日根据地的建议，抽调李冲、陈庆南到诜墩成立禺南民主政权筹备处，对外称"禺南乡政建设委员会"，负责在番禺、顺德的一部分乡村筹备与建立基层抗日民主政权。在建政工作中，不少行政区域划分、人员配备，都是在"俊杰社"原有组织基础上建立的，工作进展顺利。此时，顺德在西海成立了都粘乡抗日民主政权，在大洲成立了三洲联乡办事处，负责人分别为何灿荣、梁君亮。11月间，在禺南大石一带首先成立区一级抗日民主政权——显社联乡办事处，负责人为何福海。

1945年2月，根据珠江纵队政治部颁发的《行政人员训练班招考章程》，招收了25名学员。由广游二支队特派干事李英负责在禺南大谷围开办行政人员训练班，为期一个月。学员结业后，分别到各个乡村进行抗日民主政权的组建工作。

1945年3月15日，番顺行政督导处在禺南诜墩成立，属县级抗日民主政权机构。主任为徐云，副主任为李冲，下设行政科，科长为李冲（兼任），军事科科长为陈庆南。

番顺行政督导处下辖多个单位：在禺南一是显社联乡办事处，主任为何福海，管理大石、大山、河村、礼村、植村、员岗等10多个乡村；二是里仁洞联乡办事处，主任为李荣，副主任为李祥（兼民兵常备中队队长），管理大江南、隔田、汉塘尾、冼庄、植地庄、彭庄、罗庄、马庄、鹤地等乡村；三是南村乡政委员会，主席为朱子吉，副主席为邬永（兼民兵常备中队队长），管理南村四坊、板桥、梅山等乡村；四是罗边乡政委员会，主席为罗南湘，管理罗边、曾边等乡村。

顺德都粘乡抗日民主政权，管辖西海、路尾围、横岸、桃村、西洲、都宁一带的乡村，乡政委员会主席由何灿荣担任，委员有张柳金、黄牛、张开、梁成球、郭培福，武装委员为黄牛（兼），妇女委员为张柳金（兼），民兵常备中队队长为黄牛（兼），指导员为张开；三洲联乡办事处，管辖大洲、乌洲、鸡洲一带的大小乡村，主任为梁君亮，委员为霍祥、区波，设若干办事人员，也有一小队武装。

都粘乡抗日民主政权

1944年春夏之交，珠江纵队司令部在西海召开了大队长以上的干部会议。

会议中心议题是："七一"前在内部公开"珠江纵队"旗帜，培训部队骨干，把西海民主政权建立起来。

会议决定：组织常备民兵与后备民兵，进行经常性的训练，由黄牛具体负责；健全妇女会组织，由张柳金任妇女会会长，在谭清等人协助下，举办两期妇女训练班，开设妇女识字夜校。

会后，开始筹备组织乡政府、村政权建设，村政权设立正、副村长。经过两个多月轰轰烈烈的群众运动，乡和村政权的筹备工作基本就绪，在7月1日前召开了群众庆祝大会，正式公布西海政权建立。当天，番禺、南海、三水、中山各地部队均派代表参加庆祝大会。在西海祠堂对面的广场，乡、村政权负责人和西海群众敲锣打鼓，舞起狮子，抬着烧猪参与庆祝，并祝贺中共珠江纵队内部公开旗帜。

1944年10月，西海率先公开在顺德建立了人民当家作主的都粘乡抗日民主政权。

都粘乡抗日民主政权，全称是"都粘群众民主新乡政权"，初归属顺德大队领导，后受辖于番顺行政督导处，下辖都宁、绿道、桃村、横岸、南平、西海。新乡政权为委员制，乡政权成员先是民主酝酿，然后由群众选举产生。乡长为何灿荣，委员为张柳金、黄牛、张开、梁成球、郭培福、张流等，武装委员为黄牛，妇女委员为张柳金。都粘群众民主新乡政权拥有一个武装中队，黄牛任中队长，下设7个班，战士50多人。

新乡政权的基本任务是：宣传发动群众，减租减息；支援部队战斗，开展对敌斗争；维持社会治安，组织群众发展生产。

都粘群众民主新乡政权为维持保卫乡政权的武装部队的给养，开设了三个税点：一是陈村，二是林头，三是泮浦；还印发税票，对来往货船实施按货量征收税款，每百银圆储备券货物征收3至5角，由货主填好表格后征收。由于税率低，而且纳税后在西海一带能得到安全保护，货主也乐意缴纳，所收税款日均10多银圆，按每人每天膳食费2角计算，基本解决了部队膳食问题。

都粘群众民主新乡政权成立后，共产党在西海有了公开的政府，可以公开进行活动，实施各项政策法令，并与各方抗日力量保持密切关系。

不过，西海还有"大天二"和其他势力。这些势力都打着"抗日"的旗帜，如地方实力派梁满、梁敬、梁启、何松、周祖等，他们都挂着国民党封的"联防大队长"之类的头衔，并推举了冯荣当乡长；还有伪维持会，会长为欧阳麟。

这样一来，西海村就出现了广游二支队司令部、都粘群众民主新乡政权、地方实力派、伪政权四个权力机构。尽管如此，主政行使西海权力的仍是广游二支队司令部和都粘群众民主新乡政权，地方实力派、伪政权与共产党政权形成了统战关系。

在都粘群众民主新乡政权建立前夕，广游二支队司令部已同地方实力派、伪维持会，达成一切听从广游二支队的协议，地方实力派也取消了各自收"禾农民票"（也就是保护费）的做法，改由广游二支队统一收税，按比例分成。此举减轻了农民的负担，也获得更多群众的支持。

具体收入分成比例改为广游二支队司令部占50%，都粘群众民主新乡政权占5%，地方实力派占35%，伪政权占10%。税率的多寡，按

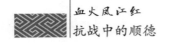

收成而定，按 20%—30% 税率征收。按当时情况，税率尚属较低，一改以往地方实力派征收的随意性及由此导致农民负担过重的情况。因此统一收税，深受群众欢迎。

1945 年 4 月，广游二支队撤出西海，都粘群众民主新乡政权也就随之结束了它的使命。

乌洲人民联乡办事处

都粘乡抗日民主政权建立后，抗日民主政权从西海向都宁、绿道、桃村、横岸、南平地区伸延扩展，开拓了人民抗日武装在敌后游击战争中的回旋余地，随后又不断向外围开辟和发展。顺德大队在乌洲、旧寨、碧江、麦村分别设立中、小队，成为常驻武装。而且抗日民主政权巩固和扩大了抗日民族统一战线，与地方实力派结成统战关系，使乌洲的汉奸梁桂伟父子陷入抗日力量的包围和孤立之中。

1944 年 7 月，在谢立全的部署和指挥下，活捉了伦教乌洲汉奸梁桂伟及其子梁葵（也叫"胡须葵"），彻底铲除了当地的汉奸武装。

梁桂伟在大革命时期摧残农会，残害农民。抗日战争期间，他又充当汉奸"霸耕"夺佃，勒收"禾票"，放高利贷，残害、欺压农民。因持有精良武器，又恃着梁桂伟侄女嫁给了大汉奸李辅群内弟李福为妾，梁桂伟父子俩横行乡里，仗势欺人。

歼灭了梁家父子后，顺德大队教导员马奔到伦教三洲，以群众组织"永裕会""嘤求社"等抗日小组为基础，建立"乌洲人民联乡办事处"，这一人民民主政权组织开始归属顺德大队领导，后改隶番顺行政督导处管辖。

乌洲人民联乡办事处管辖范围为"三洲六乡",即大洲、乌洲、鸡洲、霞石、上植、南涌,办事机构设址于乌洲。

乌洲人民联乡办事处的宗旨是:反对"霸耕""拍围",废除苛捐杂税,合理减租减息;防奸、防特,维护社会治安;联合一切抗日力量,配合、支持抗日武装队伍。

乌洲人民联乡办事处机构组织分工为:梁君亮任主任,委员有区任、区波、区藜、梁标、梁顺、梁柱等人;民运工作队队长为黄姐,副队长为何煊、胡琼,队员有罗八、罗十妹、罗七妹、鸡仔旺、带银、冯九仔。其主要任务是建立保卫乡政权的民兵组织,并负责文化活动,如开办识字班、开展妇女解放运动、组织儿童团,以及开设学校等。

乌洲人民联乡办事处存在期间,新编了一个中队,中队长为严彪,副中队长为苏洪、黎洪,中队部设址于乌洲,行保卫乡政权的职责。

乌洲人民联乡办事处从减轻人民负担出发,还在鸡洲谦益围、乌洲分别开办部队农场。为加强地方的统一战线,谢立全与地方实力派周锡协商,在共同抗日的基础上达成协议,互不干涉,周锡负担7万斤粮食给部队作军粮。

1945年4月间,由于抗日战争形势发生了急剧变化,珠江纵队第二支队撤离顺德,挺进西江后,当地的反动势力勾结国民党反动派对抗日基地和民主政权进行"围剿",为保存有生力量,原建立政权的组织人员分散隐蔽,乌洲人民联乡办事处不复存在。

时至今日,我们回看顺德民主政权的建立,虽然其存在的时间短暂,但是在贯彻执行党的抗日民族统一战线的方针和政策方面,凝聚和壮大了抗日力量,保卫巩固了敌后抗战的胜利果实,为抗战从相持阶段转入反攻阶段,争取最后胜利发挥了重要的作用,也为日后新政权建设积累了历史经验。

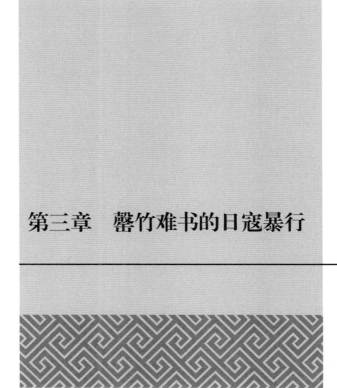

第三章　罄竹难书的日寇暴行

汉奸带日、伪军烧杀大晚乡

1939年3月8日的早晨，龙江伪维持会会长麦人亨及伍某、廖某、叶某等四个傀儡，引领驻龙江日军进入勒流大晚乡劫掠、残害群众。事后返回龙江后，这些傀儡还好酒好菜设宴款待逞凶的日军，极尽卑躬屈膝之能事。

群众闻讯后，无不咬牙切齿、义愤填膺。

当天的饮宴散席后，四个傀儡回到设于勒流新圩善堂的伪维持会。"不许动！我们是游击队！"随着一声大喝，冲进来的顺德抗日游击队锄奸团10多人，高呼惩处汉奸的口号，对着这四个傀儡开枪，这四个傀儡顿时倒毙。而侥幸漏网的汉奸则逃到龙江，向日军报告。

3月11日13时许，龙江日、伪军70余人开进勒流，在汉奸的引领下，随即沿游击队撤退的方向穷追不舍。

日、伪军兵分四路追至勒流大晚乡，沿途乱枪射杀民众。此时，惊恐的人群四散奔逃，残暴的日军像狩猎一样开枪射杀，数十名群众中弹倒地，尸骸枕藉，鲜血四溢，作孽的日军队长松田还站在高处嘎嘎狞笑。

日军射杀四处躲避的村民后，就入屋逐一搜索，对躲避不及的老弱幼小乱枪射击、刺刀杀戮、枪托狂殴，再抢去衣物、被子、金银首饰和粮食、牲畜等。

可恨的是，日军杀人后在村头、村中、村尾等多座民房上，泼上从勒流劫来的20多罐汽油，纵火焚烧。五个火头迅即随风蔓延，整个村落瞬间变成一条火龙，火光冲天。

在大火中，村中被围困的 200 多名无辜村民，无从躲避，又无处藏匿，逃出村外又遭射杀。

在一片惊恐的悲号声中，村民只得拼死夺路向村外四散狂奔。日军见状，架起机枪横扫起来，100 多名村民随即饮弹倒毙。藏匿家中的，被倒塌的房屋压死、被烧死的也有 20 多人。火势乘风而起，浓烟与烈焰吞噬了全村茅屋，一直烧至晚上，无人扑救。这次劫难共计焚烧房屋 700 多间，民众死伤 200 多人。

焚杀龙江七里路

龙江是顺德商贸重镇，为防匪患，当地商贾推举邓信（也称"四家叔"）为首，发起组织武装团队保卫家乡，当地人刘浩（又名刘如武）、刘奋、张初皆率队加入，均为邓信所部。日军侵占龙江后，邓信避居异地，改营他业，所部即趁社会纷乱，退出团队，各自立门户，发展势力，拓展地盘，借以"捞世界"。

刘浩、刘奋盘踞龙江后，啸聚甚众，不时四处打家劫舍，勒收"行水"①。外出"觅食"的张初见状，垂涎"两刘"，就想着分杯羹，遂打着"保护乡里"的旗号率队回驻。自此，刘浩、刘奋、张初三拨人马，盘踞龙江，四处滋扰，为害地方，群众叫苦不迭。

1940 年 3 月至 4 月间，刘奋、张初因劫掠地盘引起纷争，积怨甚深，终反目成仇，兵戎相见。张初杀死刘奋之弟等七人后，刘奋火冒

---

① "行水"在顺德的民国故事中指茶水费。

三丈，摩拳擦掌，立誓报复，遂投奔刘浩，结为同盟，联手对付张初。

"两刘"结盟后为扩充实力，谋求靠山，旋率部投靠毗邻的驻南海九江的日军，充当日寇傀儡，被收编为伪联防队独立第一中队，"两刘"分别任正、副队长，并分别兼任驻龙江伪警察队正、副队长之职，协同日军驻防。不久，"两刘"合谋以剿匪为名，引领驻九江日、伪军开进龙江，捣毁张初巢穴，抢占地盘，驱逐了张初。

"两刘"占据龙江后，恣意劫掠，掳人勒赎，设卡"打单"①，引发当地尤其是张姓的商贾、士绅的不满，他们遂暗中联络张初，乘"两刘"不备，连夜内外夹击，把"两刘"逐出龙江。

"两刘"心有不甘，遂于6月的一天纠集700多人的队伍连夜沿永济桥、新路街杀入龙江镇内。张初受困后四面被围，势孤力薄，自知难以抵御对抗，几经苦战后突围率队而逃。

张初落败后想重整旗鼓东山再起，他巴结、投靠伪顺德县长、伪联防总局局长苏德时，率部100多人受编于伪联防总局联防总队第五中队，被委任为中队长。

1941年8月2日上午，蓄谋已久的张初为报复"两刘"，编造事实向伪县长苏德时告密："两刘"在龙江勾结抗日武装团队。苏德时闻讯，指令张初率伪县警察中队队长梁润（绰号"山顶润"）所部伪警100多人进龙江"剿荡"。

"进剿"队伍刚到龙江，就被刘浩部发现，双方陷入激战。

张初与梁润所部，从向坝甲、坦田突入，向刘部驻地里海发起猛攻。

刘部猝不及防，所处地域地势平坦，无险可据，被迫退守镇内要隘，依托障碍物和碉楼反击。张初与梁润两部受阻无法推进，赶紧派

_____

① "打单"在顺德的民国故事中指收钱。

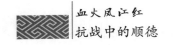

人向大良苏德时以及乐从驻小布的日军请求增援。

不久，100多名日军赶到龙江，分数路包围刘部，在鲤鱼岗的观音阁架起火炮猛轰刘部阵地，再配以小钢炮狂轰滥炸。瞬间，龙江炮声震天，爆炸四起，房屋倒塌，碉楼崩坠，密集的机枪弹雨乱窜，无可逃避的百姓血肉横飞，到处硝烟弥漫，浓烟翻滚，火光熊熊。

刘浩也因此被困，无法招架，只率得数人仓皇逃命，余部均被包围缴械。日军趁机冲入龙江劫杀、纵火、劫掠。

第二天，日军继续在龙江放火，沙田、长路、七街、儒林大街、正堂街、双井街、金斗里、西社、安乐窝、忠医坊等龙江繁华市区顿时变成火场、瓦砾，70多户房屋被烧毁，火龙长达七里，死伤170多人，这还不包括在火坑内被烧得尸骨无存的人，财物损失不计其数。

第三天，日军继续焚杀，龙江遭遇了开埠以来最残忍的兽行。

灭杀陈村，蹂躏妇女

日军多次到陈村（包含现在的北滘镇，北滘当时属于陈村）的村庄、圩场"扫荡"。日军所到之处，烧杀抢掠，杀害群众，蹂躏妇女，造成大量人员和财产的损失，犯下滔天罪行。

1938年9月1日，日军进犯三洪奇，途经东一村，将数十名村民强拉到塘边，用大刀将他们砍死。在码头，日军用枪扫射躲在堤边的村民，当场打死100多人。

10月2日，7架日机分批盘旋在达德乡上空，投燃烧弹50多枚，炸死2人，伤1人，毁屋132间。

12月，日军窜到陈村，一次就打死杀死群众200多人，其中在新塘、碧江一带鱼塘边，遇害的妇女、儿童近百人。同月，日军包围碧江村长堤"协昌成"米行，强令店员代为运米，运完后杀死 23 人。12 月 6 日，日军再次窜入达德乡搜索，造成 30 余人死伤、货物损失 80.72 万元。12 月 14 日，达德乡遭日军轰炸，死 25 人，伤 2 人。

1939 年 1 月 13 日，日军以陈村 3 间谷仓的封条被撕、谷仓被盗为借口，杀死沙湾、碧江两乡居民 400 多人。3 月 21 日，5 艘小艇沿三洪奇乡、桂洲乡河道载难民过河时，突遇日军汽艇截劫，抢走所有财物，7 名与日军搏斗的群众被杀死，尸体被砍碎，抛入河中。10 月 2 日，日、伪军从达德乡登陆，炮轰及火烧乡中房屋，烧死 28 人，重伤 3 人，烧毁房屋 6 间。《循环日报》1939 年 1 月 28 日追述陈村第一次沦陷的经过时说，由于陈村谷埠林立，万商云集，商业素来鼎盛，故日军进驻广州后，先向陈村进犯。

1940 年 3 月 18 日，驻陈村日军用炮轰炸碧江，炸死炸伤居民 10 多人，沿岸葵寮均遭焚毁。4 月 17 日晨，日军又向碧江发炮 10 多响，炸毁"和合""生昌"2 家杉厂（即杉店），炸死炸伤员工 6 人。10 月 17 日，日军进犯北滘乡，焚烧店铺 119 间、房屋 212 间、祠堂 2 间、糖厂 2 家、渔船 3 艘、谷米 53700 斤，造成损失达 5278.9 万元。在这次掠劫中，村民被杀 52 人，伤 2 人。

1941 年春，北滘乡接涯陈公祠被日军焚毁。同年 10 月 22 日，日军从广州调一个联队 1000 多人，在炮兵和 3 架飞机配合下，分三路进犯西海进行"扫荡"，杀死抗日军民 12 人，烧毁民房及茅屋 100 余间。是年，日军先后两次进犯高村乡，捉鸡捉猪，强奸妇女，放火烧毁烟馆 1 间、梁家祠堂以及茅屋 10 多间，打死群众 4 人。1941 年 7 月 29 日—31 日，日军登陆陈村新旧两圩，纵火焚毁商户店铺 60 余间、碉楼 12 座；杀害乡民 400 余人；拘捕男女老幼 3500 余人，连续三天施暴，施放毒气熏蒸，致当场中毒死亡者 50 余人，因越墙逃跑与受刑而毙命者各 20

余人，被强奸妇女（含孕妇、老妪）140余人，其中被轮奸致死的达10余人。

1942年2月15日凌晨，日、伪军数百人分三路进犯西海乡，遭到游击队顽强抗击，广游二支队政训员等牺牲。进村后，日、伪军杀死群众23人，放火烧毁房屋100多间，劫掠大量财物。3月25日，日本军队进犯槎涌，纵火烧毁房屋数百间。

◎西海抗日据点的地下隐蔽堡垒

1943年3月，日军100多人分乘橡皮艇4艘窜犯西海，焚烧房屋100多间。同月，日军闯到林头乡，在南面闸口一带打死、勒死逃难百姓260多人。

日本军队野蛮的抢掠和破坏，给陈村社会生活和经济活动带来极其严重的破坏，就连三桂村申锡堂也被日机炸毁了中庭。

村里人口减少了九成

在抗日战争时期，与佛山一河之隔的水乡——乐从，在日军对顺德的进攻中首当其冲。翻阅乐从彼时 35 个自然村的历史、聆听老一辈的倾诉，可以知道日寇的暴行，更能体会我党团结人民群众抗敌的不屈精神。

1936 年，党的地下组织通过乐从理教村知名人士霍杜介绍，让化名"张静芝"的地下党员，以教师的合法身份来到理教村工作，引导青年学生认识国家和国际形势，号召南顺地区人民群众团结起来，反对内战，共同抗日。

张静芝到理教后，组织"联志自治研究社"宣传抗日救国，唤醒群众参加和支援革命，跟日本帝国主义和国内反动派作斗争。他在南顺地区发展和壮大了抗日组织，帮助东江纵队、西江支队转运枪支弹药，为革命输送人才。后来，张静芝因工作北调，理教革命联络据点由理教人霍窝祖和霍渐朋负责开展活动，不断吸收投身革命的青年志士。

1938 年 10 月 22 日中午，荷村被日军飞机轰炸，5 人被炸死；第二天，荷村刘志、陈砵两位爱国青年在基围为抗击日军牺牲。1939 年正月二十一凌晨，日军从葛岸村北华（小组）的东面入侵，村自卫队登上炮楼奋起阻击，日军久攻不下，继而向村东的迎阳新街攻击，进村后到处杀人、放火，焚毁房屋 30 多间，杀害村民 30 多人。而岳步村在抗日战争爆发前有 13000 多人，在 1937 年到 1939 年之间，减少了 2000 多人，到 1945 年日本投降时，村中人口只剩 1350 人，人口减少了 90%。日军曾两次进村，第一次先火烧圩市铺户等，后乱抓 10 多人到北闸外桑市乱枪打死；第二次又拉一批村民到大祠堂熏硫黄，然后乱枪射杀，村民四处逃难，死伤无数。

而据记载，清末民初，是劳村莘填的全盛时期，当时村中有800多户村民，人口达到2200多人，全村有各姓祠堂30余间，既有兴旺的街市，又有集中的磨坊，五区的磨拆工会设于此，盛极一时。沦陷时期，民不聊生，另因村民无力自卫，频遭抢劫，到处残垣断壁，触目惊心。至日本投降，只剩大小房屋17间，人口70余人。

1939年1月，日军以沙边"维泰"丝厂作为司令部。1939年夏天的一个上午，一股日军窜犯劳村壶天坊，以检查良民证为由，鸣锣通知坊众集中于石狮街头，又将村民数人囚于水口祠堂熏硫黄，其状甚惨。至今，北丫村中流传着"一个小村庄的抗战"的故事，由霍汝昌撰写并刊载于《长青》杂志①2017年第2期的文章记载：名为霍锦龙、霍兆根、霍增纯、霍汝彬的青少年，目睹村庄遭日军烧杀抢掠的惨状，趁日军到河涌洗澡之机，拿走了日军的机关枪，这表现了村民反抗外来侵略者的决心和勇气。

◎乐从镇葛岸更楼

① 《长青》杂志由顺德区委组织部、顺德区委老干部局主管，顺德区老年干部大学主办，创刊于2006年7月。

1940 年 5 月，驻小布的日军由分队长盐赖率领 20 余人，在南海东村乡汉奸带路下，围攻理教"昌隆"丝厂，溺死 1 人，抢掠大批物资。

日寇血洗麦村

侵华日军在顺德奉行"烧光、杀光、抢光"的"三光"政策，罪行累累，惨无人道，罄竹难书。顺德老人徐国芳先生的文章《侵华日军在顺德的"三光"政策暴行》①发表于抗战胜利 72 周年那一年，揭露了日军当年在顺德犯下的滔天罪行。

1941 年 8 月初的一个夜晚，天上的月亮高高挂起，日军运输舰载运了大批劫掠来的汽油，停泊于顺德县东马宁水域（现西江支流）岸边等候卸运。

不料，等到天亮时，日军发现舰内的汽油有一大半不见了，连负责看守的多名日军也失踪了。

日军官暴跳如雷，就把东马宁水域附近的杏坛马东、西登等村落群众拘捕，审问、殴打逼供，可几天过去都找不到线索。

正值日军一筹莫展之际，杏坛当地伪维持会一个汉奸前来告密，报称，汽油失窃和日军失踪之事，为邻近麦村游击队所为，汽油已搬至麦村匿藏。

日军听信汉奸所言，也认定了情报的确切性。

8 月 8 日凌晨 3 时，日、伪军 30 多人，气势汹汹开进麦村，分头闯入民居、商铺、祠堂，到处翻箱倒柜，搜寻每一角落，折腾到中午

---

① 《顺德文史》2017 年第 35 期。

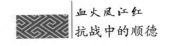

时分仍无所获。

日、伪军只好拘捕所谓形迹可疑的100多名男女群众，集中在乡祠内逐一拷问，逼供汽油以及游击队下落，但群众宁受折磨，也拒不招供。日军恼羞成怒，于是把认定的数名可疑壮汉按倒在地，把数尺长的胶管一端硬生生地塞到他们的口中，再用有压力的水枪将水强灌腹内，致腹中水满隆成球状，并横架竹竿在这些壮汉身上用力踩压。这一惨无人道的刑罚，让受刑者发出阵阵凄厉、撕裂人心的恐怖哀号，现场群众毛骨悚然。

日军见目的还没有达到，不肯罢休，继续拘禁、殴打和肆虐群众，断绝饮食，折磨摧残。折腾到天黑月亮又升起后，日军考虑到兵力不敷调用，更怯于抗日游击队出没，只好撤兵回防，仅派遣10人荷枪实弹，架上轻、重机枪，严加警戒守住祠堂。

22时许，麦村抗日武装的麦德如（又名麦布）率队摸至祠堂附近，击毙驻守的8名日军，攻进祠堂内将群众解救出来。

消息传到日、伪军驻防地，100多名日、伪军第二天一大早就从四面包围麦村，先以炮火轰击，接着发起冲锋。抗日武装依托基围、墙垣、炮楼等掩体，沉着应战，日、伪军无法推进。

战斗到8时许，日军两架飞机从广州方向飞来助战，不时在上空盘旋、低飞投弹和扫射。村内黑烟弥漫，烈焰冲天，村民惊慌夺路狂奔逃避。凶残的日机不断低飞俯冲，追击射杀，藏匿在桑基蔗林试图躲避的群众无一幸免。在日军陆上和空中的夹击下，抗日武装拼死顽强抵抗，无奈敌众我寡，弹药短缺，被迫撤退转移。

日军攻进麦村，肆意杀戮、纵火和奸淫掳掠，到处追逐虐杀无辜村民，并入屋搜捕拘押男女老幼700多人，囚禁在村内家庙、甘雨祖祠，连续四日三夜断绝饮食，施以殴打拷问、灌水压腹等酷刑，妄图威迫村民供出游击队和汽油的下落。在日军的施暴中，有遭受酷刑致死者，也有老弱不堪惊吓者；有饿死的幼婴稚童，还有不甘凌辱被杀的年轻妇女。

日军在麦村的暴行，当年当月有报刊披露了相关数据："经详细调查伤死，实为百一十六人。"①

日伪第八区长、"铁杆"汉奸罗新从向伪顺德县政府申报的呈文中，也供认了辖区麦村"8月8日，被友军（指日军）到乡将乡人惨杀一连3天，杀戮100余人"②的事实。

后来，麦村乡乡长麦植强奉令组织人力，调查该天日军攻入麦村焚杀劫掠的情形。1945年12月24日，经过逐家逐户访问调查核实，麦植强向国民党县政府递交了比较详尽、准确和具体的《广东省顺德县抗战期内各种损失情形累计表》③，兹录于下：

日军入境时间：1941年8月8日3时。

地点：麦村段北约三坊、大街坊、北胜埠、镇东埠、七滘河面、天河海面。

死亡人数：轰毙96名，溺毙12名，合共108名（原统计称轰毙97名，但在毙命名单中为96名，故编写者在合共毙命总数中减少1名，作108名记述）。

受伤人数：男女合共48名。

焚毁屋数：11座，损失总价值合共108万元（国币④）。

---

① 《循环日报》1941年8月29日第三版。

② 顺德区档案馆藏，全案1，目录号4，案卷号2119。

③ 顺德区档案馆藏，全宗号1，目录号4，案卷号1758；《香港工商日报》，1939年3月13日第二张第二版；《香港工商日报》，1939年3月15日第二张第三版；《香港工商日报》，1939年3月21日第二张第三版；《广东省顺德县政府情报搜集表，民国卅年二月》，顺德区档案馆藏，目录号3，案卷号433。

④ 指国民党政府发行的法币。

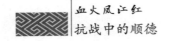
物资损失：折合金额为 15.23 万元（国币）。

毙命合共 108 人，其中男性名单 61 人：

麦志森、麦成珀、黎常、麦保安、麦耀荣、麦佳栈、麦板壁、麦应辉、麦均海、李谦、麦满怀、麦象奴、陈仲枝、陈谷枝、梁贤珠、何云龙、麦荣锡、麦万祥、麦乐登、陈茂柏、张绪香、麦贤、麦振、麦有尊、麦德娣、麦兴泰、麦祥光、麦寿祺、麦逢时、麦章和、胡祥福、麦应光、麦有福、麦祥福、麦慎和、梁成、麦藻、麦至光、麦焕宜、陈开成、李宏、胡云、李庆生、麦保成、麦敬和、胡日初、陈德泰、麦成开、麦贞信、麦必庆、麦宜、麦启宗、李任成、麦叶全、麦卓英、何仍志、梁任和、麦甲生、陈谅光、麦尧、麦胜信。

女性名单 42 人：

麦陈氏、麦八妹、麦陈氏、麦何氏、麦娇、麦燕、麦雪英、苏艮英、麦柳开、麦保彩、麦桂、麦莫氏、麦意苗、麦苏氏、何吴氏、麦苏氏、麦陈氏、麦意好、梁利心、麦吴氏、麦梁氏、麦谭氏、麦郑氏、麦欢好、麦许氏、麦周氏、麦郑氏、麦珍其、麦林氏、麦胡氏、麦焕心、麦贞好、麦爱清、麦冯氏、麦陈氏、苏辛氏、麦黄氏、麦李氏、李巧云、陈雪英、麦意女、麦冰好。

受伤名单，合共 47 人：

麦衍明、麦齐礼、麦孙富、麦章杞、麦占开、麦志基、麦炯、麦庸、麦启聪、麦富成、麦宗启、谢祥、麦炜森、麦甲星、麦子修、麦汝坤、麦远光、麦达基、麦永桃、麦彦昌、麦绳武、麦德潮、麦益昌、麦振益、麦有宽、麦柱光、麦顾、麦隆礼、麦芬全、麦步黎、麦岭、麦桃碧、麦国惠、梁全、麦李氏、麦何氏、麦梁氏、麦梁氏、麦琼英、麦伍氏、麦苏氏、麦瑞南、梁麦氏、麦王氏、麦谭氏、麦陈氏、麦张氏。

焚毁屋宅名称和价值（国币）：

屋宅名称	价值
梁开土府	40万元
麦德如土府	40万元
镇东方炮楼	5万元
圩场炮楼	5万元
麦启仁房屋	2.5万元
麦本初店屋	2万元
麦有根房屋	2.5万元
麦德让房屋	2.5万元
麦应森房屋	3万元
七滘渡亭	3.5万元
广平路凉亭	2万元

物资损失名称和价值（国币）：

屋宅名称	物资损失名称	价值
梁开住家	衣物首饰	2万元
麦德如家	衣物棉被	3万元
乡公所	毛瑟枪五支	2300元
麦启仁住家	衣物棉被	1万元
麦本初住家	衣物棉被	1万元
麦有根住家	衣物	1万元
麦德让住家	衣物家私	2万元

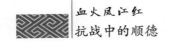
麦应森住家	衣物家私	2万元
秘书家庙	台椅木料	2万元
南强小学	教具等物	1万元

吴勤在小船上遭枪杀

　　1939年，国民党第五届中央执行委员会第五次全体会议召开。会议确定了"限共""防共""容共"和"反北"的方针，并秘密颁行了《防止异党活动办法》《共产党问题处置办法》《异党问题处理办法》。这些秘密文件，宣告了国民党反动派要在全国范围内，从政治、经济、军事、文化等各个方面，掀起反共逆流，妄图扑灭共产党及其领导的抗日武装队伍。

　　广东国民党当局应声而动，在珠江敌后掀起反共逆流。第七战区司令长官司令部根据长期侦察研究和叛徒张戎生等提供的情报，制订了在珠江敌后"剿共"和消灭广游二支队的秘密计划。

　　1941年9月，国民党政府军事委员会调查统计局，从重庆派遣特务郑鹤映到广东，与伪军第二十师副师长兼四十旅旅长李辅群秘密接上关系，并派出代表常驻四十旅旅部。李辅群派亲信李森泉到重庆，接受军统头子戴笠、郑介民等布置的反共任务。国民党顽固派与汉奸、伪军相互勾结，疯狂反共，破坏抗战。

　　12月28日，国民党第七战区司令长官司令部发出"督字第3375号密令"并附《"进剿"吴勤匪部办法》。该密令诬蔑广游二支队"非法活动，盘踞顺德县属西海乡，掳人勒赎，广收队伍，企图自树奸伪政权"①。饬令国民党第六十四军担任主力，由南海、番禺、顺德县政府调派地方部队协助，并与叛徒史文坚、黎彪、张戎生等"秘密商承，严于'缉剿'"，妄图消灭中共南番中顺中心县委和广游二支队。

顽军挺进第三纵队林小亚部，接到第七战区司令长官余汉谋的反共密令后，立即与伪军联合进攻广游二支队，使得番、顺地区的敌后抗日游击战争，进入更复杂、更艰苦的阶段。

1942年3月，国民党顽固派掀起的反共逆流愈演愈烈。林小亚邀集伪军头目、汉奸和反动地主恶霸，在陈村召开"花园会议"和"游艺会"，表示他与汪蒋合作的诚意。李辅群派出其"军师"、伪军第二十师参谋长辛镜堂出席，表示支持。陈村汉奸欧荣和反动地主恶霸欧驹等到会。

林小亚假惺惺邀请吴勤参加，据说吴勤断然拒绝，说："你们开的不是抗日会，而是'游伪会'（广东方言'艺''伪'同音），要抗日游击队同日、伪军开会，我不去，要是去了，我就开枪。"

会议结束后，林小亚具体部署史文坚、黎彪、张戎生等，设法诱使吴勤外出，于途中击杀或捕捉，再捕杀广游二支队领导干部，策反广游二支队。同时，部署其驻陈村的梁德明大队，侦察掌握吴勤的行踪，予以捕获或杀害。

从此，国民党顽军与伪军更加紧密地勾结在一起，以实现其"进剿"和消灭广游二支队的共同目标。

4月27日，广游二支队为打击投降势力，派出警卫小队短枪组到陈村袭击汉奸欧荣。林小亚发现后，派出武装追击小队短枪组，双方在金字沙枪战。因寡不敌众，广游二支队警卫小队队长梁冠和队员霍拔友、黄海牺牲。

---

① 中共番禺市委党史研究室、中共顺德市委党史研究室合编：《珠江纵队第二支队史》，1996年，第70页。

　　5月7日上午，吴勤在顺德县禄洲"三三"农场，派出警卫员何庆、邓卓英、区华、卢桥等外出执行任务，约定他们到陈村会合。吴勤和夫人霍淑英及警卫潘秀，从禄洲前往陈村。"挺三"梁雨泉支队驻陈村之梁德明大队，勾结陈村的汉奸欧荣，在得知吴勤等人行踪路线后，派人潜伏在陈村附近的水枝花糖厂渡口旁的炮楼和蔗渣堆中。中午，当吴勤等人所乘的小船划到水枝花河中心时，梁德明、欧荣的数挺机枪突然向小船猛烈射击，吴勤等三人当场遇害。其余三名警卫员在中午回到陈村，知道情况变化后立即转回西海，在中途也遭到伏击，邓卓英牺牲，区华受伤，警卫员卢桥经过梁德明的农场时被枪杀。

　　林小亚派人将吴勤遗体送到日、伪军据点市桥，李辅群为了邀功领赏，将吴勤暴尸数日，还拍照登报。国民党广东省当局在韶关的报纸上刊登了"击毙匪首吴勤"的消息。辛镜堂指使军统特务、伪军第八十团副团长刘植，以李辅群的名义，分别发电报给汪伪中央军委和国民党军统局报功，请求拨出巨款奖励凶手。吴勤惨遭杀害事件，暴露了国民党顽固派林小亚部勾结汉奸、伪军疯狂反共，破坏抗战的罪行。

以探望为由枪杀了曾岳

　　吴勤的牺牲，使南番顺敌后人民抗日武装失去了一位好指挥员，广游二支队面临更多的困难。比如在1942年5月，地方实力派曾岳自感势单力薄，要求与广游二支队建立更密切的合作关系。正当曾岳走上抗日道路的时候，顽固派林小亚于11月施展阴谋，指使匪首钟添暗杀了曾岳。

　　曾岳，别名马济，小涌人，大革命时参加过农民运动，大革命失败后，被国民党通缉，逃往香港。抗日战争期间，回到乡间，看到周围的大小"捞家"趁社会混乱，趁火打劫，大发横财，于是与其内兄也在乡间拉起队伍，到外边"捞世界"。之后"顺风顺水"，果然发迹，遂拉起大旗，组成"济群团"，成为当地颇有名气的"捞家"。

"济群团"组成后不久，曾岳于1940年11月26日，率"济群团"武装队伍，在沙湾张涌口磨碟头水面，奇劫广州至江门的日军载运客货铁壳船"海刚丸"号，劫去机枪两挺及其他武器、物资，击毙藤田贞义少佐、山海田大尉、安藤二郎及松野等共22名日军，因此威名大震。

曾岳与一般乡霸、土匪有三点不同：一是坚持抗日，绝不与敌伪往来；二是不与国民党合作，拒绝收编和委任；三是与其他部队保持联系，从经济上支持广游二支队抗日。

曾岳对广游二支队推崇备至，他以亲眼所见为实，曾赞誉说广游二支队队伍虽然不大，战斗力却是很强的，不但打李塱鸡（李辅群）有办法，日本鬼子进攻也照打不误，打起来个个英勇顽强。

中共南番中顺中心县委、广游二支队，为了加强抗日民族统一战线，决定团结、改造曾岳部队，使之成为一支真正的抗日武装队伍，就派刘向东做曾岳的工作。

刘向东到曾岳所部后，对曾岳进行了耐心、细致的教育工作，不断灌输民族大义和抗日思想，指出"济群团"不济群，缺人心，群众影响不如广州市区游击第二支队。

刘向东协助整顿提高曾岳队伍素质，以期把"捞家"武装改造成为真正的抗日武装。在征得曾岳同意后，刘向东在队内招纳了一批新兵，由广游二支队派进骨干，重新组建一支以广游二支队为榜样的抗日武装。经过一番苦心经营，数十名青年应征入伍，招入的新兵大多是农民，也有少数从香港回来的热血青年。

新兵入伍后，集中在莘村（现北滘镇莘村）进行军事教育和训练。曾岳对这支经过教育和训练后大有改观的队伍颇感满意，立即给部队发足枪械，有日式机枪1挺、手枪数支、步枪数十支，把这支两个排的队伍武装起来。

部队组成后，广游二支队又调入黄平、吴照恒分任排长，黄石任班长，并建立了党支部。

1941年6月，这支队伍参加的第一次战斗是配合广游二支队出击槎涌、三洪奇，战斗中歼灭了一小股伪联防队。

第二次出击林头，共打了三仗：第一仗是配合广游二支队发起对林头汉奸的攻击，此役共歼敌30多人，俘敌20多人，缴获轻机枪2挺，长、短枪40多支，可惜伪联防大队长梁桐从地洞遁逃漏网；第二仗是配合广游二支队，再战梁桐，激战3小时；第三仗是再次配合广游二支队，攻打林头、广教、北滘伪军，经过一个晚上和次日一个上午的激战，攻占了广教、北滘，并再度进驻林头，缴获轻机枪2挺，长、短枪100多支，没收了梁桐财产，把当铺押当物品发还给贫苦民众，解决了部队给养，也密切了群众关系。

三战林头，给林小亚与梁桐之流以有力的打击，推动和坚定了曾岳与广游二支队联合抗日的信心和决心。

广游二支队与曾岳队伍，在林头梁家祠举行军民祝捷联欢大会。林锵云在会上公布了广游二支队与曾岳的《联合宣言》，表明了进一步团结合作、共同抗日的宗旨。

会上，曾岳作了发言，他表示自己也是贫苦出身，过去也跟共产党闹过革命，前几年自己对部下管教不严，做了些对不起乡亲们的事，今后一定严加整饬，向广州市区游击第二支队学习，坚持团结，坚持抗战，请乡亲们监督。

会后，在联合攻击广教的战斗中，曾岳的几个"马仔"，不听指挥还四处抢劫，曾岳一听火冒三丈，当即处决了为首的高顶培，以儆效尤，严肃军纪。

三战林头后，广游二支队司令部从西海迁往林头，曾岳也从莘村转移到北滘。由此，顺德抗日武装的力量和活动范围从西海扩拓至林头、北滘、广教，一直至大涌、小涌，连成一片，呈现进驻西海以来的最好形势。

不久，曾岳部由北滘迁往槎涌，广游二支队利用战斗间隙，加强曾岳部的军事训练，把队伍中要求进步的同志吸收入党，极大增强了党支部的力量。这样，曾岳的队伍，实际上已经被改造成为一支党的武装队伍。

广游二支队与曾岳最后一次联合行动，是袭击沙滘的战斗。此战由曾岳提出，并出面请广游二支队派队参加。此战攻击了国民党的沙滘银行、汉奸经营的丝绸店。

正当广游二支队与曾岳部联合抗日不断取得进展之时，林小亚又一次施展阴谋，收买了汉奸头子钟添，向曾岳下毒手。钟添，土匪出身，为曾岳的"济群团"成员，又是曾岳的拜把兄弟。钟添经受不住林小亚对他封官许愿的承诺和诱惑，借着所谓拜把兄弟关系，以探望曾岳为由，带着心腹杀手黄镜仔，乘曾岳不备，枪杀了曾岳。

日军推行奴化教育

伴随着军事、政治、经济的侵略，日军还在沦陷区进行文化侵略，推行奴化教育。抗战前，南海、顺德、三水三县办有幼稚园、小学、中学、师范学校等。而战争的到来，则让学校停办，学生失学，教师不得不离开讲坛。

2018 年 9 月 18 日的《佛山日报》《珠江时报》分别记载，在 1935 年抗日战争还未全面爆发时，南海县有小学 526 所，学生 3.8 万人，而到 1939 年，这两个数字分别为 101 所、1 万多人。南海沦陷后，华英中学、石门中学、九江中学迁往香港，南海中学、县立第一中学、西樵中学先后迁往珠海和澳门。至香港沦陷后，这些学校全部停办。在顺德，城乡小学大多停办，不少校舍被毁，只有不到十分之一的学校继续上课。为了躲避日军，师生们与日军打起"游击"，日军一来，师生们就立即逃散，日军一走，师生们就回来上课。

日军还在占领区设立日文学校，强迫本地人入读，向学生灌输奴化思想。在沦陷区内，南海县共设立了 32 所日文学校，三水县则有 2 所。在顺德，日军在大良、容奇、桂洲、陈村等地设立日文学校，把日语设为主课，日语考试成绩不及格的不能升级。

面对日军推进的奴化教育，顺德民众与之进行了抗争。抗战时期，勒流龙眼人都是在"联防保校"读书。这个学校是当时的"大天二"开办的，主要宣传抗日，设在吕氏大宗祠内，共设 3 个班，20 多人一个班。学生不交学费，书本费也全免，教育核心是打倒日本帝国主义。教师是从大良请来的，名为李英，男，约 40 岁。另一名教师叫潘孝直，任教后不久因染霍乱去世。教师没有工资，只有一包熟烟和两餐粥，到"大天二"设立的联防部队就餐。学生当时是躲闪着读书的，书本内容是卢沟桥事变等抗日内容，日军来了就马上把书藏起来，有的藏在祠堂的墙隙，有的甚至藏在臭水沟里。所以当时的书被藏得破烂不堪，但大家读书的热情依然高涨。

"联防保校"还有会考，由"大天二"组织，统一要到勒流南水去考试。参加会考的包括江义、大晚、勒流、众涌、鹤村学生，全勒流只奖励前 50 名学生。上台领奖时，不是燃爆竹庆贺，而是放机关枪。也就是有人上台领奖，"大天二"的部队就鸣枪助兴。当时的奖品是水纸（写大字用的）、歌书、铅笔、墨盒、墨等。当时被选去会考的学生很高兴，其中一个原因是当时没饭吃，而去会考就能吃上虾米煮萝卜。在龙眼村，除了"大天二"开办学校宣传抗日外，龙眼村于 1937 年也开办了公办学校宣传抗日，名为"泽英小学"。这家学校比"联防保校"正规多了，可吹号，有战鼓，还可以唱歌等。

在北滘碧江村，日军对学生进行歧视性同化和奴化教育，增设税捐，名目有"土地税""烟酒税"和"筵席""娱乐"捐等近 20 种，钱庄全部由日本人控制和操纵，全面行使伪币。

此外，一些文物古迹也被毁于战火。比如南海九江的多处名胜古迹、顺德大良镇龙姓家族珍藏的《佛经血本》，以及散布在各乡镇的具有岭南文化特色的宗祠也在战争中被炸毁，比如杏坛右滩的黄氏大宗祠遭到日寇破坏后，这座被誉为"状元祠"的祠堂原有的配置饰物大多遭毁坏。同时，一些长期形成的民俗活动也停办了。

顺德近代工业基础被摧毁

顺德沦陷期间，主要工厂、商行不仅遭受日军轰炸，有的还被日军接管，设备和效益损失难以估量。丝绸业、制糖业等近代工业基础均在战争中遭到不同程度的摧毁。

1938 年 10 月 2 日，日军空军六七架轰炸机分批盘旋在碧江（达德乡）上空，投放燃烧弹五六十枚，焚毁长堤一带的码头、米机、谷仓、杉铺、陶窑、煤油仓等店铺132间，上村、下村被炸成一片瓦砾场，有幸逃脱的村民、厂商无家可归，流落各地。12月6日，日军再次窜犯碧江，当地货物损失达80.52万银圆及白银2000两，损失资本74.95万银圆。

1933年，顺德县举行第一次蚕丝展览会，介绍桑蚕种养和缫丝、丝织的新技术及成果。后来，顺德蚕丝局在大良大华丝厂旧址设立改良缫丝厂，引进日本6绪和20绪立式缫丝机，有职工320人，日产丝60余司斤，为技术改进、提高产品质量做示范。日军侵占顺德，海外销路中断，丝厂大多停产。日军为了"以战养战"，实行经济压榨政策，强迫丝厂开工，规定依期开工者先借给燃料，卖丝时扣回，不依限期开工者则烧毁工厂。

与此同时，由日本"三井""三菱"商行压价收购生丝，每担只给军票700元国币，致使丝厂亏蚀太大，冒险停工者日多。由于顺德是经济作物区，缺少粮食，蚕丝外销出路告断，任由日商压价收购，形成粮价高、丝价贱的局面。因此，桑田荒废，丝厂被拆毁，机器被盗卖，惨状空前。开工的机器缫丝厂仅容桂的"东栈""福成""广昌"3家，小厂15家，土丝厂50家，年产生丝920担、土丝1200担，产量共2120担（约106吨）。

顺德沦陷期间，盗匪横行，伦教、沙滘等纱绸产地多次遭受洗劫，不少作坊（织机20至30台）迁往佛山，如沙滘的"广兴隆""永大"，大良的"黄球记"，水藤的"公记隆""永兴""红棉"等丝织厂。因此，除伦教外，各区乡丝织业相继衰落。二区的伦教、黎村、羊额和一区的大良等地原有大小工厂100家（其中，大工厂有织机40台，小工厂10多台，家庭作坊两三台），织机1420台，年产纱绸8万多匹。抗日战争结束后，因价格波动，这些工厂无力恢复生产。

抗日战争时期，由于棉纱供应缺乏，顺德一些毛巾厂家不得不拿旧棉被翻纺成的霉纱代用，因而所产毛巾质量低劣，使用不久就霉烂不堪。而更主要的则是在日寇践踏下，群众生活极度困苦，生活水平倒退到连洗脸洗澡都使用大帛布或破旧衣服布块，因而毛巾厂纷纷倒闭，整个行业基本垮了。抗战胜利后，大良因受敌伪摧残严重，各业复苏缓慢，到本地毛巾厂复工时，广州、佛山等地的来货早已充斥市场，因而织巾行业再也无法恢复到过去的那种兴盛局面了。

顺德沦陷前，顺德农村转种甘蔗，大小糖厂纷纷兴建，社会经济有所好转，大良爆竹业又有复兴之势。特别是在抗战初期，每逢报纸电台公布杀敌捷报，人们欣喜若狂，燃放鞭炮之声每每彻夜不停，使大良镇爆竹产业销量大增。但好景不长，顺德沦陷后，一则人们生活无着，哪还能谈得上放爆竹；二则日寇做贼心虚，所到之处均严禁燃放爆竹。于是，这个行业很快就垮了。日本投降后，大良爆竹业已无法复兴，只剩下"炽昌隆"一家尚有生产，但其规模亦大不如前了。

广东的机械制糖始于1933年，当时广东的官僚买办资产阶级从国外购进制糖设备，陆续建成了市头、新造、惠阳、顺德、东莞、揭阳等6家糖厂，设计产能日榨甘蔗共约7000吨。日军入侵华南时，除顺德糖厂勉强维持生产外，其余各厂均遭破坏。顺德糖厂是1934年陈济棠兴办地方实业时，由他投资330万元建成，压榨能力为1000吨/24小时。抗日战争全面爆发后，各糖厂均受到波及。面对日军的侵略，顺德民众运用自己的智慧，保护了顺德糖厂，糖厂虽然历经敌机三次轰炸，但还是作为广东近代工业史发展的重要历史见证留存了下来。

保存于顺德区档案馆的1938年4月11日出版的《香江日报·特刊》第6版对于顺德制糖业被日军破坏的报道原文记载如下：旬日来，敌机接连轰炸各地。而新造、市头、容奇糖厂，均蒙其波及。查容奇糖厂在大良对海边设立，有工人数百，开办以来，成绩绝佳。当首次敌机三架侦察一周之后，厂中人乃以7000元使棚厂盖搭防空色棚，将

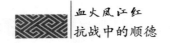

其中重要部分遮蔽。星夜动工。当工作时，历时仅一日夜，敌机即有六架分两队来炸。各工人当闻警报时，乃纷纷走避。当时敌机六架均有投弹，落弹六枚，有一弹落于搭而未成功之棚下，故其中部分有略受损者。仍能开工。及至翌日开工，而敌机又再来炸，而我机关枪手早已有备。伺其低飞之后，乃立即发枪轰之，故敌机有一架尾部中弹，机侧欲欹斜下坠也。至此次工人之走避不及者，伤死共30余人，亦不幸之大幸矣。此防空棚亦非无相当之效果，已盖搭者均没被敌机投弹所及，其受损伤者，则仅为盖搭未妥之处而已。故此7000元之值，亦殊值得也。

第四章　正义的反击

一枪击毙日寇少佐

1938 年 6 月，日本飞机在顺德龙江投下的第一颗炸弹，在"正栈"米机厂旁爆炸，两间商铺顷刻变成废墟；10 月底，日寇的铁蹄踏进了龙江。

龙江沦陷后，国民党对沦陷区实行封锁政策，米价一日千里，苦于缺粮，又不堪日寇蹂躏，不少人不得不亡命他乡。那时相公庙前、方亭市、石矿市、"安安拱"等地，常有人匍匐在地，痛苦呻吟，哀鸣待毙，横尸街头，饿殍与弃婴比比皆是，惨不忍睹。昔日繁盛的龙江，变得百业凋零，哀鸿遍野。

龙江沦陷后不久的一天早上，在龙山"小桃园"茶楼饮茶的人还是很多，楼上雅座有一群"大天二"。这些人平时横行乡里，目中无人，但同日军却是井水不犯河水，少有交往，每次聚会时，他们都预先派人在外围看守，避免与日军发生冲突。当时，日军佛山警备队总部就驻在南海九江吴家大院，距龙山不过数里，还有水路、陆路相通。

那天，日军接到"龙山有游击队活动"的情报后，一改以往派兵沿江佛公路从九江开车到苏埠车站，再从苏埠庙边行军进入龙山的行程，而是直接从九江开三篷艇经大河来到龙山，也就避开了"大天二"设在苏埠的岗哨。

日军到达龙山后，直入"小桃园"茶楼，堵住了楼梯。"大天二"们知道来不及逃避，急忙后退，慌乱之中有一人还被日军用军刀砍伤了脚后跟。有个梅姓"大天二"随即开枪还击，打中了一名日军少佐，

其他"大天二"们见势不妙，折回楼上爬出窗口由屋顶逃走了，但在瓦面上留下了一行血迹。

日军遭到袭击，当场没捉到人，又损兵折将，恼羞成怒，当即责令龙山伪维持会交人交枪，并立即联系司令部增兵，"清剿""扫荡"，还运来大量煤油，准备火烧龙山。

龙山伪维持会会长周耀东，很快就知道了事情的经过，也明白此事件对龙山的严重后果。他立即同温肃商议，然后急忙去拜访日军司令官，并用日语直接交谈。他说："据我所知，今日的事完全是一场误会，经查，打死少佐的不过是一群路过的流匪，不是龙山人做的，他们犯事之后已经逃离了龙山，现在就算是把龙山烧光也抓不到他们了，我保证龙山没有游击队对抗日军。至于日军的损失就由我们负责赔偿，请日军看在温太史的分上收兵作罢。"

周耀东好说歹说，最终说服了日军司令官收回成命，从而化解了日军准备"扫荡"火烧龙山的灾劫。事实上，沦陷期间，日寇在各地普遍实行"三光"政策，对中国人民犯下滔天罪行，龙山也是饿殍遍野，民不聊生。但是，因有温肃同日本人的特殊关系，以及周耀东以伪维持会会长身份的曲意斡旋，就遭受日寇直接烧杀抢掠蹂躏的程度来说，龙山比邻近的龙江、九江等地还是相对轻一些。

在龙江，也发生了村民打死日军的事情。1938 年 10 月 23 日，日军驾驶数艘炮艇从狮岭口登陆上岸，进入龙江南坑村地界，见到村民就用迫击炮狂轰，遇难村民有 10 多人，南坑村成了当时龙江伤亡最多的村落。12 月 17 日，日军再次登陆南坑村地域，日军为防受袭，避开人口密集的里海涌沿线，沿着人口较为稀疏的狮子山、鸡母石、大金山、小金山、红花山、南蛇头、三四组、石人石马、五马归槽、金钱坑、鲤鱼坑一线南麓，以至铜坑，深入南坑村，一路烧毁民房，使南坑村满目疮痍。

1940 年，日军在南坑村巡查时，与村民发生冲突，村民邓十用自带佩枪打死 3 个日本兵。事后，日军包围全村，要求交出枪杀日本兵的人。邓平全为保邓十，交出他家厂里的一名长工顶替，最后，长工被残忍杀害。也在这一年，南坑村因大暴雨，造成内涝，水深达 1 米。

1941 年 11 月 22 日，汉奸周启勋勾结日、伪军进犯里海乡，纵火焚屋，抢掠财物，杀害村民 70 多人，南坑村陷于民不聊生的境地。

乔装农妇袭击日军

1939 年夏天，顺德抗日游击队根据南顺工委扩大会议提出的方针和下达的任务，组织了三次袭击大良日军的战斗。袭击之前，部队先后派了女队员陈坤、张柳金、黄执好、郑坤好等，乔装成农妇进入大良日军驻地宝林寺，佯装拜神，与从事地下工作的和尚周培德取得联系，为部队带回情报，为制订袭击日军计划提供了依据。

5 月 4 日，霍文、梁冠率领马龙飞、吕燮、梁正，分别带短枪、匕首、手榴弹，于上午 9 时经九眼桥进入大良，袭击日军。他们首先在华盖路（现在的步行街）与两名日军相遇，马龙飞立即向敌人投掷手榴弹，可是手榴弹没有爆炸。梁冠、霍文见状赶紧开枪射击，击伤其中一名日军后，他们就撤出大良，安全返回驻地。

6 月初的一天，由霍文、梁冠率马龙飞、吕燮、梁正、陈贯、郑妹及女队员郑坤好、陈坤、容海云、黄执好、张柳金等队员，乔装进入大良，执行第二次袭击任务。游击队员们到达日军驻地宝林寺前 200 米时，看到迎面走来一名日军军曹，就一齐向他开火。这名日军受伤倒地后还在拔刀挣扎，马龙飞一个箭步冲上去将他击毙，还缴获日军

军刀、军帽。

7月1日，霍文、梁冠带领吕燮、梁正、马龙飞、陈坤等执行了第三次袭击任务。这次进城的路线是从伦教公路进入宝林寺。陈坤乔装拜神，负责侦察。不料敌情有变，他们刚准备撤离时，一辆满载日军的汽车从公路高处向下驶来，游击小组立即投入战斗，向车内投掷手榴弹，可是又没有爆炸，日军跳下车乱开枪。游击小组迅速转移到附近的水仙塘，这才脱险返回部队。

一度互相配合，共同抗敌

1939年12月19日，日军第二次撤出大良。广游二支队、顺德抗日游击队、"挺三"各部队、国民党顺德县党政机关、番禺顺德两县国民兵团，以及打着"抗战"旗帜的各种各样的"大天二""捞家"土匪部队先后进入大良。除国民党顺德县党政机关回到原来的驻地外，各个部队均自行择地驻防。广游二支队由吴勤、刘向东、严尚民等率领，驻防碧鉴路九眼桥一带，并筑起防御工事。顺德抗日游击队由李少松、陈九率领，驻在县政府附近的县东路崇报祠，派员守卫县政府。

回城后，广游二支队和顺德抗日游击队抗日旗帜鲜明，严格执行"三大纪律八项注意"，部队天天上政治课，出操训练，积极备战，政治工作人员抓紧时间给群众宣讲抗战，包括出墙报、贴标语、上街演讲。严尚民负责短期训练班，培训知识青年参加抗战。部队严禁干扰群众，防区内治安良好，群众生命财产得到保护，集市圩日兴旺。大良圩日买卖全部集中在广游二支队防区内。除了广游二支队和顺德抗日游击队防区外，其他各防区分别挂出标有"何""林""黎""韩"等字样的各种颜色和形状的部队旗号，但大部分防区内没有抗战气氛，治安混乱，烟赌泛滥，商店、住宅经常遭到抢劫。有的人家被抢劫一空，就在大门外写着"已被清洁三次"（也就是指被抢劫了三次），到处关门闭户，圩日冷冷清清。

各部队进驻大良后，国民党顺德县党部、县政府成立了防务统一指挥部，由国民党第四战区顺德特务支队司令潘幼龄任司令，吴勤任副司令。指挥部统一部署飞鹅山、金桔咀、旧寨一带地域设防，扼守各主要阵地的部队各自独立指挥，互相配合，各部队给养统一由防务统一指挥部供给。

吴勤很注意同潘幼龄搞好关系，既团结又斗争。一方面同意各部队防务由指挥部统一安排值班放哨，轮流警戒各个作战阵地；另一方面，如遇战事发生，各部队防务统一与指挥部密切联系。各部队既有独立作战指挥权，又互相配合共同对敌。

12月中旬，驻容奇的日军分两路从旧寨、苏岗向大良进犯，途经金桔咀时被广游二支队迎头痛击。在吴勤司令指挥下，指战员们英勇作战，从早上一直战斗到15时，击退日军的多次进攻，击毙10多名日军，保卫了大良。这次战斗中，共产党员陈德胜光荣牺牲。几天后，部队在九眼桥为陈德胜举行了追悼会，有1000多名军民参加。

广游二支队坚决抗战，纪律严明，得到群众的赞扬和拥护，威名远扬。驻容奇伪军护沙大队队长黄荣甫率领60多人，携带一门迫击炮投奔广游二支队，地方武装头目车冠英跟着提出要编入广游二支队。

也正在此时，国民党顽固派逐步走上消极抗日、积极反共的道路。广东国民党顽固派进行了一系列的反共活动，国民党顺德县党部书记陈文洽以"维持社会治安"为名，企图限制广游二支队的活动，阻止广游二支队的发展。

在一次宣传工作会议上，陈文洽、顺德县县长刘超常提出收复失地前后都要宣传"三个一",也就是"一个主义"(三民主义)、"一个政党"(国民党)、"一个领袖"(蒋介石)。广游二支队是中共领导的队伍,坚决执行"坚持抗战、反对妥协;坚持团结、反对分裂;坚持进步、反对倒退"的方针,严尚民在会上针锋相对,揭露国民党顽固派的阴谋,坚持全民族全面抗战。

在轮流警戒中,有一次金桔咀由番禺国民党兵团韩锡忠部警戒,飞鹅岭由陈伟文部警戒。1940年3月1日黎明,日军突然进犯大良,分别向金桔咀、飞鹅岭进攻。韩锡忠部和陈伟文部抵抗日军不到5分钟,便向后溃退。广游二支队闻讯立即派出刘登和车冠英部前往支援。但刘登和车冠英部还未到达,日军就占领了金桔咀、飞鹅岭一带。这两处军事要地失守,大良门户很快就被打开。国民党顺德县党部、县政府和各地方部队纷纷撤退。县政府政治工作团副团长兼自治协理员、共产党员何兰新,在撤退途中遭伪军伏击,中弹牺牲。

顺德县国民兵团部叛变投敌,在大良城内四处放火,与敌人里应外合。在敌人占优势的恶劣情况下,顺德抗日游击队被迫撤到西海附近一带活动,刘登和车冠英部最后从大良东南方向撤退,途中还遇到日军,经过一番战斗后转移到禺南活动,大良第三次沦陷了。

不断击毙并俘虏日、伪军

1939年3月26日,容桂沦陷,顺德县政府迁往东马宁。3月27日,日军600多人攻打东马宁。顺德县政府又易地办公,其中一部分走避附近小乡村,一部分随县长率领的游击队向某地撤退,一部分则在西马宁严阵以待。

3月27日晚，日军占领了东马宁，不时发炮威胁西马宁。日军派出的10艘汽艇在莺歌咀河面往来游弋，并炮轰江尾和西马宁。至21时，日、伪军200多人继续进犯，游击队迎战20分钟，因敌炮猛烈，遂转移到有利阵地。紧接着，部队奋起组织反抗，将日寇击退。日军补充军力后再次进攻，如此三进三退。激战至28日凌晨，日军一架飞机前来助战，游击队在日军飞机和军舰的狂轰下，被迫撤退，东、西马宁沦陷。日、伪军奸淫掳掠，肆意杀戮，被害农民达100多人。此过程中，日、伪军被击毙40人，游击队也牺牲30多人。

10月21日晚，游击队了解到当时除东马宁驻有日军70人外，驻西马宁的伪军仅约40人，便乘东、西马宁两处日军防务空虚，集合100多名战士，分两路进攻。一路攻入东马宁，采取轮番射击牵制该乡日军的战术；另一路主力攻入西马宁，直捣伪军巢穴。伪军从梦中惊醒，匆忙迎战。日军人数不多，不敢出援。游击队冲入西马宁后分头搜索追击，两小时后退回驻地。此战击毙伪军10多人，俘虏伪军4人，并连夜押解回第一区司令部究办。

1943年3月17日，日、伪军的"江权""协力"两军舰，窜入东马宁河面，乱枪扫射往来船只及岸上民居，被顺德抗日武装队伍在东马宁河面炸沉，俘虏广州要塞中将司令等7人。5月9日，顺德代理县长、游击队总队长陈千指挥游击队向三洪奇、江尾、甘竹方向进攻，与日军激战半日，毙敌100多人，残敌不得不退回舰上，我游击队收复东、西马宁。

日军三艘木船被击沉

1939 年 5 月 11 日，九江沙口有一艘日军浅水舰拖带三艘木船，满载竹木杉排向沙口下游驶来，拟运往勒流构筑工事。

15 时，顺德甘竹滩游击队发炮袭击。日舰还炮顽抗，互相发炮十余响。日舰的尾棚被游击队击中，势将下沉，日舰见势不妙，急解缆绳将所拖木船丢弃，狼狈窜回沙口。很快，游击队再次发炮将日军三艘木船轰沉。此时，左滩日军见状，用机枪向右滩游击队密集扫射，激战约 1 小时才停歇。此战，游击队除击沉日军三艘木船外，还击毙日军 10 多人。

11 月 29 日，左滩、右滩驻九江的日军残杀了乡民，焚烧了店铺住宅。乡民毙命 31 人，祠堂被烧 3 间，治安会所也被焚烧，新圩残留下来的只有 5 间店铺。有一位马姓居民，在这次日军残杀中痛失爱妻及两个孩子，妻子怀胎 7 个月，三尸四命。随后，数百名难民露宿山冈。难民逃出时，身无长物，亦无救济，被迫投身于邻乡亲朋处。在此期间，从右滩鱼塘捞回 5 具尸体，由亲属认领埋葬。1942 年 8 月 8 日，右滩再遭日军劫掠，损失惨重。

1940 年 4 月 12 日早，日军两艘战舰载着 100 多人，在逢简登陆。这天早上大雾漫天，日军先鸣枪示威，乡民闻枪声以为强盗打劫，继而听闻大炮声，想必定是日军入乡，便飞快逃跑。其中一位陈姓乡民在街上被日军砍了两刀，幸好不是要害部位，他立即飞奔回家包扎，不少商铺被日军洗劫一空。5 月 31 日，罗水一个汉奸引导日军进入光华村的华丰坊、朝回楼、洲梓坊一带，焚掠祠堂、商店、民舍共 46 间，掠去一大批衣物、食品和杂货等，损失达 1900 多万元（伪币）。所幸当时乡民走避一空，人员未有伤亡。此后，日军又到光华，焚掠吴氏大宗祠、商店、屋宇共 5 间。1943 年 2 月 18 日，日军再度入侵光华，不少乡民走避不及，日军打死 2 人，打伤数人。

西海斗日寇

一

1941 年 9 月，日、伪军准备对西海发起进攻。

谢立全将军在《珠江怒潮》一书中描述：广州市区游击第二支队"召开了部队排以上干部和地方工作干部会议。林锵云同志在会上详尽地分析了敌我形势和这次战斗的意义。他指出：西海是顺德县的门户，是西江交通的咽喉，在军事上是敌我必争之地；同时，西海又是我们在珠江三角洲刚刚建立起来的抗日游击根据地，保住这块根据地，对坚定这一带地区人民群众的抗战信心，是有重大意义的。"①

林锵云挥动拳头斩钉截铁地说："只有打！坚决打！一定要保卫西海！"②

林锵云又分析了有利条件："我们部队虽然只有三百多人，但士气旺盛，又经过多次战斗考验，有了战斗经验，地形熟悉，而且西海群众已经动员起来了，这是战胜敌人的重要因素。当然我们也有困难：敌人有三千多人，十倍于我。但敌人士气低落，李塱鸡的伪军四十四

①② 谢立全：《珠江怒潮》，广东人民出版社，1961 年，第 85 页。

师，只有祁宝林、李益荣两个团战斗力较强（其中大部分是国民党的军官和士兵），其余如黄志达（绰号'受难保'）团、何健补充营、李福的护沙总队等，都是土匪性质的武装，战斗力很弱；加以敌人不熟悉地形，不善于攻坚和在这河涌交错、甘蔗成林的地带作战；因此，即使人数众多，装备较好，也很难发挥作用。只要我们有周密的作战计划，充分发挥全体指战员英勇顽强的战斗精神，争取西海保卫战的胜利是有把握的。"①

◎抗日战争时期，李家沙水道是顺德与番禺联系的唯一通道

　　林锵云号召大家紧紧地和群众在一起，坚决打好这一仗，彻底粉碎敌人的进攻。

　　会上，谢立全传达了前一晚军事会议对敌情的估计和拟定的作战方案：敌人可能从三个方向进犯西海。一路在涌口登陆，由南向北进攻；一路在河滘登陆，由东向西进攻，占领路尾围后，继续向石尾岗、横岸岗发动攻击；一路从碧江、泮浦来犯，攻占桃村后，继续从东北角向西海窜进，形成三面合围之势，然后攻占西海。因此我们决定分三步打：第一步，当敌人气势正锐时，运用运动防御和短距离反击，阻滞和大量杀伤敌人；第二步，当敌人消耗到一定程度时，集中兵力

---

① 谢立全：《珠江怒潮》，广东人民出版社，1961年，第85页～第86页。

歼其一路；第三步，对敌人进行全线反击，迫使敌人全线瓦解。我们的具体战斗部署是：冯剑青中队在涌口、糖厂、南炮楼一线，组织运动防御，阻击和杀伤敌人，最后坚守南炮楼阵地，与陈胜率领的埋伏在西面蔗田中的一个小队和一部分民兵，形成一个"口袋"，待机收紧"袋口"围歼敌人；黄江平中队和郭沛福领导的民兵队为预备队，待命出击。在侧翼，梁冠中队负责伏击向石尾岗进攻之敌，歼敌一部分后，迅速撤回西海参加围歼战。另外，由冯扬武率领军政干部训练班，配合路尾围的民兵队伍，先在路尾围一线阻击敌人，然后撤至两旁埋伏，在敌人侧后积极行动，切断敌人退路。在东北角一线，由萧强、陈绍文等中队沿横岸、桃村、绿道一带组织防御，阻击由碧江、泮浦方面来攻之敌，确保南线围歼战的顺利进行。

会后，先后在党内、部队、群众中，进行了深入的政治动员。战士们的求战情绪十分高涨，纷纷提出保证多捉俘虏多缴枪，还互相挑战竞赛。部队和"利农会"的70多个民兵武装分头检查和擦拭武器，修筑工事，连夜进行战斗准备。妇女群众还在方群英、张柳金、霍淑等同志的指挥下，积极为部队筹集粮食，安排交通、运输、救护等后勤准备工作。

保卫西海的战斗口号，使广大群众行动起来了，他们纷纷表示，要和部队一条心，同敌人战斗到底。

第二天拂晓前，村庄四周一片漆黑。

各路侦察员回来报告，敌人兵分几路，水陆并进，接近西海。一路由李塱鸡的心腹、伪副团长祁宝林率领，从市桥方向开来，这是敌人的主力；一路由伪护沙总队长李福带队，从紫坭方向过河滘，向我路尾围进逼；又一路由伪团长李益荣率领，从碧江方面来犯；还有伪保商卫旅团团长黄志达率领一路开抵泮浦，直逼桃村。敌人的进犯方向和路线，基本上都符合我方的预判。

◎抗战老兵黄婵阿婆展示珠江纵队成
立 50 周年纪念章

天还没有亮，远处隐隐传来的汽艇声就表明，各路敌人都已经到达西海外围了，正在等候拂晓时行动。这时，我方各路部队也早已进入阵地，枪口对准敌人。

10 月 17 日凌晨 4 时，伪军第二十师四十旅七十九团、八十团、补充一团和伪护沙总队等 2000 人，在李辅群的指挥下开始进攻；第七十九团和八十团一部，由第四十旅主任参谋朱全带领，率 4 艘小货轮拖带 20 艘木船由市桥出发；原在碧江待命的补充一团同时出发，开赴碧江附近桃村岗的一线。

令人意外的是，李辅群突然窜到碧江，与伪县长苏德时密商后返回市桥，赴广州乞请日军派飞机助战，"前线总指挥"一职交由朱全代理。

早上 6 时许，伪军沿广游二支队司令部事先判断的路线，分三路向西海发起进攻。

南路之敌，在第七十九团副团长祁宝林带领下，由西海涌口大江边的和隆围头坝登陆，却在糖厂附近遭前哨小分队猛烈射击，小分队杀伤部分伪军后撤进蔗林，诱敌深入。伪军攻占了糖厂，就利用猛烈炮火做掩护，向南炮楼右侧的广游二支队司令部驻地发起进攻。战斗持续 3 小时后，伪军一度突破横涌尾阵地，广游二支队的机动小分队立即进行反击，围歼突入阵地的数十名伪军，俘 10 多人，收复横涌尾阵

地，其余伪军被迫退至南炮楼附近的基塘边。

东南路之敌，由李福带领伪护沙总队，避开村庄，沿着路尾围北面堤围直上，企图占领横岸岗后向西海前进，途中被事先埋伏在花稔基的霍文小队猛烈阻击。伪军前进到石尾岗附近时，梁冠带领预先埋伏的警卫小队，向伪军猛烈射击，毙伤伪军数十人，俘获一部分，其余逃窜了。

东北路之敌，是从碧江、泮浦方向来犯的伪军第八十团和补充一团，在猛烈火力掩护下，向广游二支队防守的桃村岗进攻，遭到郭彪、陈绍文带领的部队顽强阻击，同时受到预先埋伏在横岸岗的重机枪班的猛烈射击，敌人寸步难进。

就在敌人主攻部队的阵脚开始骚动的时候，忽报李塱鸡亲自出马，带了炮兵队和两个步兵营从碧江方面赶来增援。敌军祁宝林也带伤指挥，重整旗鼓，把一个后备营调了上来，一再疯狂地扑向南炮楼。

整个战斗白热化了。炮声、枪声、手榴弹声，轰隆轰隆地混成一片，西海上空浓烟滚滚，遮天蔽日。但是，不管敌人多么疯狂，游击队各路战场上的战士始终斗志昂扬，群众也始终一心一意支援部队，没有一个人畏缩不前，没有一个人知难而退。战士们个个如龙似虎，越打越勇，打垮了敌人三番四次的进攻；在后方，妇女会、"利农会"的会员和临时参加后勤工作的群众，在枪林弹雨中救护伤员，送茶送水，送弹药，有力地支援了部队作战。这时，有了令人鼓舞的消息，吴勤司令动员了何成和其他地方武装共 100 多人从陈村驰援西海。

伪军越打越失利，伪军"前线代理总指挥"朱全，看到各路伪军节节败退，日军飞机又迟迟不来助战，就效仿李辅群的做法，离开战场赶去广州，乞请日军派飞机助战。朱全临去广州搬救兵时，指定第七十九团副团长祁宝林为"前线代理总指挥"。

上午 11 时，伪军增援部队两个营到达桃村岗、石尾岗附近，广游二支队阻击部队在多次击垮伪军进攻后，一边打一边撤回西海，双方形成隔河对峙状态。

中午饭点时，广游二支队司令部分析战斗的发展情况，认为经过6小时的激战，伪军已遭到重大伤亡，且已十分疲惫，反击的时机已经成熟，决定集中预备队，配以近10挺轻、重机枪及迫击炮，将炮楼方向的伪军第七十九团包围聚歼。

林锵云、刘向东率领独立第一中队一个小队和部分民兵，向南炮楼附近的伪军进击；谢立全率领独立第一中队一部，向糖厂一线伪军左后方迂回，欲夺回糖厂，断敌退路，将伪军压在南炮楼的基塘边。

很快，反击部队在两侧蔗林内，以数挺机枪的密集火力射击，蔗林深处喊杀声震天。伪军顿时慌乱，一窝蜂似的涌向堤围溃退，有人跳江逃命，有人向蔗林乱窜。

可是，匪首躲避而往的蔗林，正好是陈胜七人阻击小分队设伏之处。陈胜带领两名战士埋伏在一畦甘蔗后面，正伺机出击，忽然看见几个伪军扶着一个长官模样的胖子窜进蔗林，他喊了声"打"，三个人便一齐向胖子开枪，只见那家伙的身子晃了晃便要倒下，他身边的伪军一面用驳壳枪回击，一面把胖子扶着往江边走；没走多远，胖子就一头栽倒在河边，再也动弹不了。战后查明这个胖子就是伪军"前线代理总指挥"祁宝林。此时伪军第七十九团大部非死即伤。

与此同时，路尾围方向的伪军，在冯扬武率领的军政干部训练班和民兵的反击下，再次受到沉重打击，狼狈窜回紫坭。

围歼伪军第七十九团的战斗刚结束，广游二支队司令部又接到报告：从碧江、泮浦方向来犯的伪军第八十团和补充一团，占领桃村岗和横岸岗后，已进至西海涌东北面。

情况紧急！谢立全立即率领部队带着近10挺机枪前往反击。

部队将两座行人桥拆掉，阻隔伪军过河后，又在房顶上架起轻机枪扫射敌人，向涌入东北面的伪军发动攻击，将伪军第八十团和补充一团击溃。

血火凤江红，战斗在夕阳西下时结束。

广游二支队在西海人民支援下，以少胜多，歼灭伪军 1 个团，击溃 2 个团和 1 个伪护沙总队 ①，击毙敌"前线代理总指挥"、伪副团长祁宝林以下 200 余人，俘敌 110 余人，其中有少校副营长至排长 14 人，还有百余人在逃命时溺毙江中，缴获步枪 400 余支、手枪 50 余支、轻机枪 5 挺、子弹 1 万余发。这场战斗是珠江敌后抗战以来以少胜多的战斗范例，被誉为"西海大捷"。

西海大捷震动了珠江三角洲，重挫了气焰嚣张的伪军，极大鼓舞了珠江三角洲人民抗战胜利的信心，提高了广游二支队在人民心目中的威望。顺德莘村、良村、马村一带的地方实力派曾岳和旧寨、麦村等地的地方实力派，纷纷要求广游二支队派人前往整顿和训练队伍。

二

西海大捷后，广游二支队夜袭了韦涌，给日、伪军以沉重打击，在一定程度上对日军在华南的统治中心广州构成了威胁。日军为巩固其占领区，在日军陆军一三〇师团长近藤新八的亲自督率下，先后两次对西海地区进行了残酷的"扫荡"，妄图一举歼灭广游二支队。

1941 年 10 月 22 日，日军一个联队 1000 多人，在炮兵和 3 架飞机的配合下，从广州乘船，往西海进行了报复性的"扫荡"。

敌人接受了过往惨败教训，行动狡猾，在半夜偷偷用电船拖着伪装的渔船运兵，在距目的地 20 多里外就关停马达，让运兵船无声无息乘风顺水直下西海。

日军一路从西沙角登陆，向路尾围和闸头北炮楼进攻，进而向石

---

① 《珠江纵队史》编写组编著：《珠江纵队史》，广东人民出版社，1990 年，第 80 页。

尾岗进攻；另一路从沙仔围直扑西海北炮楼。

日军这次进攻路线和用兵方法，完全改变了过往一贯的策略。在水路，电船沿江来回巡逻，炮艇距西海1华里即抛锚；以炮艇轰击，掩护小汽艇运兵从沙子角登陆；涌堤上，进攻时不经两旁遍地的青纱帐，而是见涌过涌，逢塘涉水，遇有密集蔗林，则以军刀开路。

尽管日军狡猾，但其一切行动仍尽被我方哨兵侦悉。对于日军的"扫荡"，广游二支队司令部决定采用"避其锐气，击其惰归"的战术。具体部署为：保留两个中队的兵力，待机行动；以"班"为单位，四处以"梅花形"的火力点牵制敌人，八面穿插，并占据有利地形隐蔽，予敌施以突然、猛烈杀伤的策略。

早上7时，日军20多艘由电船拖着的渔船满载士兵，欲登陆进攻，遭到各阻击点小分队的顽强抵抗。

一路日军从西沙角登陆后，沿路尾围与界河涌边的堤围前进，集中兵力向闸头的北炮楼冲锋，在距炮楼百米左右时，以数挺轻、重机枪向炮楼射击，打得炮楼砖石、尘土飞溅，炮楼顶层被打塌。

扼守炮楼的军政干部训练班学员罗章友、中共路尾围支部书记杨森及民兵何柱、何基四人，居高临下，以步枪猛烈射击，不时投掷手榴弹，击退了日军的数次进攻。

日军久攻不下，急调钢炮和10余挺轻、重机枪，集中火力向炮楼猛轰。守楼战士顽强地坚守了一个多小时，完成了预定的阻击任务。

此时，炮楼瓦面已被炸平，炮弹四处开花，砖石飞溅，杨森左肩负重伤，何基的枪杆被击断，手榴弹也扔光了，只剩下30多发子弹。

在这紧急关头，杨森命令大家先撤，他单独留下掩护，经罗章友等人极力劝说，杨森拗不过，只好让何柱、何基搀扶着撤出，留下罗章友阻击敌人。

罗章友匍匐在炮楼平台上，把日军一挺重机枪打哑后，正寻找日军转移后的重机枪射击点时，突然感到右肩遭到猛烈一击，手中步枪枪托又被敌人子弹击断，他估计杨森等人应已撤出炮楼，便纵身跳入河涌，泅到对岸突围。

哪知道，杨森、何柱、何基撤到炮楼下时，门口出路已被敌人火力封锁，无法冲出，便依托断墙，继续战斗。敌人久攻不克，便在炮楼四周堆上禾草、蔗莢，浇上汽油，用火攻，杨森等三人壮烈牺牲。

闸头炮楼被攻占后，日军继续向石尾岗发炮攻击，继而像潮水似的向山上冲去。石尾岗由政训员吴声涛和小队长梁国僚坚守，霍文带一个小队在横岸一侧警戒。敌人从稻田冲来，遭到岗上和河堤上四挺机枪的火力网夹击，七次冲锋未得逞，丢下 10 多具尸体退回。

见状，日军改变战术，集中兵力先攻石尾岗。光秃的岗土被打得烟尘滚滚。战士们利用地形和地上障碍物分散作战，击退敌人一次又一次的冲锋，梁国僚负伤不下火线，战士陈江左肩中弹，血染红了半边身子，仍坚持战斗，直至头部中弹而牺牲。

紧急关头，谢立全令冯剑青调来一挺机枪，机枪手邓生在文武庙楼上架枪猛烈扫射，压得敌人抬不起头。

日军指挥官高举军刀吼叫："督战。"只见数十名日军刚冲至半山腰时，侧后方目标完全暴露，广游二支队指挥员趁此机会，急调机枪猛烈向敌侧射击，日军头目和一排排日军被击中滚下山坡。敌军后退，继以猛烈的炮火轰击西海文武庙，指挥员马启贤指挥一个小队顽强阻击，战斗中，马启贤不幸牺牲。

日军进攻时，村北的何老伯全家老少一齐参战，依托着自家房子窗口和墙角，齐向日军射击。日军受创，以为受到战士阻击，于是集中火力向房子开火，直打得砖石崩塌，何老伯的儿子受伤倒下，女儿又接过枪；老大娘负了伤，儿媳妇放下孩子又冲上楼；何老伯更是沉着，每一枪都瞄准目标射击。眼看敌人快要攻进来，谢立全命陈绍文

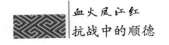

中队派一个班冲上去增援何老伯，击退了敌人。

上午9时，从沙仔围登陆、直扑西海北炮楼的一路日军，得到三架飞机的配合，敌机向沙仔围俯冲轰炸、扫射。因西海河涌交错，敌我双方近距离交战，投弹与低空扫射不起作用，反倒把炸弹误投到陈村的伪军营房。

敌人只好沿途用战刀砍倒一片蔗林，开辟通道，直攻西海北炮楼，但又受到守楼民兵和战士的猛烈阻击，前进受阻。战斗正激烈时，西海"姐妹会"的霍淑、张柳金、钟旺等冒着枪林弹雨，为部队输送弹药，救护伤员，送茶送饭。霍淑和子云将收获的600公斤粮食送到部队，张柳金领导的"姑嫂会"也把筹集的粮食、瓜菜一起送到部队，为部队提供了充裕的军粮，有力地支援了部队战斗。

午后，从糖厂进入向广游二支队司令部进犯的一路日军，被南炮楼密集的火力封锁，无法前进。

不一会儿，20多名日军突然出现在了广游二支队司令部附近，谢立全和政治部的干部用几颗子弹就将走在前面的3名日军击倒。还未等日军喘过气来，陈胜中队就把日军打得拼命往回逃窜。

最终，日军在猛烈的炮火支援下，从西海西北面强攻进入村中。因战斗前群众已坚壁清野和疏散隐蔽，日军占领西海后一无所获，就四处纵火焚毁100多间民房泄愤。傍晚，日军不敢久留，撤出了西海。

这场对日的直接战斗，广游二支队300多名战士，团结西海民众，共同抗击数倍之敌，毙伤敌军数十人，杨森、马启贤等12名战士以及10多名群众牺牲。

三

1942年的春节来临前，日军又在各据点集结兵力，并指使李塱鸡的残兵败将再向西海步步进逼，先后侵占了大洲、乌洲、三善、龙湾、古坝、韦涌、陈村、林头、碧江等地；同时，国民党驻陈村、林头一带的林小亚部又暗中与敌人勾结，成为敌人的帮凶，截断我西海和禺南两支部队的联系，对西海构成一个新的包围圈。

为了严防敌人伺机进犯，广游二支队除加强警戒、严密监视水陆两路的敌军动态外，还决定夜袭韦涌，先发制敌，打乱敌人准备向西海"扫荡"的军事部署，扫除西海根据地与禺南之间的障碍。

战前，广游二支队司令部对敌情进行了周密而细致的侦察，组织了以短枪组为骨干的50多人的突击队。

在除夕前一天晚上，谢立全和刘向东同志带着队伍，登上小艇，在风雨中启程，于深夜到达了韦涌附近，还巧妙地躲过了敌人的岗哨，向隐蔽集结地点前进。部队在泥泞湿滑的田埂上走了大半夜才到达韦涌村。到村头后，就在预先联系好的陆老大爷家里隐蔽下来。陆老大爷家离伪军营房只有600米，在陆老大爷夫妻俩的掩护下，部队安稳地度过了一天。

除夕夜，部队按计划向敌人驻地的一座大祠堂进发。一路由黄鞅、卢德耀率领，迂回到祠堂侧背，封锁敌人的退路；一路由冯剑青率领，从祠堂正面发起攻击。

清脆的枪声，成了广游二支队的冲锋信号。

战士们在机枪火力的掩护下，冲向祠堂，把手榴弹一个接一个地扔进去。这时，敌人从梦中惊醒，在混乱中企图冲出祠堂，可是出路已被黄鞅和卢德耀一路的机枪火力封死了，突围不得，他们便拼命用大木桩把墙壁撞出一洞，争先恐后地钻出来；但刚一出洞，又被突击队一轮机枪扫过去，抢先钻出的敌人都成了枪下鬼。这时，战士们的叱喝声、枪声、手榴弹声震撼着敌人的营房。

这一仗，广游二支队用了还不到15分钟就全歼敌人两个连。

敌人"扫荡"西海的企图落空，韦涌伪军百余人全部被俘，不甘

失败的日军恼羞成怒，遂再回师"扫荡"西海。

大年初二深夜，大敌当前，广游二支队司令部立即命令部队迅速进入阵地，准备战斗。大年初三凌晨，前沿阵地战士胡腾传回情报：有20多艘汽艇拖着大批帆船，满载日军在西海东南方的沙子角登陆，都宁岗、碧江、林头等方向也发现了日军。

不一会儿，炮声、枪声和手榴弹的爆炸声轰然大作。西海到处喷起炽烈的火焰，土块、碎石、树根、金属的碎片，四面飞射，滚滚浓烟高高升起，遮没了初升的太阳。

谢立全将军在《珠江怒潮》一书中描述："鬼子……用汽艇在四周河面来往巡逻，三艘炮舰在离西海一里以外的河上抛锚轰击，掩护小汽艇运兵从沙子角登陆。涌堤上单边路两旁的甘蔗林，一向被鬼子视为'迷魂阵'，他们这次不敢从这里正面进攻了，而是逢涌涉水，遇有稠密的蔗林果林，就用军刀砍开通路。"①

上午9时，三架日军飞机飞到了西海上空，向部队和从水路疏散的百姓俯冲轰炸扫射。

西海又一次沦陷在战火硝烟里，日军从水上、陆上和空中不断轰击西海。

日军南北夹击，由于南炮楼是军事要地，只有陆妹、陆多等四名队员扼守，为支援队友，周文、郑仿等驰往增援，截击迂回之敌。经激烈战斗，周文、郑仿等四人壮烈牺牲。此时，糖厂、南炮楼的战士，正依托着地形和地面之物顽强阻击进犯之敌人。广游二支队司令部即命霍文带领小队战士，绕到林头河的堤基伏击妄图包围西海的敌人，牵制从糖厂堤基进入西海的日军；卢德耀则率队在横岸岗阻击，打退了敌人一次次的冲锋。最后，南炮楼被轰了几个大洞，守楼战士退入

---

① 谢立全：《珠江怒潮》，广东人民出版社，1961年，第116页。

地下工事，依然顽强抗击敌人，使之无法越过炮楼。敌人炮火愈来愈猛烈，为避免不必要的伤亡，部队撤回西海，依托河涌、房屋为障，青纱帐为屏，继续与敌周旋。

最后，日军绕过防守炮楼的火力点攻入西海，指挥官近藤新八把来不及撤走的冯梁氏等6名老妇推进火海，活活烧死后才悻然撤军。

近藤新八是日本香川县人，侵华陆军第一三〇师团长，中将军衔。1946年3月24日，近藤新八作为战犯从顺德战俘集中营被押解到广州，1947年10月31日在流花桥刑场被处决。

四

作者黎朝华在《西海抗日三十战》一文中说，据老同志们在座谈会上的回忆及统计，从1940年10月起，至1945年8月15日日寇投降止，西海抗日根据地曾经历大小战斗数十次，除去一些较零星的战斗不逐一计算之外，可概称为"西海抗日三十战"。其中，敌、伪、顽向根据地进犯而引起的战斗共有12次；我军主动出击的战斗共有16次，而属于根据地内的锄奸肃反战斗则有2次。

◎顺德建立抗日烈士陵园缅怀先烈

表一　敌、伪、顽进犯及我军的反击、保卫战

战斗名称	时间	战斗经过及战果	附记
（1）日寇第一次进犯	1940年10月某天	日寇数十人进攻西海被击退，死伤20多人，我军无伤亡	战斗前误以为钟添、钟潮匪众打劫西海。我指挥部判断为日寇火力侦察，坚决反击获胜
（2）日寇第二次进犯	1941年春节期间	日寇百余人攻南炮楼直迫我司令部，被我军击退，遗下尸体及军用品于河边，狼狈逃走	民兵骨干卢流同志在战斗中牺牲
（3）伪军第一次进犯	1941年农历八月十五	伪军副团长祁宝林率兵一营从碧江进攻西海，西海上层人士存有幻想不愿迎战，部分群众也心存顾虑，担心打败后遭报复，为了照顾群众的情绪，我军暂撤，掩蔽待命	伪军攻入村庄大肆破坏，群众遭受教训，丢掉幻想，立下了保卫根据地的决心
（4）伪军第二次进犯西海，大规模进攻	1941年10月17日	伪军李辅群一个师及护沙总队总兵力2000多人分三路进犯西海，被不足400人的我军打败。伪军"前线代理总指挥"祁宝林被击毙。我军毙伤俘敌500余名，缴轻机枪5挺，长、短枪数百支	此役被称为"西海大捷"，是我游击部队以少胜多的一次战斗范例
（5）日寇第三次进犯	1941年10月22日	日寇出动飞机及舰艇分多路进攻，并以炮兵助战，我根据地被烧毁茅舍百多座，日寇经我阻击伤亡惨重而逃	共产党员杨森同志和马启贤同志在战斗中英勇牺牲

（续表）

战斗名称	时间	战斗经过及战果	附记
（6）伪军伏击杀害吴勤同志	1942年5月7日	广游二支队司令吴勤夫妇在陈村遭伪军伏击牺牲	敌、伪、顽公开勾结制造反共高潮。吴勤同志牺牲后，林锵云同志代司令职
（7）日寇第四次进犯	1942年10月	日寇400多人，分路进攻林头、广教、北滘，我军经两天三夜的战斗，大量杀伤敌人后，即主动撤往中山、禺南及南海、三水等地区分散掩蔽。敌伪进占西海	在战斗中我军牺牲数人，其中有共产党员张实同志。战后我司令部转移到番禺榄核及中山五桂山区，留阮洪川同志率领少数部队坚持西海根据地的斗争
（8）伪军进占西海根据地	1942年10月至1943年12月	伪军进驻西海，受到我留守部队的袭击骚扰。西海抗日团体转入地下坚持斗争	
（9）日、伪军进攻番禺榄核	1944年1月至8月	日寇伪军多次"扫荡"榄核我军掩蔽地区，我军经战斗后，由谢立、陈胜同志率队撤回顺德大洲、乌洲及旧寨一线，开辟新的游击区	
（10）日寇进攻旧寨	1945年2月19日	日寇100多人向我旧寨据点进攻，与我部队激战于旧寨塔。敌无进展，我队乘夜撤返大洲	

（续表）

战斗名称	时间	战斗经过及战果	附记
（11）日寇进犯西海外围都宁岗	1945年3月13日	日寇对我珠江三角洲进行万人"大扫荡"，企图一举歼灭我西海部队，我留守部队在西海都宁岗与来敌激战，完成阻击任务后撤出	队长梁成球同志战至弹尽援绝壮烈牺牲
（12）新隆遇伏战斗	1945年5月	我西海、大洲、乌洲部队从水路乘夜撤往南海，在新隆村被土匪钟添、廖忠等顽固派伏击，20多位同志经战斗后牺牲，主力进入南海、三水地区与禺南部队会合，向西挺进开辟广宁山区根据地	西海、三洲地区留守部队30多人，在何球同志率领下，坚持根据地的战斗

表二　我游击部队16次军事出击

战斗名称	时间	战斗经过及战果	附记
（1）出击泮浦伪军	1941年春耕期间	伪军梁润及土匪黎钜、韩锡忠等勒收农民"开耕费"，我军为了保护春耕，夜袭泮浦，歼灭梁润中队	黄克同志在战斗中牺牲
（2）出击番禺紫坭黎钜匪炮楼	1941年春耕前	番禺土匪黎钜在春耕前到处霸耕夺产，危害农民，被我军制止。黎钜匪众即在紫坭卧蚕岗向我阵地射击挑衅，我军给予反击，黎钜害怕，不敢再闹事	

（续表）

战斗名称	时间	战斗经过及战果	附记
（3）出击番禺沙湾伪军据点	1941年夏	西海部队奉命出击番禺沙湾伪军何健部，缴枪几十支，未能全歼该敌	侯铁刚同志在战斗中牺牲
（4）出击禺南里仁洞战斗	1941年8月	为了帮助禺南打开抗战局面，我西海部队奉命出击禺南里仁洞攻打汉奸李少棠据点，李不在家。我军于次日与日寇驻军打了一仗，互有伤亡	蒋吕等几位同志在战斗中牺牲
（5）"龙湾受降"战斗	1941年秋	驻龙湾伪军中队向我诈降，我军派何达生同志率队前往收编，发生激战，何达生及一些同志受伤	
（6）夜袭韦涌伪军	1942年春节前夕	敌、伪、顽勾结，阴谋进犯我根据地，我夜袭韦涌歼伪军一个中队	
（7）金字沙战斗	1942年春	我袭击敌伪所开的金铺，被敌发觉，在金字沙展开激战，我退回西海驻地	梁冠、霍拔友、黄海同志在战斗中牺牲
（8）夜袭碧江伪军	1942年6月	吴勤同志遇害后，我部队计划出击陈村旧圩，后转为袭击碧良公路的伪军中队，部队行动后敌情有变化，我队主动撤回	敌我未有接触
（9）第一次出击林头伪军梁桐据点	1942年6月	为了打通与南（南海）、三（三水）部队联系的通路，我夜袭伪军梁桐部，占领林头，后伪军增兵反扑，我主动退出	
（10）第二次出击林头	1942年7月	伪军梁桐被我打败，退往高村西滘，我占领林头，没收敌产，给林小亚顽固派以沉重打击，挫其反共凶焰，扩大了我军游击活动地区	此役，统战武装广教杨明、北滘马济配合作战
（11）林头第三次战斗	1942年10月	日寇200多人、伪军800多人向林头、广教、北滘进犯，我军在林头迎击，伤毙敌伪20多人后，我军分路撤往中山、禺南及南海	

（续表）

战斗名称	时间	战斗经过及战果	附记
（12）夜袭西海钟家祠伪军	1942年冬	我主力部队撤离西海后，留守队伍冯世盛等同志夜袭西海钟家祠伪军，挫伤其士气	
（13）夜袭澄湄伪军据点	1944年4月	我掩蔽部队撤离番禺榄核后，伪军在澄湄炮楼驻防，阻我通道。我军夜袭澄湄酒铺，全歼伪军一个中队，缴轻机枪一挺、步枪数十支、弹药一批	
（14）炸毁澄湄炮楼	1944年4月	澄湄酒铺伪军被歼后，伪军在炮楼外围筑篱笆固守，我军以炸药炸毁并缴获其枪支弹药	
（15）夜袭伪军大坳军械厂	1944年秋	大坳军械厂是伪军李辅群的军火制造工厂，我军夜袭得胜，缴轻机枪及步枪一批	
（16）歼灭乌洲伪联防队	1944年7月上旬	我部队要求进驻乌洲，开辟新的据点，决定消灭乌洲伪联防队。我游击队员与敌短兵相接，进入伪联防队驻守的炮楼，生俘伪联防队队长梁葵，解除其武装，缴轻机枪一挺及长、短枪50多支，俘50多人	

反"拍围"反霸耕

　　1941年夏天，中共南番中顺中心县委、广游二支队司令部根据当时的形势，为打击日伪嚣张气焰，接连多次出击伪军。

　　第一次是夜袭泮浦（现为碧江村一个村民小组）。西海村农民因耕地不足，除了耕种本乡村的田地之外，还租外乡的沙田耕作。这些沙田当中，在大横沙、磨面沙地界的，均被番禺一区伪联防大队队长韩锡忠和碧江地主苏舜臣团伙"拍围"（即筑堤围）霸占。

1941年春耕期间，驻泮浦的顺德伪警察大队梁润部一个中队，以"保护开耕"为名强迫农民交"开耕费"，借机勒索，不交就不准开耕。大流氓梁润是个双手沾满人民鲜血的大汉奸，1939年日军侵入顺德时，就是他给日军带路攻入大良的。他因而受到日军和汉奸苏德时的器重，当上顺德县伪警察大队的大队长，横行霸道，坏事做尽。这一次他来到泮浦，立即勒令西海、泮浦、坤洲围和磨面沙一带的农民，每亩田要缴纳50斤谷子的"开耕费"，否则不准插秧。

中共西海支部和独立第一中队党组织共同研究这个情况后，经中共南番中顺中心县委同意，决定：组织农民开展反"拍围"反霸耕斗争，一致拒绝缴各种费用，实行武装保护春耕；消灭驻泮浦的伪警中队，派梁冠乔装成农民前去侦察情况。

驻泮浦伪警中队共有90多人，分别驻在泮浦祠堂和山冈碉楼里。

广游二支队独立第一中队近100人，由谢立全指挥，决定采用夜间突袭的打法，兵分两路，歼灭这股伪警。夜袭队伍分为"突击""掩护""警戒"三个小组。梁国僚、郑惠光、梁冠等10余人组成突击组，各配有手枪和5颗手榴弹。

1941年4月30日晚上，独立第一中队由西海男女青年用小艇运载到祠堂附近，然后分头向伪警驻地运动，攻打祠堂。

攻击驻岗楼伪警的战斗由梁冠指挥。不料，独立第一中队接近伪警驻地时，被哨兵发现。伪警紧闭大门，慌忙开枪，投掷手榴弹，与独立第一中队对峙。

面对这种情况，谢立全命令郑惠光带领突击组，用火力封锁祠堂各个出口，防止敌人逃跑；命令大部分战士迂回到祠堂后面，由几个战士搭成人梯，另一个突击组则通过人梯爬上祠堂瓦面，用手榴弹和机枪袭击伪警。

数分钟后，谢立全调来了突击组的机枪队，架起机枪射击，密集的子弹向敌营狂扫，继而发起冲锋，但仍无法攻克敌人堡垒。过了一会儿，突击组改用侧面进攻策略，迅速调整了正面和侧面进攻的兵力和射击点，一时枪声、爆炸声和冲杀声响彻云霄。敌人吓坏了，只顾集中兵力在正面防卫，自以为侧面有高墙拱护而不予防范。

突击组见状就在高墙下搭架人梯，爬上敌人营房瓦面，占据制高点后，不断往地面正面防卫的敌营投弹，黄鎏带着突击组冲到伪警哨所，击毙哨兵，然后冲进碉楼高喊"缴枪不杀！"

敌人被吓得纷纷夺门逃命，营房瓦面上的战士飞身跃下，正前面的战士则奋起阻击，使敌前后受夹击，首尾不能相顾，只得丢下武器，举手投降。突击组战士冲入，把钻到茅坑、厨房、柴堆、床底、掩蔽物中的敌人一一揪出。

就这样，碉楼内伪警全部投降。

这一仗，独立第一中队取得全胜，俘虏大部分伪警，缴获14支步枪、子弹、一批军用物资。

不幸的是，独立第一中队政工干部黄克在战斗中牺牲。

经过这场战斗，西海附近村庄的农民都不用交"开耕费"，及时播种插了秧。韩锡忠、苏舜臣、黎钜等不敢再轻举妄动。

第二次是夜袭沙湾。1941年7月6日，谢立全和刘向东在西海召开夜袭沙湾的作战会议。参加会议的有第一大队及独立第一中队的干部。会上，介绍和分析了敌情、地形，研究了作战方案。决定组成两支部队分头同时攻击两股伪军，另外一部分兵力担任警戒和阻击市桥日伪增援，保证部队安全撤回西海。

7月11日晚，谢立全和刘向东率领夜袭部队200多人，由西海"姐妹会"和"利农会"会员划小艇运载，刘向东指挥进攻伪警察大队，郭彪带队担任警戒和阻击市桥敌伪援助。部队从沙湾附近上岸，行一段山路，然后分头经小巷横街迂回向敌营前进。

进攻伪军营部的队伍距离目标尚远，行进中引起街上群狗狂叫，致使伪军警觉。突击组刚接近伪军营房，伪军就关闭大门顽抗，部队强攻不下，还牺牲了政工干部侯铁刚。

攻击伪警察大队的部队一开火，伪警便弃枪从后门逃走，丢下一批武器。部队按计划于天亮后向南撤出战斗，在古坝停留了一天，第二天晚上返回西海路尾围。

沙湾战斗缴获50多支步枪和一批弹药。虽未全歼伪军伪警，但政治影响很大。驻横江的地方实力派黎流也请求广游二支队派人去帮助维持治安。这次夜袭胜利，对禺南的抗日斗争起到了鼓舞作用。

第三次是里仁洞、婆岗战斗。1941年8月12日，谢立全率领36人的精干小分队，从西海出发开往禺南，夜袭里仁洞反动伪乡长李少棠的20多名武装人员。

这批奸伪驻在里仁洞的碉楼。谢立全和严尚民在植地庄研究了夜袭计划。晚上，按照计划派一个战斗小组监视碉楼，防止奸伪分子逃走，梁冠带短枪组用两颗手榴弹把地堡里的几个奸伪分子全部炸死，冲进碉楼里把10多名伪乡武装人员全部俘虏，缴获了10多支长、短枪。

8月13日拂晓，漫山遍野大雾蒙蒙，十步之外人影模糊，部队因而未能按时撤退。上午8时，日军300多人从新造分两路向里仁洞进发，一路沿公路直接进入里仁洞，另一路向里仁洞迂回，企图合围聚歼小分队。

谢立全率队刚冲出村口，黄鎏、冯润松带领的一个班在大九岗同敌人接火时，日军已占领了婆岗，封锁了小分队退路。

情况对小分队十分不利，谢立全紧急带领22名战士集中火力压制婆岗之敌，并越过梯田，迂回到敌人后面，从北边爬上婆岗，只见100多名日军排成"一"字形向里仁洞开枪射击。

"打!"谢立全一声令下，战士们的机枪、步枪一齐向敌军背后射击。数十名日军当即倒下，其他日军仓皇逃跑。战士吕銮乘机冲上前去拖敌人的一挺机枪时不幸中弹牺牲。接着又有两名冲上去夺机枪的战士牺牲。日军与小分队就这样形成对峙局面。

黄銮和冯润松那个班在大九岗与日军展开了血战，击毙日军10多人，全班只剩下4人，其中黄銮受伤，冯润松重伤。

下午，小分队背后突然出现100多人，高呼："打呀！打倒日本法西斯！"

原来这100多人是中共番禺县工作委员会副书记梁奇达从诜墩带来支援小分队的民兵。不久，小分队和民兵全部迁回撤出里仁洞，入夜回到诜墩。

婆岗战斗中，独立第一中队的这支小分队发挥了高度的革命自我牺牲精神，打得非常英勇顽强、机智灵活，给番、顺地区群众留下了深刻的印象。

旧寨塔石头战

旧寨塔，位于大良近郊，矗立于旧寨村旁的山顶上（现为顺德顺峰山），为八角形七层古塔，每层有4个窗洞，墙壁厚3米，恰似一座天然堡垒，也像一座瞭望台，于是成为顺德抗日大队旧寨中队驻地，我方依靠旧寨塔，将驻在大良、容奇的敌人的一举一动尽收眼底。敌人恨透这颗"眼中钉"，早想把它拔掉。

1945年2月的一个清晨，驻容奇的日、伪军数百人，突然向旧寨和南畔发起进攻。驻地战士为掩护顺德抗日大队旧寨中队转移隐蔽，留下一个班和民兵数人，分别在旧寨塔和南畔炮楼阻击敌人。

　　驻守旧寨塔的仅一个班，他们是班长李国和战士苏雄、梁波、李卒仔和陈三珠等5人。在敌众我寡的情况下，守塔战士居高临下，全力阻击敌人，他们把许多石头搬上塔内第五层，然后收起地上的竹梯，准备迎战。

◎旧寨塔（现称太平塔）塔身弹痕清晰可见

　　不久，100多名敌人在机枪掩护下扑向旧寨塔。待敌人进入射程后，塔上五枪齐鸣，前面的日军倒下了，后面的就不敢动弹。

　　敌人很快就知道守塔的仅有几个人，就妄图在猛烈炮火掩护下冲入塔内。但竹梯已被收起，上塔无路，而密集的石头则从天而降，砸得敌人嗷嗷大叫。敌人只好集中机枪、钢炮把弹药射向塔顶，打得飞沙走石，尘土漫天，战士们则以棉被裹身抵御飞石，暂停还击。

　　敌人以为战士们被消灭了，继续冲向塔基，又遭手榴弹袭击，3名日军被炸得血肉横飞。敌人恼羞成怒，更疯狂地放炮轰击塔顶。

　　塔下一个汉奸高喊："快快下来缴枪，日军不杀！"

　　敌人劝降未果，就端着刺刀驱使一大群百姓，让他们把一捆捆柴草堆进塔内，然后点火燃烧。烈火熊熊，浓烟直冲塔顶，战士们躲在死角避火，浓烟被风吹散，敌人的火攻失败了，坚厚的古塔依旧岿然不动。

◎游击队曾与日、伪军激战的旧寨塔

敌人无计可施，只好继续用猛烈的炮火来发泄，直到天黑，才无可奈何地撤退。到了深夜，李国、苏雄、梁波、李卒仔和陈三珠从塔上纵身跳入厚厚的冷却了的火堆灰渣，回到了乌洲据点。

驻守南畔炮楼的战士，则在班长卢腾的带领下，同敌人从清晨激战至中午，卢腾在战斗中牺牲。这一战毙伤敌5人，最后因弹尽援绝，炮楼被攻下，10人被俘。被俘战士们在押解途中一起逃脱，而南畔村村长、共产党员何景瑞被俘后宁死不屈，英勇就义。

第五章　曙光初现

从抗日基地到根据地

一

抗战时期，西海属顺德县第三区（现属北滘镇），位于顺德东北角，东距番禺市桥镇 18 公里，南距县城大良镇 9 公里，西距陈村约 5 公里，北距广州约 20 公里，周围与桃村、横岸、绿道、路尾围、和隆围等村庄相邻。因西海在桃村、横岸之西，村子后面又有一河（即潭洲水道，是西江支流）相隔，当地俗称河为海，故名西海。

◎从龙眼到西海的顺德水道段是抗日战争期间顺德的主要交通通道

西海是顺德的门户，是通往西江的要冲之一，地理位置十分重要；面积有 4 平方公里，人口在抗战初期约有 4000 人，主产稻谷、甘蔗；水网地带，鱼塘相连成片，河涌水渠纵横交错，水陆交通十分便利；桑林、蔗林和蕉林密布，到处都是天然的青纱帐；村子四周还有一些小山冈，是开展敌后抗日游击战的好地方。

西海的外围，东面是番禺的古坝、三善、紫坭以及顺德泮浦，南面是顺德大洲、乌洲，西面隔河是顺德广教、林头，北面是顺德桃村、绿道、碧江、都宁。这些乡村全被地主、"大天二"等控制了。

西海群众基础好，绝大部分是贫苦佃农，地主、富农很少，由当地倾向抗日的地方实力派梁敬、梁满所控制。大革命时期农民运动蓬勃开展，九一八事变爆发后，抗日救亡运动又迅速兴起，广州沦陷后，一些青年农民参加了林锵云组织领导的顺德抗日游击队。

中共南番中顺中心县委就在西海成立。中心县委在斗争实践中认识到敌后游击战争的长期性和残酷性，必须建立和巩固根据地或抗日游击基地，没有根据地或游击基地，敌后武装是难以生存和发展的。

南番中顺中心县委、广游二支队司令部对西海的地理环境、群众基础做了认真的调查研究，决定广游二支队独立第一中队、第二大队暂时转移到西海、路尾围一带，建立广游二支队的抗日游击基地。

1940年的夏天和秋天，西海及周边村庄均很少有日、伪军活动，只有一些地方实力派与伪军互相争夺势力范围。比如：苏舜臣极力争夺控制西海及四周的鱼塘、稻田；顺德伪警察大队队长梁润称霸于泮浦至大横沙一带；韩锡忠则霸占磨面沙，黎钜也向横沙插手。

1940年的冬天来了。是年11月，反动分子钟添、钟潮等组成的"济群团"劫走并杀死了西海乡乡长霍宜民父子3人，勒令西海群众限期交出巨款，否则就铲平西海。西海群众十分恐慌，要求广游二支队派队伍前来保护生命财产。中心县委和广游二支队司令部决定：抓住这一有利时机，派独立第一中队由路尾围开进西海，进驻西海稳定局面，发动群众、组织群众、武装群众，壮大队伍来经营西海、保卫西海。于是，从第一大队第一中队抽调一个班和1挺轻机枪、10支步枪给独立第一中队。

独立第一中队进驻西海后，用实际行动影响群众，向群众宣传独立第一中队是人民的子弟兵，严格执行"三大纪律八项注意"，绝不侵犯群众利益，来西海的目的是抗日救国。当时，由于部队经费不足，给养困难，战士一天只能喝一餐粥，或吃一餐饭，但即便如此也绝不骚扰群众，很快就取得了群众的信任和支持，军民关系十分密切。

不久，中心县委和广游二支队司令部也进驻了西海。这两个领导机关在全面领导珠江地区抗日武装斗争的同时，十分重视指导独立第一中队经营西海。中心县委先后调叶向荣、阮洪川、方群英等党员干部到西海，配合独立第一中队发动和组织群众抗日，防匪保家，建设西海抗日基地。

独立第一中队在中心县委和广游二支队司令部领导下，积极开展群众工作。1942年1月和10月，先后由方群英、梁绮卿、谢燕到西海接替领导开展妇女工作，她们把路尾围张柳金领导的"姑嫂会"与西海"姐妹会""婶母会"合并成"西海抗日救国妇女会"，简称"妇女会"，有200多人，选举霍淑为会长。妇女会除担负原来的任务外，还积极开荒种地，生产自救、支援部队，妇女会内分成生产、运输、救护、交通、筹集、慰劳、后勤等小组，分工协作，开展工作。

中心县委和广游二支队司令部，有时也派出妇女担任秘密交通员，负责顺德、中山、番禺与广游二支队司令部的联络工作。在群众配合部队抗日斗争、拥军劳军活动中，涌现出了一批妇女积极分子，比如：勇敢机智的女交通员陈坤、卢木带，她们向部队捐粮食、捐枪、捐金银；还有鼓励女儿、儿媳参军的吴彩四婶和接连送几个儿子参军的梁旺明。

1942年9月，张柳金、钟旺、冯九仔到碧江察看敌情，被叛徒何达夫出卖，张柳金被捕，直到1944年春天才出狱。她坚贞不屈，坚持爱国民族气节，始终没有泄露秘密。由于众多青年积极参加部队，西海成了广游二支队扩充兵员的主要基地之一。

为了团结一切可能团结的力量，争取地方实力派共同抗日，独立第一中队认真执行党的抗日民族统一战线的方针政策，抽出黄柳言、卢德耀、黄江平（又名黄平）、吴照垣、陈绍文等干部，做争取改造地方实力派的工作，一些地方实力派转变了态度，原来反对广游二支队的，变得中立了，原来的中间派，则开始倾向广游二支队。在这一基础上，独立第一中队便与西海周围的地方实力派订立了一项共同抗击日、伪军和土匪的"哪里枪响就到哪里增援"的联防协议，扩大了抗日民族统一战线。

二

西海抗日基地除了自身建设和村民的支持外，更是得到外部人士与上级的支持。

部队早期设在大良城北门的秘密工作站，更是为西海抗日基地做了不少工作。秘密工作站负责人陈椒蕃，把他家当作部队的秘密医院，经常组织工作站人员何锦、连势以及张培德和尚、医生罗守真等接收部队伤病员到他家治疗养伤。同时还为部队代购生活用品，筹集部队给养，保存军需物资，转卖战利品，为部队秘密来往人员提供膳食住宿，搜集情报，协助部队开展上层统战工作。陈椒蕃还不时到西海汇报和请示工作。

中共中央和广东省委对广游二支队十分关心，多次指示：要努力把这支队伍建设成为中国共产党领导下的人民抗日武装[①]。

1940年3月6日，中共中央发出《抗日根据地的政权问题》的指示：根据抗日民族统一战线政权的原则，在人员分配上，应规定为共产党员占三分之一，非党的左派进步分子占三分之一，不左不右的中间派占三分之一。

很快，西海抗日基地改为西海抗日根据地，并遵循中共中央指示，

---

① 《珠江纵队史》编写组编著：《珠江纵队史》，广东人民出版社，1990年，第62页。

在政权上实行"三三制"：第一方面是共产党及其领导的广游二支队；第二方面是非党的左派进步分子，如"西海抗日妇女救国会"的霍淑、"利农会"的何灿荣；第三方面是倾向抗日的国民党乡公所及其自卫队，如地方实力派梁敬、梁满等开明人士。

1940 年 3 月 11 日，中共中央对广东工作做出指示：对顺德、南海吴勤部等游击队须加强领导，动员地方党组织及同情我们的群众对他们给予精神上、物质上的援助，使他们尽可能扩大，同时，严防汉奸、顽固派的袭击和瓦解阴谋。①

4 月 23 日，中共广东省委给中共中央的报告中提出：对广游二支队"加强党的领导，将来组织到一千人是可能的"②，要"注意训练，培养干部，建立民主的政权，主要的是打击顽（伪）军，准备基础，在将来战争扩大的时候，能跳出南、顺的范围来发展"。③

根据中共中央和广东省委的指示，广游二支队党组织加紧了对部队内部的整顿和建设工作。

1941 年 6 月，军统特务邹适全、叛徒张戎生鼓动刘登带第一大队投靠南海县县长兼国民兵团团长李彦良。6 月底，中心县委得到这一情报，果断提出处置措施，决定设法将第一大队拉回西海。

罗范群找到冯扬武，对此做出具体的指示和部署；刘向东将刘登的企图和中心县委的意见转告吴勤，并与他商量具体执行办法。吴勤对中心县委的意见表示同意和支持，写了一份"因有紧急任务调第一大队回顺德西海"④的手令。

冯扬武、林锋、郭彪、肖强（肖桐）接到吴勤的手令后，迅即分别从中山县大岗、义沙、大南，把第一中队、第二中队拉回顺德县路尾围、西海待命。

---

①②③④ 《珠江纵队史》编写组编著：《珠江纵队史》，广东人民出版社，1990 年，第 62 页、第 63 页。

　　第一大队回到路尾围、西海，与西海的独立第一中队会合后，广游二支队驻西海的部队，加上中心县委举办的军政干部训练班的学员共 300 多人。中心县委先后举办了两期军政干部培训班：第一期于 1941 年 7 月在横岸袁家祠举办，班主任为谢立全，队长为冯扬武，指导员为陈广（实名邝明），学员有 30 多人，由林锵云、谢立全、刘向东、严尚民等讲课。第二期军政干部训练班，班主任为谢斌，队长为冯扬武，学员有 30 多人，由林锵云、刘向东、严尚民、冯扬武等讲课。

　　西海，在中共地方党组织的领导下，一直沿着中共中央有关根据地建设的指示，不断苦心经营，克服重重困境和障碍，取得卓著的成效，成为珠江三角洲第一个抗日根据地，也为都粘乡抗日民主政权的建立，奠定了坚实的基础。

从《抗战旬刊》到《正义报》

　　广游二支队自 1940 年 3 月 7 日撤出大良后，转移到禺南灵山进行整编，将直属队、刘登大队、伪军"反正"的黄荣甫部，以及大良培养出来的知识青年共 150 多人，合编为广游二支队第一大队，大队长为刘登，副大队长为张戎生；下设两个中队，正、副中队长为陈恒才、李少松（实名李党民），政调员为林锋、吴德堂、陈侠光、冯剑青、马敬荣。这个大队各级军政干部大部分是中共党员，所以在关键时刻能坚决执行党的任务，服从党的领导和指挥。

　　同时，将原国民党军独立第九旅败散流落地方的车冠英部几十人编为广游二支队第四大队。国民党番禺县县长黄兰友，在灵山向吴勤提出要收编广游二支队，归他指挥。吴勤严词拒绝了黄兰友的无理要求，表示可以同他合作，联合对抗敌人。黄兰友无可奈何，悻悻然带着他的县大队从灵山转移到石涌。吴勤则率领第一大队和第四大队到涌边。

1940年4月，广游二支队第一大队、第四大队到禺南钟村一带活动。有一天，遭到日军突然袭击，广游二支队坚决还击。由于当时情况复杂，张戎生指挥错误，战斗失利，林胜、麦金泉、朱四牛等11名战士牺牲，并丢失一门迫击炮。

后来，番禺、顺德及邻近的富庶乡镇全被日、伪军，"大天二"，大"捞家""挺三"等占据，广游二支队活动的地方全是经济条件较差的小村庄，难以保障第一大队、第四大队200多人的给养，而吴勤筹划的经济收入又极微。钟村战斗后，第一大队转移到三水县乐平（是沦陷后到国统区芦苞的交通枢纽）收税，开辟经济来源。第四大队的车冠英不堪忍受艰苦，离开广游二支队自寻出路，广游二支队司令部于是将第四大队解散。

1940年2月，中共番禺县工作委员会（简称"番禺工委"）成立，书记为严尚民，组织委员为黄柳言，宣传委员为黄友涯。广游二支队党总支和番禺工委隶属中区特委领导。中区特委决定同南海、顺德的党组织合并，于3月在禺南石涌成立了中共南（南海）番（番禺）顺（顺德）工作委员会（简称"南番顺工委"），书记为林锵云，委员为刘向东、严尚民。因条件限制，广游二支队和顺德抗日游击队暂时还没有统一指挥。南番顺工委根据敌后形势和特点，提出党组织和游击队要坚决执行党的抗日民族统一战线方针、政策，依靠群众，争取进步力量，团结中间分子，抗日游击队采取分散性、地方性、群众性的形式开展敌后游击战争，不断袭击日、伪军，扩大游击区，开辟和建立游击据点，并决定创办报刊、掌握宣传"武器"。

1940年4月，刘向东、严尚民、黄柳言等在禺南马庄以"南番顺抗战旬刊出版委员会"名义创办了《抗战旬刊》,宣传中共的抗战方针、政策,报道国内外反法西斯斗争的形势,报道珠江三角洲人民抗战的情况,表彰广游二支队和"俊杰社"对日伪战斗的英勇事迹。他们还编印了各种小册子和传单。《抗战旬刊》到1943年春改名为《正义报》。

◎抗日部队出版的《正义报》

抗战期间,顺德文化界创办《抗战报》《救亡报》《抗日周刊》《六区刊报》《陈村三日刊》《顺德民众三日报特刊》等宣传抗日救国。事实上,在抗战全面爆发后,顺德就编印了《防护周报》,宣传抗日及战地救护知识,共出版了10期。1944年1月恢复的《抗战旬刊》一直采用油印,四开四版面,有时多至8个版面,间有单版面,每期印发300—1000份,最多达3000余份,每份售价大洋5分至1角。该刊内容以宣传抗日救国、报道国内外形势为主。1945年1月,广游二支队整编入珠江纵队,《抗战旬刊》终刊。宣传抗日的报纸还有当时顺德第六区教育工作者协会的《捷报》，该报亦为油印，八开四版，1941年3月创刊，出版5期后停刊。

从留守战斗到开拓生计

1942年11月末的一天上午，伪军李辅群部300多人又一次进攻西海。

广游二支队司令部和独立第一中队，为了不影响按时转移的计划，派一个班在横举岗、桃村附近隐蔽，待机行动。伪军占领西海外围制高点，炮轰西海及甘蔗林后，驻守西海中心大街的大祠堂。当晚，广游二支队独立第一中队和民兵袭击驻守祠堂的伪军，可伪军戒备森严，火力又强，经激战，未能攻入祠堂，仅俘虏伪军一个哨兵，突击组的战士周容牺牲。

拂晓前，广游二支队司令部和独立第一中队按原计划撤出西海，转移到禺南。按原计划，西海一带留下阮洪川、黄友涯、梁国僚率领一支精干的小分队20多人，配1挺轻机枪，同民兵一起坚持原地斗争。

广游二支队司令部撤出西海不久，驻西海的伪军也撤退，伪军第二十师团和林小亚顽军"挺三"在西海连续劫掠12天，将家家户户搜刮一空，并威迫利诱群众供出广游二支队的人员和行踪，用各种残酷手段杀害无辜群众。西海人民没有屈服，也没有暴露广游二支队的秘密。

有一天，叛徒何达夫带着伪军抓走女农民陈妹，陈妹毫无畏惧，痛斥何达夫是叛徒，从容就义。西海"姐妹会"成员张柳金的哥哥张流被伪军和顽军捆绑在大街上示众，每逢路人走过，他就慷慨激昂大声呼喊："中国人是杀不绝的！敌人注定要死亡，大家坚持斗争吧！二支队早晚要打回来的……"① 很多人见了，忍不住掩面哭泣，深表同情。后来伪军和顽军残酷地把张流捆缚在大石头上抛进河里淹死。

又一天晚上，留守小分队侦察到叛徒何达夫当晚从碧江去桃村，当即派班长冯润松带短枪组 3 名战士，埋伏在进入桃村必经之路的闸门边。何达夫与汉奸霍咸公刚到闸门边，短枪组立即开枪，何达夫被当场击毙，霍咸公受重伤，逃回家后死亡。

留守小分队经过调查研究，并与西海统战朋友梁敬、梁满磋商，由他们为部队供给伙食，并由梁满出面，告诫驻当地的伪军不得暗中捣鬼。留守部队用"联防队"名义在西海、路尾围、桃村、横岸一带村庄秘密活动，使伪军不敢前来骚扰。负责抓生产的梁棉也抓紧时机，安排郭子云、冯二女在西海、大沙尾带领"姐妹会"会员搞生产、办农场，为部队提供粮食。

1943 年冬，阮洪川、黄友涯调走，由李冲负责留守小分队的工作。此后，李冲和梁国僚带着短枪组，活动到西海对岸的大洲、乌洲、鸡洲，还把工作开展到大良附近的旧寨。通过旧寨统战朋友周荣的关系，派邓斌带一个战斗班，以周荣的"护耕队"的名义在旧寨驻防，后又增派部分人员，共有 30 多人。

小分队还派卢文靖去旧寨乡教书，派陈少东办农场，开展群众工作。李冲、梁国僚经常同大洲的周锡，三善的黎钜，古坝的韩祥、韩钜等实力派来往，交谈抗战和地方治安等事宜；他们还通过紫坭统战朋友林轩设立了税站，在泮浦办了约三公顷的农场。

1942 年年末，广游二支队司令部设在大江南乡，由林锵云、谢斌主持。何达生带一小队负责警卫工作；司令部交通情报总站在蔡边，

---

① 谢立全：《珠江怒潮》，广东人民出版社，1961 年，第 166 页。

冯扬武任总站长，林锋为副总站长，下辖番禺、顺德 30 多个分站；分站的负责人和交通员多是妇女，如陈坤、黄琼、梁英、杨建，有数十人，他们多次出色完成各项任务；梁棉以顺德"三洲"（大洲、鸡洲、乌洲）为据点，负责交通和经营农场；邝振大、莫绮玲、郑乃行先后在谦益围经营农场和设置交通站。

1942 年年底，党组织调郑少康到禺南部队工作，郑少康、叶向荣带一个队驻在丹山。当时指挥部的经济收入，一部分依靠农场，一部分依靠保护地方治安的报酬，小部分靠一些同志当教师的工资和兄弟部队的支援。因为没有打仗，没有战利品，入不敷出，只好派些战士化装成百姓去当雇工，或割野草变卖，来增加收入，但这些收入甚微。部队的物质生活非常艰苦，有的部队因缺粮，要在做饭前向驻地村民逐家借取；医药奇缺，部队每到一地，指导员郑少康和庶务长罗文（实名罗初）就化装成百姓，到野外采集中草药给伤病员治伤病；没有纸张，罗文就收集废纸加以处理后供应女同志使用。

在艰险环境里，各地群众给予了部队莫大的支援。1942 年秋天，日军在大岭村强迫全村村民集中在一间大祠堂里。搜查广游二支队战士时，村民们各自挪动，把部队女战士梁洁云夹在人群中间，挡住了敌人的视线。日军通过翻译几次威胁利诱群众供出部队战士，但没一人告密，日军只好悻悻然离去。同年秋末，这个村的妇女三婶，有一次面对进村搜查部队战士的伪军时，勇敢机智，假意向伪军送茶送烟，借以麻痹敌人，掩护部队战士 3 人分别安全转移。

大江南村妇女三婆，三更半夜为部队放暗哨，收藏重要文件。大罗塘袁先生，为部队到市桥探听消息。东丫村教师孔海容，常让出卧室给部队领导人开会，并放暗哨。大江南村女医生罗道珊无偿为部队医治伤病员。有一次伪军闯到她家门口，她沉着应付，让伤员从她家后院爬墙安全出走。大氹村妇女三嫂，把家当作部队交通站，还不时

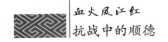

去市桥为部队收集情报。为密切军民关系，指战员在各地认当地妇女作"契妈"（粤语，即"干妈"），这些"契妈"对部队的安全和生活照顾得很周到。

1943年夏初，部队坚持隐蔽，天天学习政治、文化、军事，着重进行抗战形势、抗战前途、部队纪律以及世界观、生死观、革命气节、革命英雄主义方面的教育。每周都举行生活检讨会，开展批评和自我批评。在保证不暴露的前提下，有时组织些文娱活动。部队的物质生活虽然艰苦，却充满革命乐观主义精神。全体指战员都明白，眼下隐蔽过艰苦日子，是为了准备迎接新的斗争，争取新的胜利。

从抗日基地到"新老家"

1942年10月上旬，中心县委在西海召开会议，总结广游二支队进驻西海两年来开展敌后游击战争的经验，分析和研究林头失守后的形势及对策。

会议认为：自1940年11月广游二支队进驻西海以来，与当地群众团结一致，经营西海、保卫西海，建立以西海为中心的抗日游击基地，广泛开展抗日民族统一战线工作，团结了各阶层爱国人士及部分地方实力派共同抗日；在复杂的斗争中摸索和掌握了珠江三角洲水网、平原地带的作战方法，培养锻炼出一批进行游击战争的领导干部和骨干；共进行了大小战斗数十次，给予日、伪军，伪政权及进犯的顽军严重打击；西海地区已成为珠江三角洲敌后抗战的中心和坚强堡垒。但也面临着不利的形势：第一，珠江三角洲敌后抗日基地只有西海，五桂山抗日根据地正在开辟，人民抗日武装在敌后抗日游击战争中的回旋地区太小，而且敌伪集中兵力夹击西海，使西海抗日游击基地经常受到严重的威胁；第二，两年来，西海军民经过对日、伪、顽军的多次战斗，群众觉悟日渐提高，但敌强我弱的形势没有改变，影响人民抗日武装的迅速发展扩大；第三，领导思想过于注重建设西海，忽视其他地区的开辟和发展，使西海处于孤立的境地；第四，林头失守后，日军与国民党顽固派加紧勾结，在敌强我弱的情况下，用过多的力量继续保卫西海，这是不利的。

根据以上情况，应暂时避开日、伪、顽军的锋芒，将大部分部队从内线转到外线作战，开辟新的抗日游击区，以利于更好地发展抗日武装力量，坚持敌后抗日游击战争。为此，中心县委会议决定：在南、番、中、顺地区开辟新区和扩大抗日游击区的战略方针，除一小部分兵力留守西海外，大部分兵力转到外线。口号是：经营禺南，发展中山，开辟南海和三水地区。

◎旧寨塔旁矗立着一块旧石碑，记录了顺德的抗日战事

会议做出具体部署：谢立全和梁奇达去中山，加强五桂山区敌后抗日游击战的领导；林锵云、谢斌、严尚民先后带两个中队——陈胜、

蔡雄领导的一个中队和叶向荣、何达生领导的一个中队，转移到禺南大谷围和榄核地区，利用统战关系隐蔽活动，发展壮大；阮洪川、黄友涯等一小分队留守西海，驻路尾围；麦君素到南海恢复地方的党组织；霍文带领一部分人返回家乡理教开办农场，以"灰色"面目出现，发动群众安排和掩护同志活动，准备开辟南海、三水周边游击区；刘向东和陈广（实名邝明）带一批干部到马村、莘村，对常驻在这一带的地方实力派曾岳部队开展统战工作。

中心县委召开的"十月会议"是珠江敌后人民抗日武装发展史上一次极其重要的会议。这次会议正确地总结了广游二支队进驻西海以来的经验，分析了林头失守后的形势，决定了开辟新区和扩大抗日游击区的战略方针。部队经过主观努力，克服了重重困难，保存了部队的有生力量，恢复和扩大了五桂山抗日根据地，开辟了南海和三水周边地区的游击区，珠江敌后抗日游击战争出现了新的局面。

在此前，广游二支队还派李群、陈英带一队人驻良村、莘村邻近地区；刘向东、郭彪也带一部分人驻在现龙围（即钟添驻地）。

林小亚先后暗杀了吴勤和曾岳。曾岳遇害后，当地形势突起变化，情势紧张，广游二支队一部已不能立足于莘村、良村、马村一带。经过研究，几天后，刘向东带领干部郭彪、郑惠光、卢德耀、李群和部分人员转移到南海河溶、杏市一带，开辟鳌头、龙津、杏市游击区，以后被称为"新老家"。

1942年10月，部队主力撤出西海后，留下武工队由阮洪川同志率领，坚持西海根据地的斗争。武工队出现叛徒何达夫，此人本是部队夜袭韦涌时投降过来的伪军。部队主力撤出后，他即动摇投敌，并带领伪军搜捕战士，危害很大。武工队决定镇压何达夫以稳定局面。经过伏击，武工队将何达夫打伤，并在其住院医治期间将其处决，除了一大害。

冯贵，诨名"金牙贵"，西海人。反共顽固派林小亚及伪军钟添暗中委任冯贵为中队长，命他在西海暗地招兵买马，给他配有轻机枪 1 挺，短枪 10 多支，令他暗中进行活动，以策应敌、伪、顽的进攻。我方部队为了保证根据地的安全，扫除隐患，决定先发制人，对其予以清除。后以部队训练巷战的时机，包围并镇压了冯贵，缴了他的武器。

从部队党组织到地方党组织

1943 年春，美军在太平洋战场转为全面反攻，日军被迫逐步转入战略防御。

日本把香港作为保卫"大东亚共荣圈"的据点之一，极力巩固其广州至香港的占领区域。日军第一〇四师团大部和独立混成第二十二旅团重点驻守广州、佛山、黄埔、新造、九江、大良、江门、小榄、石岐等地，其他地区的守卫任务交由伪军接替，伪军第二十师两个旅 5 个团约 4000 人驻番禺、顺德，由伪广州市绥靖公署主任陈耀祖指挥，另有广州、白蕉基干队伪军约 1000 人，在珠江沿岸活动。

日、伪军以珠江敌后人民抗日武装为主要作战对象，经常进行残酷的围攻和"扫荡"；同时扶植和强化汪伪地方政权，镇压群众；控制丝、糖、米等农副产品；封锁交通；强迫使用伪中储券；推行奴化教育，以巩固其占领区；对国民党地方团队和反动地主、土匪武装采取联合策略，同时强迫他们逐步"汪化"或"倾日"，并挑拨国民党顽军不断进攻人民抗日武装。

国民党"挺三"驻守中山、顺德，部分地方县政府国民兵团在南海、三水周边活动。这些部队对日军采取避战或妥协政策，对土匪进行威吓收买，而对共产党领导的人民抗日武装则持打击消灭的敌对态

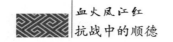
度。国民党第七战区一再制订"清剿"计划，将南、番、顺抗日游击区列为"清剿区"，把中国共产党领导的人民抗日武装称为"奸匪"，叫嚷要加以消灭。

由于受日、伪军的围攻、"扫荡"和伪政权的残酷统治，番禺、顺德的经济遭到严重破坏，生产衰退，民众生活贫困不堪；地主武装兼并土地之风甚盛，土地愈益集中，广大农民、中小地主破产。地主武装与土匪武装相互勾结，甚至与敌伪互通信息；南、番、顺地区每亩早晚稻要交税稻谷最高达 85 公斤，地租涨到每亩 150 公斤—200 公斤，每月借债利率高达借一还二；南、番、顺地区盛行霸耕、"拍围"，糖业买卖只准用伪中储券交易，肆意掠夺民脂民膏；日、伪军经常四处烧杀抢掠，群众大批逃亡，田园荒废。

在日伪的压迫下，群众仇恨日伪的情绪日益高涨，反抗日伪的斗争日益普遍。各阶层爱国人士对国民党消极抗战、镇压抗日军民的政策十分不满，迫切要求团结抗战。一部分地方实力派因遭受日、伪军袭击和国民党压迫，希望得到人民抗日武装的保护，积极支持人民抗日武装打击日伪，为敌后抗日游击战争的深入开展提供了有利条件。

在中国共产党领导下，番禺、顺德人民抗日武装和广游二支队已发展到 800 多人。人民抗日武装人数虽少，又分散活动，但在地方党组织和民众的支持下，发扬不怕牺牲、勇敢战斗的精神，战斗力逐步提高，政治影响日趋扩大，对安定敌后各阶层的抗日信心起到越来越大的作用。

当时在日、伪军的夹击下，珠江三角洲敌后游击战争处于最困难的时刻。1943 年 2 月，中共广东省临时委员会、东江军政委员会在香港"新界"乌蛟腾村召开联席会议。会议传达了中共中央南方局和周恩来同志对广东人民抗日游击总队的指示：国民党顽固派对我是势在必打，志在消灭，不要对国民党顽固派存有幻想，要依靠群众和干部的团结，以及积极行动，针锋相对地开展斗争。全国处在困难之中，蒋介石和日伪互相勾结，对我实行军事"围剿"、政治破坏和经济封锁。我们要艰苦奋斗，克服困难，粉碎敌人的"围剿"和封锁，以争取胜利。会议认真讨论了国内外及东江、珠江三角洲抗日战争的形势，总结经验教训。会议提出：今后的斗争将更加尖锐、复杂、艰苦和长期。因此，必须坚决执行"长期打算，埋头苦干，积蓄力量，等待时机"的基本方针。

中共广东省临时委员会、东江军政委员会根据周恩来关于"领导游击区及秘密党的组织和人均须区分开"的指示和乌蛟腾会议精神，决定在珠江敌后实行部队与地方党组织分开的原则。1943年2月，东江军政委员会决定在珠江三角洲敌后成立南（南海）番（番禺）中（中山）顺（顺德）游击区指挥部（简称"南番中顺指挥部"，对外不公开），指挥为林锵云、政治委员为罗范群、副指挥为谢立全、副指挥兼参谋长为谢斌、政治部主任为刘向东。

南番中顺指挥部下设南番顺指挥部，由谢斌、严尚民负责，下有工作人员管理组织宣传工作，南番顺指挥部常驻禺南。8月，中区特委书记刘田夫调任南番中顺指挥部任政治部主任，刘向东改任政治部副主任。同年3月，广东省临委撤销南番中顺中心县委，成立南番中顺临时工作委员会（简称"临工委"），罗范群任书记，陈翔南任副书记（负责日常工作）。此后，部队党组织和地方党组织分开领导，县党组织改设特派员，采取单线联系，不发生横向关系。周明先后任番禺、顺德特派员。

驻番禺、顺德的各人民武装、各部队，根据原中心县委、南番中顺指挥部的决定和本地区的具体情况，发扬艰苦奋斗的优良传统，隐蔽在敌后坚持斗争、坚持发展。

从包围广州到奉命转移

1944 年 6 月 6 日，英美盟军在法国诺曼底登陆，开辟第二战场。当年冬天，美军在太平洋对日军继续实行"越岛进攻"的战略，并轰炸日本本土。日军为挽救太平洋战场节节失利的局面，妄图打通中国大陆南北交通线，以援救其入侵南洋的孤军。

1945 年 1 月，日军攻占韶关、坪石，粤北沦陷。

日本大本营 1945 年 1 月中旬决定，建立以日本本土、中国、朝鲜等地为主要战场的防御体系，准备最后决战。同年 1 月 29 日，日派遣军在南京召开各方面军的司令官联席会议，会议决定：第六方面军确保粤汉、湘桂铁路沿线和武汉地区，并向湛江一带国民党军进攻，摧毁国民党军的空军基地；第二十三军确保广东及赣南地区，并防御美军在闽粤沿海登陆，司令部设在广州；第一三〇师驻番禺、中山、顺德、新会等地，保证广州与香港水路畅通；独立混成第二十三旅团驻佛山，独立步兵第八旅团驻三水源潭圩等地，控制广东中南部。

在珠江地区，日军兵力约 3000 人，伪军约 6500 人，分布于南、番、中、顺各县，加强对珠江地区的统治。日军对国民党军采取了勾结、利用的政策，对人民抗日武装则采取消灭政策。而珠江地区国民党军"挺三"则与伪军第四十三师等合流，与日军勾结，对珠江纵队第一支队、第二支队和抗日根据地进行大规模"扫荡"。

早在 1944 年 7 月 5 日，中共中央军事委员会就向东江纵队和琼崖独立纵队发出指示：敌人企图打通湘桂，华南将沦陷敌手，拯救华南人民，不能寄希望于国民党，要依靠共产党和广大爱国民众，英美盟军一旦在中国南方沿海对日军作战，应予直接配合。①7月25日，中共中央向广东省临时委员会、东江军政委员会发出《中共关于东江纵队开展敌后游击战争的指示》，提出了东江纵队敌后游击战方针。11月9日，中共中央决定：以八路军第一二〇师三五九旅组成八路军独立第一游击支队（简称"南下支队"），由司令员王震、政治委员王首道率领，从延安出发，分批南下，在湘中以衡山为依托，建立抗日根据地，以后开辟湘粤赣桂边的五岭（越城岭、都庞岭、萌渚岭、骑田岭、大庾岭）根据地，形成南方一翼，配合全国的战略反攻。②

中共中央在1944年10月至11月，连续向广东省临时委员会、东江军政委员会发出指示：东江纵队应"沿粤汉路向北谋求发展"，国民党军向西移动，西江南路最为空虚；广东游击战争向西发展部队应抽得力军政干部帮助西江加紧发展武装，今后方向是广西和南路。③

1945年2月10日，广东省临时委员会鉴于日军打通粤汉线，广东省面临全面沦陷形势，为了打开新局面，做出了广东工作新的战略部署。3月6日，经中共中央复电批准，新部署的内容为：西江之北与北江之西为一区，派武工队400人，挺进清远、四会、广宁，打好基础，再向连阳、湘桂边界挺进；西江之南包括"六色"（台山、开平、恩平、新会、高明、鹤山）为一区，向沿海"两阳"（阳江、阳春）发展，打通南路，向粤桂边推进；珠江三角洲为一区，现有南海、番禺、中山、顺德、三水、东莞、宝安的基础，构成包围广州的形势。④

1945年2月下旬，珠江纵队政治委员梁嘉、副司令员谢斌到东江接受广东省临时委员会、东江军政委员会的具体部署，执行挺进西江，

①②③④　《珠江纵队史》编写组编著：《珠江纵队史》，广东人民出版社，1990年，第156页~第157页、第158页、第159页、第217页~第218页。

与广宁、四会武装起义部队会合，向连阳及湘桂边界推进，创建粤、桂、湘边区战略根据地的任务。

1945年2月，日军打通粤汉、湘桂铁路线，广东面临全面沦陷。这时谢斌在东江接受了东江军政委员会的命令：珠江纵队派主力一部挺进西江，参加创建五岭战略根据地①。随后，珠江纵队司令部在中山五桂山开会，讨论研究贯彻上级命令的有关问题。3月，谢斌到禺南会同刘向东等，召开广游二支队领导和部分大队干部会议，讨论研究广游二支队挺进西江事宜。恰在这时，部队获悉日、伪军勾结顽军，要对番禺、顺德军民进行"大扫荡"的情报。谢斌、刘向东和广游二支队领导，针对日、伪军及顽军即将"大扫荡"和部队即将挺进西江的特殊情况，决定采取"敌进我退、敌驻我扰、能打则打、不能打就走"的作战方针；避开日、伪军的主力和锋芒，以分散的战斗小分队节节阻击，在消耗敌人部分有生力量后，适时将部队撤离转移，摆脱敌人，以争取时间尽快做好挺进西江的准备工作。

3月31日，汪伪军第四十三师、番禺伪警察三个大队、伪护沙总队、国民党顽军"挺三"林小亚部、钟添的别动队、国民党番禺县警察大队、国民党特务黄德和特务匪帮高根部，共700多人，开始在新造河面登陆。这天，正好是新造八坊民兵人民抗日自卫大队开成立大会，广游第二支队番禺大队大队长戴耀率领一个中队参加大会。面对敌人的进攻，戴耀迅速指挥部队和民兵共150多人进行反击。

战斗第一天，军民完成了阻击任务后转移到有利阵地，敌人沿着新造、南村、大石向西步步进攻，步步为营；部队和民兵，在罗边、板桥、植村、钟村、诜墩、石壁节节阻击敌人。在南线，伪护沙总队进攻丹山，部队与民兵机动灵活，同敌人周旋。战斗了三天，敌人始

---

① 《珠江纵队史》编写组编著：《珠江纵队史》，广东人民出版社，1990年，第235页~第236页。

终不能占领丹山，国民党特务黄德部和南海平洲特务匪帮高根部向林岳进攻，也被部队和民兵打退。

在钟村，戴耀和梁国僚率领广游二支队的主力中队、陈组文带领的村民兵主力中队，李冲和陈庆南率领部分民兵常备队，共同抗击敌人。战斗了一天，敌未能进入钟村。黄昏时，部队和民兵准备退入村内同敌人展开巷战，敌人不敢进村，便炮击村庄。部队接到谢斌的撤退命令后，广游二支队、番顺督导处、妇女班、部分民兵以及一些教师集中在石壁，连夜乘40多艘小艇转移到西海。而在会江阻击敌人的部队，则由陆路经石壁、林岳、碧江，到达西海。

广游二支队从禺南撤退到西海的部队，经过调整，绝大部分由谢斌、刘向东率领，按原计划，积极准备挺进西江。刘向东在广游二支队顺德大队部召开紧急会议，参会的有邝明、郑少康、黄友涯、徐云、李冲、陈启新。会议指出：番禺、顺德地区抗战军民经过15天的反"扫荡"，取得了胜利，而部队当前的任务是挺进西江，所以决定按原部署，在西海的部队必须大部分经南海、三水向西江地区挺进，留下小部分坚守原地斗争，等待时机，见机行动。会后，由邝明、黄友涯、徐云、李冲率短枪队20多人，戴耀、吴声涛率一个中队100多人，返回禺南坚持斗争。谢斌、刘向东、郑少康率领一部向南海黄洞转移。

4月24日，正当顺德大队奉命准备向南海、三水边界转移时，伪军第四十三师又向西海"扫荡"。顺德大队当即决定：由陈胜、何球、陈奇略各带一部，同黄牛、张开带领的西海民兵常备队一起杀伤伪军部分有生力量后，再撤离西海，部队先在都宁岗设伏，阻击从陈村方向前来"扫荡"的伪军。

25日，部队在桃村岗埋设地雷、阻击从碧江来的伪军和顽军，与伪军战斗两日，毙伤敌10多人。顺德大队小队长梁永球和战士李庆林牺牲。26日，大队留下何球及中队长严彪、苏洪，指导员冯来带一个

中队，连同做地方工作的同志共 70 多人，坚持原地斗争。陈胜带着顺德大队大部分人员离开根据地，从乌洲转移去黄洞集结。转移部队在乐从新隆土狗尾遭顽军钟添部、廖钟部和当地反动自卫队的截击，徐秋祺、梁少依、吴宏等 13 人牺牲。

第六章　智破暴敌

抗日高于一切

　　在中国共产党的不懈努力和积极推动下，经过国共两党近两年的接触、酝酿、谈判，第二次国共合作终于在 1937 年 9 月下旬正式形成。国共合作的抗日民族统一战线形成，是中共中央采取一系列正确政策和措施的结果，是全国人民强烈要求两党团结抗日的结果，也是国民党顺应历史潮流，以民族大义为重而改变政策的结果。在国共两党合作共同抗日的大潮下，顺德也建立了以中共领导为主导的抗日民族统一战线的联盟。

　　从 1937 年冬开始，顺德农民、工人、学生、教师、店员、商人等各阶层，以及地方实力派武装队伍，终于在中国共产党倡导的抗日民族统一战线的大旗下集合起来，共同参与、组织抗日救亡活动。

　　1937 年冬，隐蔽在广州教忠中学的中共党支部书记张江明率领 20 多人，到西海、路尾围开展抗日宣传活动。他们的宣传教育工作，得到了该地国民党乡长霍宜民的支持与欢迎。他们向当地农民宣传抗日救国，介绍新四军、八路军英勇抗战的事迹，揭露日本帝国主义的侵略野心，灌输"国家兴亡，匹夫有责"的民族思想。

　　在"抗日高于一切""一切为着抗日"的环境大形势中，隐蔽在教忠中学的党支部组织和发动农民组建以抗日为宗旨的抗日同志会。1938 年 2 月 26 日晚上，西海、路尾围农民召开了抗日同志会成立筹备大会，参加大会的有农民、小学校长、员工、小学生，人数近 600 人。为加强宣传、激发民众的抗日热潮，到会的各阶层代表均上台演讲和演唱抗战歌曲，农民还以抗日同志会的相关内容演出了一幕话剧，教忠中学也演出了以抗日内容为题材的《最后一计》《墙隅》。对于筹备大会的热烈气氛，当年3月16日的《救亡呼声》是这样记述的："在大会里，为扩大同志会的影响而奔走，为保卫自己的家乡而奋斗的每一个农民都热烈地工作、奋斗。"3月1日，抗日同志会宣布正式成立，中共党员陈九当选为主任，会员有200多人。成立大会上，邀请了国民党县政府、县党部成员参加大会，还宣读了成立宣言，派发了组织章程。

国民党顺德县党部奉命组织了"顺德御侮救亡分会"。为唤起民众，支援前方抗敌将士，该会召集各机关、团体、学校讨论，决议开展活动：如组织救亡会，开展抗日宣传，筹款募捐慰劳前方将士，赈济战区灾民；派销救国公债，继续清理和抵制日货；组织救伤队，工作队举办救护班，重组和训练民众抗日自卫团等。顺德十区防护团组织了十区青年抗日救亡工作队，组织了"青年救国队"，设址在容奇占里邓氏宗祠。工作队举办农民夜校，教授识字，宣讲抗战形势和抗战必胜的信念。并在桂洲组织成立了"农民抗日自卫大队"，在杏坛组织了"逢简农民抗日自卫大队"，在容桂组织成立了"容桂地区民众抗日自卫团"等武装组织。

容奇、桂洲组织成立了以青年为骨干的"明耻同志社"，从事一切救亡工作的开展，成立"容奇、桂洲妇女战时服务团"，刊发了《为救亡图存告女同胞》《容奇、桂洲、马冈妇女告同胞书》。

1938年，在中共党组织的指引下，国民党"广州救亡协进会"主席陈汝棠，派出广东省第四路军军医处救护干部训练班，到顺德各镇组织和调动青年，组成抗日民众救护队，比如大良设址"赠医社"内的"大良抗日民众救护班"，容奇设址上街市本仁善堂的"容奇抗日民众救护班"，以及桂洲胡氏大宗祠和里海国民党乡政府内，先后分别设址举办的"抗日民众救护班"。这些救护班的成员，多为青年学生、店员、失业青年，合计共120多人，成为顺德一支青年抗日救亡队伍，救护班也成为广东省内稍有名气的抗日救护组织。在国外，旅美三邑（南海、番禺、顺德）总会华侨参加"旅美华侨统一义捐救国总会"，该会先后两次号召救国义捐和筹措救济战区难民的善款；南非约翰内斯堡顺德籍人任锡辉，以一百镑之数分批认购"爱国储蓄券"，支持祖国抗日御侮。

国共两党共同在抗日救国的旗帜下掀起的救亡运动，受到了顺德人民的竭诚赞扬和拥护。如三区岳步乡前清秀才陈孝忱，有二子一女，长子陈永球在保卫容奇之役中以身殉国；女儿陈碧芳化悲痛为力量，开赴抗日前线，勇挑救护队长之职；长子牺牲后，陈孝忱复送幼子陈景球入伍，后景球在增城与日军激战中牺牲。陈孝忱闻之，悲伤之余，奋笔直书："两子战死，固甚痛惜，为国牺牲，则亦无够。"

在那时，顺德人民同仇敌忾，一首广为传唱的《中华曲》就是明证："树无枝干哪有花，国不存在哪有家，若要家室重恢复，同心合力保中华。"

抗战全面爆发不足一年间，顺德已有 600 多名青年自愿请缨开赴前线。

国共两党的合作，把顺德的抗日救亡活动推向高潮，也促进了抗日民族统一战线的发展，为日后顺德开展敌后游击战，提供了十分有利的人缘条件。

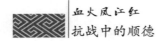

绝不屈服于暴日之下

　　顺德老人徐国芳先生回忆说，声势浩大的群众抗日运动高潮迭起，冲击着国民党的反动统治，引起国民党内各派系之间矛盾的激化。早在 1931 年 5 月，汪精卫、孙科、陈济棠、李宗仁等反蒋派就在广州另立"国民党中央"和"国民政府"，同南京的国民党当局分庭抗礼。此时，他们利用全国高昂的民气，发动对蒋介石集团的猛烈攻击，一时形成了颇为浓厚的"倒蒋"氛围。顺德县国民党县党部在这种大气候的裂变下，实施既"剿共"又抗日的两面政策。

　　1931 年 9 月，顺德县国民党县党部召开各界团体抗日临时紧急会议，议决：组织抗日救国大会，誓死抗日，永做外交后盾，并要求全县于 10 月 1 日至 3 日下半旗，民众一律臂缠黑纱，上书"国难"二字，娱乐饮宴一律停止，以志哀悼①。随后召开民众大会，散发传单和告民众书，组织成立"顺德各界抗日救国会""对日经济绝交会"，并向全国发出救国通电，表示"团结一致，誓死救亡，促蒋下野"②，号召全民主动拒用日货，并组织声势浩大的示威游行。

　　10 月 27 日，顺德县国民党县党部为抗议日本帝国主义强占东三省，杀戮人民，破坏主权，议决发出抗日救国通电，组织"对日经济绝交会"，筹备各界抗日示威游行大会。

　　1932 年 4 月 12 日，顺德县国民党县党部召集民众团体，组织成立

①② 徐国芳：《国民党顺德县党部的抗日活动》，《顺德文史》2006 年第 32 期。

"广东民众援助东北义勇军顺德分会"，选出伦石龙、黎士森、龙颂尧、胡普澄、罗宗成、翁伯常、龙公博等为委员。1933 年 2 月，顺德县国民党县党部致函前方将士，勉励将士奋勇杀敌，表示誓为后盾。同年 4 月，为团结民众，声援东北马占山义军抗日，召集全县民众，组织援助东北抗日义勇军的顺德分会，并开展募捐，从经济上予以支持。5 月，顺德县国民党县党部第八次代表大会提出：目前急切工作为抗日与"剿共"两端，谴责南京政府对日"长期抵抗的空言，把东北三省领土主权丧失殆尽，致使 19 路军援绝退守"①。号召"集全国民众力量，从事雪耻御侮，绝不屈服暴日之下"。② 提出"剿共"与抗日救国同等重要，应以武力和政治力量从根本上消弭"共祸"，以安民生，巩固抗日后方。

1935 年 12 月，顺德县国民党县党部第 15 次党代会致电南京国民党中央党部、国民政府，声讨殷汝耕窃据冀东，成立伪自治委员会，分裂国土主权，甘为外敌鹰犬。

1936 年 4 月，外侮日亟，民族垂危，顺德县国民党县党部开展扩大民族主义宣传运动，举办宣传抗日的论文、图画、演讲比赛，进行化装游行、戏剧演出活动等。8 月，鉴于蒋介石在国民党五届二中全会的发言，改变了以往所持的"先安内后攘外"的政策，在对日政策上改弦易张，顺德县国民党县党部致电南京中央政府及蒋介石，表示竭诚拥护。

抗日战争初期，国民党从"攘外必先安内"的政策，转化为"剿共"与抗日两面政策的实施，反映了中华民族与日本侵略者之间的民族矛盾激化、仇恨日深和国内阶级关系的变化，国民党的"抗日救亡"成为国共两党在新的历史条件下，为拯救中华民族危亡、团结在抗日民族统一战线旗帜下的共识，此时也是两党求同存异的有利契机，抗日救亡成为两党合作的共同政治基础。

---

① ② 　徐国芳：《国民党顺德县党部的抗日活动》，《顺德文史》2006 年第 32 期。

煲了两回"无米粥"

番禺县榄核乡地处番禺、顺德、中山三县交界处，四周一片肥沃沙田，有"粮仓"之称。

榄核乡地方实力派杨忠，农民出身，从小随父兄在榄核大崩涌务农。1939年夏天，第五涌土匪来犯榄核，杨忠带领几个兄弟联合当地乡亲，组成自卫队，击败了土匪。从此，群众推举杨忠为自卫队队长。

1942年2月14日，广游二支队司令部从驻西海部队抽调军政素质较好的战士组成一个小队，由林锵云带队进驻榄核。部队把杨忠家作为掩蔽点，白天分散在大王头、利丰围的禾田、蔗地，帮助群众耕作种地，结交朋友，联络感情，晚上集中学习和休息，并派出两名队员在榄核街杨忠开办的烟馆以当伙计为掩护，从事联络西海部队、中山、禺南的情报工作，并监视伪乡公所的活动。其间，中共党员郑惠光、马奔常与杨忠接触、谈心，帮助他提高认识，晓以民族大义，坚定其对敌斗争的信心和决心。3月底，广游二支队司令部调出榄核两个机枪班往中山九区，袭击浮圩敌营，重创伪军。

1942年5月，吴勤司令遇害后，顽军头目钟添、屈仁则、陈五仔连续派出说客到榄核，对杨忠软硬兼施，胁迫他同国民党合作；汉奸李辅群、黄志达同时也逼迫他投降。杨忠处于夹缝之中。党组织及时派梁棉专程到榄核找杨忠谈心，激发他的民族自豪感，提高他对坚持抗战的信心和决心，杨忠坚定了信心，与榄核分队的关系日趋密切融洽。同年夏，郑惠光调走，何球任榄核小队队长。在此期间，小队向榄核外围开辟的掩蔽和驻地据点，已从原来的大生冲、鳌沙两地伸延扩展到大王头、沙头涌、牛角沙、利丰围、淰湄沙、张松沙、龙家围、裕安围等，使之连成一片，并与当地实力派建立了互相配合、共同抗战保家乡的联合战线，使榄核的斗争不至于孤立。

后来，经过一系列战斗，为加强对榄核小队的领导，广游二支队司令部把榄核小队扩编为中队建制，调来冯扬武任中队长，黄友涯任指导员，原驻地的马奔负责统战工作。1944 年，国民党的屈仁则、伍观淇多次派人要收编杨忠，陈五仔也有意在榄核武装示威，妄图以武力威吓杨忠。对于国民党的收编，杨忠和马奔商议，决定与其煲"无米粥"①，提出三个明知对方不可能接受的条件：第一，解决队伍给养问题；第二，补充枪支弹药；第三，如上述两个条件得到满足，则可以挂个"挺三"番号，但有两个前提：（1）不能随便调动人员；（2）不能把队伍调离榄核八沙。屈仁则、伍观淇接到信后，声言一无钱，二无枪。这样，"无米粥"煲了两次，对方就作罢了。经历这番智斗，杨忠步步向共产党靠拢。

1944 年冬初，梁棉筹集到资金，到旧寨南岗耕种农场，通过陈椒蕃的关系，和旧寨的开明人士周荣建立了联系。就在此时，进驻榄核的小队发展成为 100 多人的中队，杨忠通过搭关系，和"广穗丰"粮店的店主梁带建立了紧密的联系，使部队给养有了保证；广游二支队司令部又通过杨忠，认识了顺德八区麦村的麦柄，派陈立光、丁八带一个武装小队进驻麦村，一边在农场耕种，一边训练队伍和维护社会治安。在麦村建立了据点后，又对灵山的冯波、三善的黎巨、大洲的周锡等地方实力派开展统战工作。这为广游二支队的活动创造了有利条件，并对保护顺德至中山的交通线起到了重要作用。

---

① 煲"无米粥"，粤语俗语，指说不可能有结果的事或做徒劳无功的事。

惩办祸首，反击逆流

1942年5月7日，吴勤遇害。5月9日，中共南番中顺中心县委召开紧急会议，分析研究当前国民党顽固派加紧勾结日伪、掀起反共逆流、破坏抗战的严峻形势，决定在政治上、军事上向国民党顽固派展开攻势，坚决反击反共逆流。

具体步骤为：第一，在政治上，为吴勤举行追悼会，以广游二支队全体官兵名义发出《告各界同胞书》；派李少松、陈九前往肇庆，散发广游二支队致第七战区司令长官司令部、国民党广东省党部、广东省政府的快邮代电，揭露林小亚一伙与日伪勾结杀害吴勤、破坏抗战的罪行，要求严惩祸首林小亚；公布广游二支队由部队战士民主推选出林锵云为代司令。第二，在军事上，坚决打击反共分子林小亚，决定袭击伪军和顽军的据点林头，打击国民党顽固派疯狂反共、破坏抗战的反动气焰，并加强防备，坚决粉碎日、伪、顽军的联合"扫荡"。第三，在统战上，进一步加强同小涌一带的地方实力派曾岳联合，共同打击日、伪、顽军。

国民党顽固派不顾大敌当前，反而在广东变本加厉加紧反共"剿共"，妄图消灭中国共产党领导的人民抗日武装。[1]

国民党广东省政府于1942年5月发出《广东省政府快邮代电》

---

[1] 《珠江纵队史》编写组编著：《珠江纵队史》，广东人民出版社，1990年，第97页~第107页。

（机秋字第 1758 号），向各地国民党党政和军事机关传达要限期消灭人民抗日武装的《第七战区"清剿"奸伪实施计划》（简称《"清剿"计划》）。

"清剿"方针是："彻底'肃清'战区内各地奸伪，以利抗战之目的，决即指派部队分区限期负责'清剿'，并运用党政力量密切配合，一举消灭之。'肃清'期限预定为两个月。"①

《"清剿"计划》列出指导 12 条要领，把广东省划分为 7 个"清剿"区，并具体点名"南番顺"清剿"区（南海、番禺、顺德交界之陈村、林岳、乐市等地区吴勤部），由挺进第三纵队司令袁带负责'督剿'，以该纵队之一部配附区内各地方团队协力'搜剿'，各党政机关并应密切配合，严密'肃剿'"。②

"挺三"林小亚部和原国民党南海、番禺、顺德县政府国民兵团，与伪军进一步勾结，积极执行《"清剿"计划》，妄图消灭广游二支队。那年夏天，国民党顽固派在肇庆拘捕了广游二支队散发《快邮代电》的李少松；国民党顺德县政府扬言要"'围剿'奸党吴勤残部"；顽军"挺三"林小亚部按照《"清剿"计划》，开始向西海外围推进，并在林头修筑工事，作为进攻西海的跳板，还令其部属梁桐大队准备进攻西海。

面对这一险恶形势，中共南番中顺中心县委贯彻 5 月 9 日的会议决定，领导广游二支队，坚决反击国民党顽固派掀起的反共逆流，打击敌、伪、顽军联合"扫荡"的嚣张气焰。

林头位于顺德县城大良西北偏北 10 公里，北面是广珠公路，东面是潭洲水道，东南距西海 1 公里多。林头是国民党顽军林小亚亲信梁桐的家乡，有顽军梁桐、梁德明、梁雨泉等部 100 多人，分驻几个炮楼和祠堂。驻林头的顽军不仅威胁着西海抗日游击基地，而且也威胁

①②　《珠江纵队史》编写组编著：《珠江纵队史》，广东人民出版社，1990 年，第 101 页。

着广游二支队与小涌（现为乐从镇属）曾岳大队的联系。因此，袭击林头顽军，不仅是为了惩罚反共的顽军，也是为了打通西海外围的交通线。

袭击林头顽军，是军事上实行自卫反击的重要一战。在出战林头期间，广游二支队先夜袭槎涌、三洪奇、广教、岳步、水口、碧江等地的伪军，拔除林头周边据点，扫除障碍，在4个月内3次发起对林头伪、顽军堡垒的猛烈攻击。

一

盘踞在林头的梁桐，是恶名昭著的大地主恶霸。此人既是林头乡的伪自卫大队队长，又是国民党"挺三"梁雨泉支队属下的大队长，拥有伪军50余人，还掌握乡内自卫团的武装队伍，共有长、短枪100多支。

平日，梁桐恃势横行乡里、霸耕夺产，强征苛捐杂税，无恶不作，还经常派出武装队伍于水陆道口设伏，袭击抗日队伍，捕杀抗日军民，每次敌伪进攻西海就为虎作伥，出兵配合、增援。

中共南番中顺中心县委和广游二支队司令部决定惩办参与杀害吴勤、反共反人民的祸首。1942年6月，在出击林头的梁桐前，部队进行了详细的侦察和准备工作。白天派人乔装进入林头，了解炮楼驻守的人数、驻地分布，甚至观察敌人淘米的情况，以此判断驻守的人数；晚上，摸清敌人哨兵布防位置和人数，以制定进攻的策略。

一天晚上，广游二支队联合曾岳大队200多人，在谢斌的率领及西海妇女、民兵的配合下，冒着霏霏细雨，乘着小艇，兵分两路向林头进发。一路攻打林头村心梁桐老巢及附近炮楼；一路进攻林头下涌南炮楼。

攻击的信号枪响了，两路队伍同时直闯敌营，发动攻击。梁桐和他

◎炮楼是烽火年代的产物

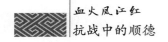
的武装力量还在梦中就被连串攻击的枪声惊醒,仓皇应战。部队瞬间攻克下涌南炮楼,另一路势如破竹般冲进梁桐老巢和附近的炮楼,惊慌失措的梁桐连佩枪也来不及拿走,迅即钻进地洞逃走。梁桐的帮凶、侄儿梁补镶来不及钻洞,就被战士从幽暗的屋角中揪出,成了俘虏。

这一战仅用两小时就毙伤敌30多人,俘虏20多人,缴获2挺机枪、40多支步枪和一批弹药。

第二天下午,部队在林头召开群众大会,向群众宣传抗日,历数梁桐的恶行,揭露林小亚勾结日伪、破坏抗战、杀害吴勤司令的事实。

正值此时,漏网之鱼梁桐纠合林小亚、梁雨泉等顽军数百人,向林头疯狂反扑。霍文率霍明、霍祥等6人坚守林头大石桥内街阻击敌人,展开巷战。谢立全、刘向东、冯扬武、陈胜分别率领部队在林头外右侧、村内一座石拱桥前和西村分别迎击顽军,打退了敌人的10多次反扑。

痛击敌人后,部队指挥员认为,进攻林头原意只为惩戒和反击顽固派的反共逆流,目的已达到,就于当晚撤出林头,分别驻防林头附近的大沙围、石啃涌炮楼,继续监视顽军。

二

广游二支队和曾岳部队联合攻打林头获胜撤出后,梁桐、梁雨泉、梁德明部不甘心失败,再向顺德伪县政府乞来县伪警队,以加强驻守林头的兵力。

1942年7月初,梁桐纠合梁德明和县伪警队数百人,从大生围和公路两线,向广游二支队驻地发起进攻。战斗延至晚上,广游二支队为了更好地打击敌人,把队伍转移到大沙围一带驻防,并扼守下涌炮楼,监视敌人。在派出战士侦察顽军驻地的地形、兵力、装备和哨位情况后,部队决定再度攻打林头。

一天晚上，部队集中主力，在统战朋友曾岳大队和广教杨明部的配合下，冒着大雨摸黑向林头发起攻击。部队兵分两路：一路由林锵云、谢斌率领；另一路由谢立全率领。

两路队伍迅速游水过河，沿桑基、菜地，摸到顽军驻地大祠堂门口附近。在曾岳大队的迫击炮和数挺轻、重机枪的掩护下，部队向林头圩中心发起攻击。部队一开始就把一座祠堂内的顽军全歼，靠近侧祠堂的顽军闻声溃逃，部队只缴获了少量武器。

部队继续向各炮楼逐一发起攻击，多座炮楼内的守敌抵抗一会儿便溃退逃命。不过，还有几座炮楼和另一座祠堂内的守敌，凭借楼上射击点的有利位置，疯狂射击。在广游二支队参谋长谢斌的直接指挥下，部队奋力进攻，还是久攻不克，反被敌人的密集火力封锁，双方处于僵持状态。战斗持续到第二天，攻击部队改用"集中火力，逐个点进行攻击，把各点逐一击破"的策略，攻至最后的炮楼时，游击队还未进入，敌人已逃之夭夭。梁桐在战斗正激烈时，早已"身先士卒"，又一次钻洞逃遁。这一战缴获两挺机枪、100多支步枪。

战斗胜利了，部队在林头举行了群众联欢晚会，表演了活泼轻松、富有教育意义的节目，对群众宣讲了中共的抗日主张和目前的抗战形势，公布了广游二支队与曾岳大队共同抗日的《联合宣言》，宣布了废除一切苛捐杂税、保护群众开耕的切实措施，把没收汉奸财产得来的当铺、鱼塘的塘鱼等，分给贫苦民众。

数日后，谢立全率广游二支队一部，与曾岳大队一部联合进攻伪军驻北东孖桥头的炮楼，直捣孖祠堂内的伪自卫队队部和该队队长周勤的老巢，伪军被打得四处逃窜。部队没收了周勤的财物和粮食。而后，广游二支队又派出两个小队，与曾岳队再度联手，攻击驻广教的伪军。经过一夜战斗，把伪军逐出广教。

再战林头，坚定和鼓舞了民众争取抗战胜利的决心和信心，群众

也强烈要求参加广游二支队，如农民卢振光父子一同携艇参加部队，青年农民梁志、梁超心、周锦棠等加入了部队，使部队一时扩充了不少兵源。再战林头，使广游二支队的活动范围，从西海伸延到莘村、良村、马村一带。

三

1942年10月，顽军林小亚部勾结日、伪军1000多人，联合向林头、北滘、广教等地进行大规模"扫荡"，分五路实施全线包围，妄图消灭广游二支队。

这五路敌人分别是：驻佛山的日军一部，沿碧良公路窜进林头北面，以猛烈炮火轰击广游二支队驻守的林头炮楼；顺德县伪县长苏德时，调动驻顺德的伪军和伪警梁润等部联合进攻广教；番禺市桥伪军李辅群部，出动炮艇、汽艇，封锁顺德沙亭、乌洲、河滘一带河面；伪军四十五师一三四团，在碧江及坝头岗，发炮轰击西海的出入口道路及村民；顽军林小亚部所属梁雨泉、梁桐等部，配合日、伪军向林头、广教、北滘进攻。

在强敌的联合进攻面前，林锵云、谢立全、谢斌、刘向东等指挥广游二支队和民兵沉着应战，在林头、广教等地扼守炮楼和交通要道，阻击敌军，曾岳大队也前来林头增援。

广游二支队扼守林头北面的3座炮楼，由陈胜、吴子仁、陈炳合共一个小分队分别驻守。进犯的日军受到阻击，无法逼近。相持不久后，日军改变策略，集中枪炮火力猛攻吴子仁据守的炮楼，一时枪声突突响，炮声隆隆，砖石被打得四处飞溅，炮楼到处弹痕累累。驻守炮楼的一个班的战士，从多个射击点向敌人射击，敌久攻不克，只好迂回绕道窜向林头。

广游二支队的谢立全，率领战士迎击由林头方向进犯的日军。战斗最激烈时，由北滘窜入的一路日军200多人，凭借基围，摆开长蛇般的阵势，准备从部队后面夹击谢立全。幸好，这一幕被在广教北炮楼阻击日军的刘向东发现，他迅速带领所部40人迂回至日军侧翼，掩蔽在地里的青苗间，然后机枪、步枪瞄准日军齐发。一阵枪声过后，10多名日军倒下。日军被打得措手不及，晕头转向，最终丢下40多具日军尸体，迅速撤退逃命。

进攻广教的日军，先以重炮轰击三洪奇公路边的4座炮楼。守卫炮楼的张实等5名战士，杀伤敌人后，撤下炮楼，继续固守阵地，阻击敌人。

不久，日军与县伪警队刚窜入广教，就落入了广游二支队的火力网，曾岳部在沿河两岸配合截击，敌人死伤过半，溃不成军，慌忙撤退。

广游二支队重创敌人后，为保存有生力量，第二天晚上，队伍主动撤出林头，第三天晚上撤出广教，分两路转移到西海和莘村。

经三昼夜激战，这场战斗毙伤敌100多人。战斗中，谢斌、刘向东、吴子仁、符和池4人负伤，梁兆坤、张实等8人牺牲。

国民党顽固派勾结日、伪军，在顺德地区实施的"清剿"计划，不但两个月无法完成，又连续"苦心经营"了4个月，还是未遂所愿，反而接连受挫。广游二支队在日、伪、顽军的夹击中，不但未被消灭，反而越战越强。国民党顽固派掀起的反共逆流和勾结日伪的联合"大扫荡"宣告破灭。

四

西海隔河对面的乌洲（现为伦教三洲）是个大乡，毗邻大洲、鸡洲乡，通称"三洲"，与禺南接壤。梁葵是乌洲伪乡长兼伪联防队队长。梁葵欺压民众，霸耕夺田，勒收"禾票"、田税，横行四乡，随意杀人，罪恶累累，有"乌洲皇帝"之称。

谢立全为继续打击敌人，打开顺德抗战新局面，决定攻打乌洲，

消灭以梁葵为首的"三洲"汉奸势力。

1944 年 7 月上旬的一天晚上，按战斗部署，谢立全率领顺德和南海部队共 200 多人，集中在路尾围。部队由路尾围的男女青年用 24 艘小艇秘密运载到乌洲河岸，然后趁夜色摸到梁葵伪联防驻地前，用机枪猛烈射击伪军的炮楼，随后冲锋组攻克炮楼。该次战斗俘获梁葵及伪联防队员 50 多人，缴 1 挺机枪、50 多支步枪和一批财物。俘虏经教育后释放，梁葵经审讯后处决。

从此，"三洲"和西海又成为顺德抗日游击部队的活动区域。

击破敌人，轰动珠三角

南番中顺指挥部为了打开禺南抗战新局面，决定集中顺德、禺南和南海、三水的部队，在禺南打几场硬仗，打击日、伪军的反动气焰，建立禺南抗日根据地。

谢立全选择了新造、市桥等多个日伪重要驻地作为进攻目标。他说，新造是广州市外围的一个重镇，与广州市郊区仅一江之隔，抗战前是国民党番禺县政府所在地，是番禺县的行政中心。抗战时期，汪伪番禺县政府设在广州，新造是伪番禺县第二区区公所所在地，是日伪在禺南的重要据点。伪区长洗尧甫是一个死心塌地为日军效劳的汉奸，他在员岗乡逮捕并杀害了广游二支队小队长杨少川。

部队先后派卢德耀、苏少伟、蔡尧、吕珠等人多次到新造侦察敌情后获悉：除伪区公所外，还驻有伪军 1 个中队、伪护沙队、伪警察分局和伪军垦大队，共 300 多人。

南番中顺指挥部决定：番禺、顺德、南海、三水的人民抗日武装，由谢立全、严尚民、卫国尧、郑少康等组成的指挥部统一指挥；卢德耀、黄平、何达生率领一队直取伪区公所及伪警察分局；陈胜率领一队歼灭伪军中队和伪联防队；梁国僚、冯剑青率一队负责消灭伪军垦大队，并派出队员警戒南村、市桥方向，以防伪军增援。

部队随后为熟悉敌情、地形和指挥部各部的战斗任务，又按分工，组织各参战的中小队队长等分别秘密进入新造，熟悉地形、路线，又派政训员、新造人黎干之回到家乡，了解新造伪军的具体情况。

1944 年 6 月 19 日，部队在汉塘尾召开战斗动员大会，做最后的战斗部署。当日 23 时，各部按照商定的计划进入新造分头出击，活捉伪区长冼尧甫及守备的伪军，不到 1 小时便全歼新造的伪军，俘敌 200 多人，缴获 3 挺轻机枪和 200 多支长、短枪，以及一批军用物资。除冼尧甫外，其余俘虏经教育后全部释放。

《抗战旬刊》对这次战斗做了详尽的报道，胜利的消息轰动了珠江三角洲地区。

新造战斗胜利后，谢立全又组织禺南、顺德、南海、三水的部队乘胜出击，袭击禺南的敌伪中心市桥镇。其中，卢德耀、黄平（又为黄江平）带领的部队，沿着长街直逼李辅群巢穴——群园，进攻何家祠的一路同时配合黄平、卢德耀带领的一部夹击李辅群的大本营。伪军在长街上设置了多处更楼、过街门楼，以封锁部队的去路。部队对其逐个攻击，消灭了一部分伪军。在群园的李辅群见形势不妙，带着卫队，爬上汽船仓皇逃跑。在各路部队进攻市桥的同时，300 多民兵在大东路没收了伪军团长黄志达、伪护沙队队长李福的金铺。

汉奸李辅群，为实现称霸珠江三角洲的野心，在日寇的扶掖下，不断招兵买马，扩充实力。他委派其亲弟李福，在番禺大坳沙建造军械厂，该厂每天生产机枪和"七九"步枪等武器。武器的生产，充实

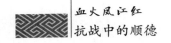

了伪军的装备，助长了李辅群的嚣张气焰，预示着人民的灾难，也威胁着抗日武装队伍。部队经过研究，决定彻底摧毁该军械厂。

部队派出陈九深入当地群众中了解情况，掌握了厂内地形、进出孔道、岗哨、兵力、碉堡、进袭线路等具体情况，并得到沿路看守碉堡的当地农民的支持和协助。1945年1月的一个深夜，何球率领的30多名战士，携带1挺机枪，分乘小艇从大洲涌口出发。出发前，何球叮嘱："今晚摸营的路上，除非有意外发生，否则不许打枪。"

队伍抵达大坳，沿途各碉堡毫无动静。看守碉堡的农民，知道是部队进袭，都让队伍顺利通过。队伍开到大场烂黄鱼围登陆，摸到军械厂前，里边很是寂静。多个短枪组队员拔出快掣驳壳枪，疾步向前直冲。不料，此时厂内跑出几条狗，"汪汪"不停吠叫，把厂内人员惊醒。

接着，闪出一个黑影。手枪队员用枪指着黑影后背喝道："缴枪不杀，优待俘虏！"黑影马上跪在地上乞求饶命，还说："我为饭碗来的，饶命呀！"此时，全厂人均已惊醒，有的藏到床下，有的喊饶命，乱成一团。

何球随即声明："我们是来打汉奸李福的，与你们没关系。"

这次夜袭，焚毁了军械厂，捣毁了全部机械设施，缴获7挺机枪、20支"七九"步枪、5支左轮手枪以及一批机枪零件。驻守的伪军全部缴械投降。

第七章　胜利的背后

征粮收税

番禺、顺德人民抗日武装遵照上级关于独立自主地征收抗日捐税的指示，在禺南、顺德征收抗战公粮，并在交通要道设立税站，征收来往货物税，并保证客商的来往安全。

番禺大队为加强财政工作，于1944年10月成立征收处，主任是余民生，副主任是何洪，成员是卫民。征收处统一委托各乡村的民主政权向各乡征收抗战公粮。

征收政策规定：

在部队控制区，按农民耕种所得，除交租外，每人每年留口粮300公斤，多余部分每50公斤征5公斤；没有余粮的免征收，鳏、寡、孤、独者一律免征收；失收或被敌人破坏的乡村，全部免征或减征；地主按收到的地租，每人每年也留口粮300公斤，多余部分征收50%，公粮按50%征收。

在游击区，按亩征收，每亩征收稻谷7.5公斤，由地主与佃农各负担一半。敌占区也按亩征收，每亩每造征收稻谷15公斤，按一个村的田亩总数计算，由该村村长负责收缴，收缴实物或粮食款。

征收处宣布：征收抗日公粮后，除民主政权加收低额行政费之外，废除伪政权的一切税捐和其他的苛捐杂税；除征收抗日公粮之外，征收处还设立了大石税站，征收低税率货物税。征收处发回税单，成了享受保护的证明，群众非常欢迎。

顺德大队加强了财政工作，在三洲、西海征收低征收率抗战公粮，改善了榄核、旧寨、麦村由统战朋友供应部队生活所需的窘况。在河滘口设税站，征收来往船只货物低率税。由于这些税站地处来往广州、佛山、大良、中山的航道，来往船只货物较多，经济收入也较多。

1944年11月，禺南乡政建设委员会与广游二支队新编第二大队联合发出《禺南各乡改善投田减租办法》，规定各乡投田①一律收谷租，投田租额不得超过田产一半；已够田②者不得再投田，使得交租交息与减息兼顾地主与佃农双方利益。这些政策得到根据地和游击区广大农民和各界人士的拥护。

1945年春，番顺行政督导处根据珠江纵队政治部关于当前各种具体政策、方针中提出的实行减租减息的政策，在禺南和顺德也进行了广泛的宣传，后因日、伪军"大扫荡"而未能实行。

送兵到西海

抗日战争时期，勒流众涌村是抗日队伍广游二支队、顺德游击队的重要活动区域，不少众涌人积极投身珠江纵队、广游二支队抗击日寇，并涌现出了一批忠贞爱国的革命烈士。抗日战争时期，勒流共牺牲24人，其中13人来自众涌，他们用鲜血和生命，在顺德的革命历史中树立了一座座永恒的丰碑。

华南师范大学历史文化学院教授左双文，就众涌等地的抗日战争时期的事件和其影响力，写成了《抗战时期中共在华南沦陷区的抗日斗争》一文，发表于《日本侵华南京大屠杀研究》2021年第2期。文中写道：1938年10月下旬，中共南顺工委委员林锵云、黄云耀等带领

---

① 投田：举人有免税权，但投田人要向举人交田租，比正常田租要少一大半。

② 够田：家里的田地可以满足一家人的生计。

部分党员，在顺德龙眼、众涌开展抗日活动，并在顺德西海、路尾围、大洲等地筹建抗日武装。

1937年，抗日战争全面爆发，整个中国烽火漫天。在广东，由中国共产党领导各阶层人士组成广游二支队，进行武装斗争。众涌方面，由林锵云、卢厚添组织抗日队伍，领导人为林锵云。后经中共顺德工委多方研究，为了方便进行抗日活动，决定让林锵云把抗日队伍撤往陈村西海路尾围，龙眼、众涌两地不设主力武装，只搞宣传发动群众的工作，输送人员往西海参加抗日队伍。

1945年，中共广州郊区委员会派李株园前来顺德，重新建立党组织。事前先派黎朝华到龙眼找李程（大革命时期的农会委员）联系，恢复地下党组织。对广游二支队留下来的人，在众涌村通过秘密串联，成功和刘德、陈玉林、卢梓添、卢厚添、郭贵洪、徐孔、卢孔照等恢复联系，开展革命宣传。接着，上级党委派张涛、梁子俊（化名徐忠）前来众涌、龙眼两地区，指导成立武工队，并成立中共中区委员会，书记为黎朝华（是粤赣湘边纵队人），副书记为李程，负责领导一、二、六区革命工作。派卢厚添、卢梓添随李株园前往八区东村、桑麻等地，开展革命工作，由众涌人曹大骚当交通员。后由卢厚添设法让卢孔照混入众涌六坊当更练，利用合法身份，以"白皮红心"掩护革命工作。

在抗日战争和解放战争时期，众涌村太平大街的老人卢厚添有一间房屋，用于接待当时来往的地下工作人员，提供食宿。1949年下半年，为迎接解放军进村，众涌地下党组织了一支起义军，有几十人参加，维护社会秩序。起义军曾在经费不足时，到卢厚添的鱼塘捞鱼卖钱支撑生活。解放初期，卢厚添当过众涌乡乡长，当时正开展"八字运动"，即"退租、退押、减租、减息"运动。抗日老战士梁棉说："在抗日战争和解放战争时期，卢厚添来西海开会，是晚上划船来的，会议上所交代的任务，卢厚添都能够百分百完成。"

后来，陈九率先在临近的灵山、大岗一带组织人民起义军，继而在众涌、龙眼和鸡洲等地也开始秘密串联。顺德县工委经地区工委书记黄佳同意，成立"珠江三角洲人民起义军顺德总队"。8月中旬，革命形势迅猛发展，各地起义军先后纷纷成立，如众涌的第四大队、突击大队。经过培训，这批骨干成为北区6个起义军大队的后盾力量。我部队地下工作者，为方便收集情报，在众涌村圩坊开设一间炭铺用作掩护收集情报，铺面坐落在南市正对桑市赌坊。这个地方人多、复杂，是观察收集情报较为理想的地点。地下党员黎朝华在众涌村太平坊静轩乐轩公祠任教，有十余学生就读，上午是正常上课，下午黎朝华就在这里从事地下工作。

开设民众救护班

顺德老人黄毅先生在《回忆顺德抗日民众救护班》①一文中记载：当时，抗日民族统一战线已经基本形成，抗日救亡活动如火如荼，《义勇军进行曲》的雄壮歌声响彻了祖国的烽烟大地。就在此时，广东省第四路军军医处救护干部训练班在中共党组织的指引下，在原国民党革命委员会华南负责人陈汝棠先生的公开组织领导下，派出护干班学员到顺德各地组织和训练青年，组成抗日民众救护班，以后发展成为广东全省救护网的抗日救亡组织。

1938年的夏秋之交，广东省护干班派出了杨子涛（容桂人）、容静生、郭锦恩、龚源年、黄健（杏坛人）等学员，到容奇镇组织容奇

---

① 黄毅：《回忆顺德抗日民众救护班》，《顺德文史》1986年第8期。

抗日民众救护班；后来，广东省护干班又派郭栋材、何日波到大良组织大良抗日民众救护班；派张箭等学员到桂洲、里海乡组织桂洲、里海抗日民众救护班。一时间，在顺德各地共组织当地青年学生、店员、失业青年等共 120 多人，组成了一支顺德青年抗日救亡队伍。

大良民众救护班设在大良镇笔街顺德赠医社内（即现在的华盖路，原顺德县公安局对面的地方），在二楼学习，共有罗桐光、卢峰、李凡、黄毅等学员 30 多人。容奇民众救护班设在容奇镇上街市本仁善堂，学员有梁雄、陈振、关振英、杨伟禧、吕少敏等 50 多人。桂洲民众救护班设在桂洲乡桂馨街桂棠小学（即现在胡氏大宗祠）内，学员有胡笳、苏群（女）、胡少仪、胡泳雅（女）等 40 多人；里海民众救护班设在里海乡府内。

各地民众救护班的学习和训练，根据战争时期的需要分术科和学科。术科内容主要是学习战时救护常识，如防空防毒、战地急救、前线担架、包扎救伤等项目；学科则主要是学习《战时讲话》《政治常识》《社会发展史》《大众哲学》《唯物辩证法》等。

同时，民众救护班也参加当地的一些社会活动。比如，大良民众救护班的学员参加全镇夜间防空演习及夜间担架救护，到各圩市镇乡村、街头、茶楼演讲，张贴标语、漫画宣传抗日救国，以及动员群众献金抗日、卖旗募捐等。

民众救护班还帮助群众医治流行疾病，比如容奇发生火柴中毒事故（可能是日寇汉奸为扰乱我后方，在火柴头染上毒液后贩卖，使用者擦燃火柴时手掌起泡，红肿中毒）后，容奇民众救护班的学员就及时为中毒群众医治，当时求医者甚众。容奇民众救护班还组织"反侵略剧社"，演出抗日宣传话剧等。

经过两个多月的学习和训练，民众救护班学员掌握了一些救护技术，懂得了一些政治常识，为更好地开展抗日救亡工作打下了一定的

思想基础和技能基础。

顺德沦陷后，省护干班已撤到韶关大后方去了，顺德民众救护班这群不愿做亡国奴的热血青年，就由杨子涛、黄健、何日波等秘密串联，分别召集大良、容奇、桂洲三个地区的男女学员共 70 余人组成卫生队，到江门市去集训，给养由当时的第五游击区司令部供应。杨子涛担任队长，黄健、何日波、容静生、张箭等协助负责，卫生队学员居住在江门市中山公园后的新兵营地，继续训练和学习。

"日寇侵犯鹤山后，第五游击区司令部命令正在训练中的卫生队，立即选派学员，开赴前线救护伤兵，救济难民。"黄毅先生说，卫生队选派出 14 位学员，组成前线救护队，由关德明任队长，开赴抗日前线。队员们身背红十字药箱，脚穿草鞋，踏上抗日救亡的征途。"我在战地救伤时，亲眼看见房屋变成瓦砾场，到处空无一人，满目疮痍，臭尸遍野。"

直到 1939 年 2 月，前线战事稍告缓和，卫生队才奉命全队返回江门卫生队总队部，继续学习和训练。后来江门沦陷，战局形势变化，卫生队也随着第五游击区司令部的撤销而撤销，队员们各自投奔各个抗日救亡团体，继续为民族抗日而战斗。

地下医疗站

抗日战争的艰苦岁月里，方群英和卢木带、何妙琴常常划着小草艇在风雨中疾驶，由卢木带掌舵，很快划过了西海冲口，便到了三洪奇海。大风刮在水面上，刮得白浪翻滚。卢木带叫方群英坐在草艇中心，用两只手把着艇两边的边缘，稳坐不动，小艇则"钻浪坑"前进，随着波浪起伏，忽升忽降地在"浪坑"里不断地向前驶去，安然划到了目的地。她们迅速找到药店，买一些雷弗雷尔、碘酒、红汞、紫药水、硼酸粉、纱布、药棉以及柠檬贴、亚士匹罗等药品，水也没有喝一口便马上往回赶。

1942年"三打林头"战斗中，更是有顺德水乡女儿冒着疾风骤雨，凭借与生俱来的技术，利用岭南河涌众多的地势环境，避开日、伪军采购药品的壮举。当时，药品紧缺，医疗器械简陋，抗日队伍的救护人员只有基本的救护常识，缺乏实践经验，医疗条件异常艰苦。

陈胜在《回忆几位爱国大夫》[①]一文中叙述："在战斗过程中，有不少伤员。在当时战争的环境下，我们部队医药卫生条件十分困难，只能以刀片代替手术刀，其他医疗设备就更不用说了。经济上也有困难，无钱买药物。另一方面，缺乏医务人员，部队初期只有些卫生员及个别懂得医药的医生。轻一点的病通常可由部队卫生人员治疗，稍重的伤员则要靠外边医生来治疗。而在沦陷区，给游击队伤病员治病，是属暗中支持游击队的行为，如被日伪知道，就有被枪毙的危险，被顽军知道则以私通奸匪论处。因此这些医生是冒着坐监牢、被杀头、被抄家的危险来给部队医治伤病员的，是出于爱祖国、爱抗战部队之心，抱着对敌人的仇恨来为部队工作的。"

罗守真是大良北区人，1931年毕业于广东光华医科独立学院，先后在广州博爱医院、市立医院、市立精神病疗养院、贫民医院当医生。1938年，广州疏散人口，罗守真便回到家乡顺德大良文秀路开医务所行医。大良沦陷后，她迁到北乡柏树巷祖居附近。罗守真在《回忆参加中共敌后地下据点医疗工作过程》[②]一文中回忆："我是全科西医师，抗日战争时期，主持中共南顺工委在大良北乡秘密据点的地下医疗站，

---

① 陈胜:《回忆几位爱国大夫》,《顺德文史》1987年第11期。
② 罗守真:《回忆参加中共敌后地下据点医疗工作过程》,《顺德文史》1982年第1期。

救治了大批抗日救国队伍伤病员。"

罗守真是一名女医师，她在陈椒蕃的动员下，不顾安危和劳累，热心做好支援抗日部队的工作。有一天，罗守真巡回医疗时到了一位年轻伤员的隐蔽处，刚刚给伤员处理好伤口，日军就来到附近挨家挨户敲门搜查盘问。这个年轻伤员急中生智，顺手把挂在墙上的雨帽取下戴上，用一件旧衫搭住肩膀，挡掩住被绷带裹扎着的伤臂，然后跳过屋后墙，跑到后街烂地，躲藏在蔗林中。

罗守真也有样学样，翻过墙头，滑落在冷巷，藏在族兄家的夹墙中才幸免于难。罗守真是秘密替部队医治人员最多、时间最长的一位医师。她治疗了陈翔南、郭静之、邓彬、欧藜、卢腾、林健、冯金木等部队人员。从1940年年底到1945年部队转移，期间不少战斗中受伤的队员都是送到她那里医治。

陈胜接收采访时，回忆说：当年到罗医生处留医的同志，衣着很单薄，罗医生不但给伤员治病，还给他们寒衣、粮食和营养品等，真是亲如一家。这些伤病员在她护理下，得以早日康复重返战场。对于敌人的阴谋破坏，罗守真总是想方设法，善于应付，不上圈套。比如日伪汉奸、顺德县监狱医官陈祥裕串通潘锡，假意请她到容奇潘锡家中看病，企图探知罗守真和广游二支队的来往关系和医治情况。罗守真到潘锡家中后，察之有异，便设法离开——自己吃药，弄成疾病发作，骗过他们返回大良。敌人一套未成又来另一套，用高官高薪收买，请罗守真当伪医院院长，月薪军票280元，每天只需到院半天即可，但罗医生宁可离开大良到香港，也不做他们的工具。

另外，陈村旧圩的崔尧吉医师，是有名的治跌打损伤的医师。他秘密为部队医治伤员，给伤员以无微不至的照顾，对病人好像对待亲人一样，问寒问暖，并关心伤员的饮食、思想情绪。例如部队干部蔡雄受了重伤，身上中了四枪，六个窟窿，一颗子弹头还留在体内，伤势严重。队员们把他抬到崔医生处，护送人员问崔医生："这位同志能否医得好？"崔医生说："这就看我的祖先神牌灵不灵了。"意思是蔡雄的伤势是非常危险的。经过崔医生三个月的全力救治和精心护理，蔡雄最终痊愈归队。曾到崔医生那里医治的还有潘超、曹广等人。

蔡雄伤愈一年多后，再到西医师梁兆铭处取出弹头。为了保证安全，此事进行得非常秘密。梁兆铭医师的两个女儿，既当医生又当护士，父女三人共做手术，把子弹头取出来。陈胜说：梁医生一家对部队的伤病员都倾注了十二分热情，悉心护理，使他们能尽早伤愈重返战场。佛山镇著名跌打刀伤医师李广海，也是秘密地支援过部队，给我部队受伤的同志医治过的。

在陈胜的记忆中，我部队1943年至1945年在禺南活动时，部队的同志有病就到禺南大江女医师罗道珊那里诊治。他说自己也曾多次到她那里去看病，她那里就像是部队门诊所一样，她也总是怀着满腔热情，为我们伤病员治病。此外，我部队在禺南活动时，还有其他医生曾支持帮助我部队，如伦教大洲的黄健医生，林头有个梁医生还直接参加了我们部队。

蹚水过河到对岸

卢木带是共产党地下交通站的女交通员，负责广游二支队西海部队和中共南番中顺中心县委的联络工作。

在1941年冬天的一个寒夜，部队发现了敌情，林锵云叫卢木带连夜送信到霞石交通站，并要复信。当时，卢木带身体不舒服，没吃东西，仍咬紧牙关，划了交通艇从西海浦口出发。入乌洲口要划过很多

松树钉，卢木带划不动，只能下水，自己左推右推，艇才避过松树钉。

到了乌洲涌口，卢木带将艇泊好，打算走路入霞石，但行到乌洲过霞石闸门口时，闸门关闭了。过不去，耽误了会影响大会，天亮前还要赶回部队哩！怎么办？唯一的办法只有蹚水过河到对岸。卢木带思考一会儿，就乘夜深无人察觉，毅然脱下裤子过涌，上岸后迅速穿上裤子又赶路，及时将信送到交通站交给了"大头生"。当卢木带怀揣着复信胜利返回西海时，鸡已报晓。

这只是抗日战争时期，部队地下交通情报站的一个缩影。

1940年3月11日，毛泽东在延安高级干部会议上作题为《目前抗日统一战线中的策略问题》的报告。报告总结抗战以来统一战线工作的经验，针对当时党内出现的"左"的倾向，全面论述共产党必须坚持对国民党实行又联合又斗争，以斗争求团结的政策，深刻地阐明"发展进步势力，争取中间势力，孤立顽固势力"的策略方针，以及在同顽固派斗争中坚持"有理、有利、有节"的原则。

中共南番中顺中心县委根据党中央和毛泽东的指示，把开展抗日武装斗争和开展抗日民族统一战线工作结合起来，通过各种形式的统战工作，团结、争取国民党内的中间派和进步派，团结、争取开明绅士和地方实力派等，共同抗日，发展壮大抗日力量。

1940年3月，大良第三次沦陷后，国民党顺德县党部迁到鹤山县沙坪。国民党顺德县党部书记陈文洽通过八路军驻武汉办事处介绍，要求同中共南番中顺中心县委建立联系或合作抗日。夏季，罗范群、林锵云到沙坪与陈文洽谈判，达成协议，内容包括：国民党顺德县党部必须以"抗日、团结、进步"为宗旨；顺德县党部返回顺德县开展工作；中共地方组织派员到县党部担任干事等职务，协助县党部开展有利于"抗战、团结、进步"事业的活动。同年秋天，国民党顺德县党部返回顺德六区黄连，中共南番中顺中心县委经请示中共广东省委同意，派党员干部李进阶、胡泽群、郑敏到国民党顺德县党部进行抗日民族统一战线工作和收集情报工作。

李进阶他们的主要任务是利用顺德县党部的公开合法身份，开展对国民党进步派和中间派的统战工作，创造条件建立中共地方组织领导的隐蔽武装和群众工作据点，并及时掌握国民党的内部情况及动态，配合珠江敌后抗日武装斗争。

李进阶等三人成立了党小组，李进阶任组长，由中共南番中顺中心县委直接领导。他们经常到国民党"挺三"梁雨泉大队，顺德县国民兵团麦德如大队，五区的小劳村和六区的黄连、勒流、南水以及第七区的龙江、龙山、里海等地开展工作。经过他们的努力，在勒流镇和龙江镇、七区龙山和六区东风围建立了两个隐蔽的乡队、护耕队武装，中共党组织分别派黄平和吴文辉当队长。通过安排中共党员当小学教师等，在勒北、黄连、南水、小劳村等多所小学建立了群众工作据点，还在国民党顺德县党部内做了大量的情报工作。

1941年秋，国民党顽固派在珠江地区掀起了第二次反共逆流，妄图破坏或消灭中共地方组织和人民抗日武装。陈文治开始动摇害怕，提出不能继续合作，并再度把国民党顺德县党部迁到沙坪，但尚未公开阻止李进阶等人的活动。李进阶等得到同情抗日的国民党顺德县六区区长廖竹溪（后任国民党顺德县六区区分部书记）的支持和保护，仍继续工作，最后于1942年夏天撤出。

1941年11月，中共南番中顺中心县委为了揭露国民党顽军破坏抗战的阴谋和行动，阻止国民党妥协投降势力的发展，扩大抗日民族统一战线，利用"西海大捷"等战斗胜利的影响，团结国民党进步势力，争取中间势力和顺德的一些地方实力派共同抗日，决定积极做好对友军的团结、争取工作，联合各地方武装，共同对敌，以粉碎日、伪军对顺德三、四、五区的进攻。

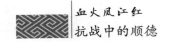

　　中共南番中顺中心县委在征得吴勤同意后，由吴勤出面倡议，在顺德陈村召开各地方武装负责人会议，参加会议的有吴勤、刘向东、林小亚以及顺德三、四、五区地方武装负责人。

　　会议经过讨论，成立了顺德县三、四、五区联防自卫委员会，由林小亚任主任委员，吴勤任副主任委员。会上通过了《抗日十大纲领》和《讨伐李塱鸡宣言》，作为今后顺德抗日民族统一战线的行动纲领。会后，集结了抗日武装70多人，统一由广游二支队司令部指挥。

　　在抗日民族统一战线政策推动下，顺德县部分地方团队为了免遭日、伪军的"清乡""扫荡"，都参加了这个联合组织，在抗击日、伪军进攻中，与广游二支队进行了一些联合行动。

战前培训干部

　　中共南番中顺中心县委为了提高部队干部的政治思想觉悟水平和军事素质，于1941年7月在顺德横岸袁家祠举办第一期军政干部训练班。主任是谢立全，队长是冯扬武，指导员是陈广，学员有罗章友等30多人。这批学员参加了保卫西海的战斗。

　　1942年2月，在西海举办第二期军政干部训练班。主任是谢斌，队长是冯扬武，支部书记是卢德耀，郭彪任军事教官。学员有何达生、冯剑青、冯开平、霍文、陈胜、欧初等30多人。政治学习主要是传达《中共中央关于增强党性的决定》，总结游击战的经验，分析珠江三角洲的特点。郭彪负责编写军事教材，课程有作战基本常识、三大游击战术的运用，部队管理教育与政治工作知识，以及各种队形基本操练、地形选择、野外勤务、兵器知识、通信联络等。人员培训后回各自单位战斗。

1943年7月，在禺南大江南乡举办第三期训练班。主任为陈广（邝明化名），指导员为黄平，班长为何达生。学员有20多人，历时一个多月。同年10月，在禺南大江南乡（后迁傍江）办手枪队训练班。何达生任队长，李海任指导员，学员有曹广、卢兆等20多人。

◎引领顺德抗日战争的关键人物，从左到右依次是吴勤、林锵云、谢立全、谢斌

1944年9月初，黄友涯、陈奇略在西海用两个月的时间举办了两期军政干部训练班，学员共80多人，都是部队的中小队长级干部，还有由广东省临委派李嘉人（广东人民抗日游击队珠江纵队代表）从广西桂林带来的一批学生。由谢立全、严尚民讲课。授课内容主要是形势教育，讲授抗日持久战、游击战、革命人生观以及部队政治工作和管理教育等。训练班学习期间吸收了大部分学员加入中国共产党。培训班结业后，全部学员到部队任连长、排长、政治指导员、政工队负责人。

支部代号"三星"

◎妇女干部方群英

1939 年秋末冬初，部队撤出龙眼村时，妇女干部容海云、张柳金调到路尾围开展妇女工作，发展郭佩环、周大银加入中国共产党。1940 年秋，容海云调离路尾围。1941 年 1 月，谢燕到路尾围负责妇女工作，同年冬，谢燕调离。

1942 年 1 月，方群英调入西海负责妇女工作和部队救护工作。她通过组织识字班、"婶母会"，培养妇女骨干，动员霍淑、郭子云、梁桂女、郭秋女、何妙琴等参加革命，继而在她们中发展党员。霍淑加入中国共产党后，又培养教育嫂嫂冯二女、姐姐霍淑环出来工作，后来她俩都加入了中国共产党。中山五桂山开展捐献运动时，霍淑又动员母亲卖了 7 公顷田地，把所得 9 两黄金和数千元买 1 挺机枪和 5000 公斤稻谷献给部队。吴勤被害后，党组织把吴母及其两个女儿交给方群英，后转由霍淑母亲抚养。

1941 年 4 月袭击泮浦伪警察梁润部，同年 7 月夜袭沙湾何健伪军，以及攻打韦涌、林头等多次战斗，都是西海"利农会""姐妹会"用数十艘小艇载送战士往返作战的。同年 9 月 23 日，西海战斗打响前，霍淑和郭子云将自己耕作收获的 600 公斤稻谷献给部队。张柳金动员姐妹们筹集一大批粮食、瓜菜等捐献给部队。每次战斗，"姐妹会"都发动群众烧水煮饭，奋不顾身地给部队运送弹药，送茶送饭，传递情报，救护伤员。战斗结束时还帮助看守俘虏。

1942 年 5 月至 9 月，战斗频繁。西海抗日救国妇女会协助部队做了大量工作。7 月袭击林头，没收梁桐的稻谷，正当洪水泛滥期间，100 多亩稻田被淹。方群英、梁绮卿、张柳金发动西海妇女会、"利农会" 400 多人、小艇 100 多艘，抢割稻谷，又千方百计把稻谷晒干、脱壳，碾成白米，交给部队。林头战斗，钟旺、冯九仔冒着生命危险运送伤员，卢木带、何妙琴冒险通过敌人封锁线到大洲采购药品，陈九的爱人钟洁和儿媳妇何玉珍主动护理重伤员。

1942 年 9 月，张柳金、钟旺、冯九仔到碧江察看敌情，被叛徒何达夫出卖。张柳金被捕，直至 1944 年春才出狱。她坚贞不屈，坚持爱国民族气节，始终没有泄露党的秘密。此外，负责政工队的也多是女同志，梁铁、钱乔、黄纯真、胡琼等经常到各村演讲、演戏，宣传革命道理，激发群众的抗日救国热情，发动青年参军，动员群众捐粮、献款，帮助抗日队伍。

1944 年九十月间，巢健从顺德调到禺南举办第三期妇女训练班，担任妇女训练班主任，由梁炘、巢健、霍淑 3 位党员组成一个支部，支部代号 "三星"，梁炘任支部书记，巢健、霍淑分别担任组织、宣传委员（霍淑调走后，由梁铁接任），领导妇女工作。她们除负责妇女训练班的工作外，还分工负责各个点上的妇女工作和交通站的联系工作。

1944 年开始的一年多时间里，番顺抗日武装斗争形势要求从速培养一批妇女骨干，到各地开展群众工作和担任部队卫生、交通等工作。先后从部队抽出女干部梁绮卿、梁铁、巢健、谭清、梁炘、黄纯真、梁珊、霍淑等，分别在南海理教、顺德西海及禺南诜墩等地举办了 4 期妇女训练班，学员共 96 人，多数来自南海、番禺、顺德、广州、香港等地的农村青年妇女，文化程度多数是小学，少数是中学，个别的读过大学。办班时间最长的 4 个月，短的也有半个月。学习内容一般是革命形势、中国革命的性质与任务、革命世界观和人生观、妇女运动

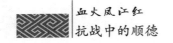
史、群众工作、党的建设等。96 名学员勤奋学习，遵守纪律，团结友爱，互相帮助，积极做好驻地群众工作，其中有 40 多人在学习期间加入中国共产党，结业后在各自的工作岗位上都发挥了较好的作用。

1945 年 3 月，日、伪、顽军对禺南进行了 7 天的"大扫荡"，部队在钟村与敌伪展开激烈战斗。部队妇女干部王兰将家姑遗产（金银首饰）变卖，通过在广州伪军中的爱国分子购买子弹 1 万发，送到禺南大石税站，转送部队。番顺地下交通站辖下有 30 多个分站，分站的负责人和交通员多是妇女，有陈坤、卢木带、叶英等数十人，她们不怕危险，多次出色完成各项任务。在侦察敌情方面，妇女也起了很大作用。

其中，方群英就是一个代表人物，她原名方秀英，中山南萌镇田边村人，曾任粤赣湘边纵队顺德独立团团政委。

学生"自费北上团"

1938 年 1 月，顺德籍广雅中学初三年级学生罗风（当时名罗庆瑞）和吴裕洪、李炳基、冯景曾、鲁仕权、卢柏和、胡炳麟等 7 人，出于爱国热情，自愿组成了广东省抗日义勇团第二团顺德县宣传队，领了旗号。在广州宪兵司令利树宗派兵包围学校，搜捕进步学生的危急关头，他们设法越墙离校，当晚乘电船返回大良。他们在船上抓紧时机，立即开展演讲宣传。

同学们来到吴裕洪家开设在阜南路的源源米店，举行队会，决定组织发动大良地区学生抗日示威游行。当天，他们就分工筹钱办妥了购买纸笔用品，起稿和誊印《告同胞书》，赶制传单、标语及旗帜等各项工作。

1938 年，广雅中学把校址迁到碧江后，进步学生继续坚持抗日爱国运动，他们筹集大量经费，采取办民校、演剧、开晚会、贴墙标等多种多样的形式进行活动。该校顺德籍同学吴裕洪、罗铸纯、何池等人组成"广雅中学学生会顺德小组"，会同顺德县各中、小学校的学生和社会知识青年，进行更大规模、更深入的抗日救亡宣传活动。

顺德老人冯庆墇在《忆中大学生的抗日救亡活动》[①]一文中记载："九一八事变后，日寇席卷辽宁，继续向吉林和黑龙江进犯。当时我们在中大读书的爱国学生自觉地积极开展抗日救亡活动，组织了反日会（后改称'抗日会'），先是在广州以示威巡行、演讲和街头话剧等方式来开展抗日宣传。后来，一部分同学还下乡到中山、佛山和顺德等地进行宣传活动。不久，我们又在广州进行募捐，筹款支援东北将士抗日。"

在中山大学读书的冯庆墇，与同学组建"自费北上团"，欲去南京和其他院校的同学统一行动支持抗日。"自费北上团"组成后，就请示中山大学校长许崇清，许校长欣然同意，并资助每名北上同学 10 元，以壮行色。许崇清校长还答应同学们如回来时学期已过，则把学年考试成绩作为升级依据。

同学们乘坐太古公司的"太原"号轮渡北上，由于该轮以载货为主，大舱位不多，200 名同学就有部分人没有地方睡。冯庆墇和何绍钦、黄建铭等一批人只好睡在甲板上。船从广州出发，经香港开往厦门，"由于大部分同学初次出海，轮船又小，大都晕船呕吐，有些连胆汁也呕出来了"。

几天后，轮船抵沪，因上海工商各界抗议日寇入侵而罢工罢市，从水路去南京已不可能，而"太原"号又宣称当日内就要开往天津，加上当时又只有票价极其昂贵的美国总统轮和英国皇后轮回广州，其

---

①　冯庆墇：《忆中大学生的抗日救亡活动》，《顺德文史》1985 年第 6 期。

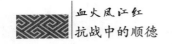

他开回广州的船只则完全没有，所以同学们的处境非常狼狈。

后来，同学们到十九路军总部，说可以担任战地救伤或输送给养等任务，但十九路军最多只要20人。"那么其他的同学怎么办？"冯庆埠说，上海音乐专科学校的校长萧友梅是广东人，萧校长请同学们到该校暂住，等船回穗。

不久，同学们得知泊在"太原"号同一码头的"苏州"号会在5天后回广州，经过交涉，获准在"苏州"号暂住，"为了免除往返，就不去音专学校暂住，只派人去向萧校长致谢"。

几天后，"苏州"号启碇了，冯庆埠、何介眉等同学在雪花纷飞、寒风刺骨的甲板上，望着逐渐离去的上海市相对无言。又是几天后，船抵广州，他们受到留校同学的欢迎。返校后，同学们才知道他们尊敬的许崇清校长已去职，而由邹鲁接任了。许崇清去职原因之一就是所谓纵容同学们组建"自费北上团"北上。

回校后，本学期考试已过，新学期也开学了。新校长要同学们补考，留校同学则支持冯庆埠他们不用考。同学们同邹鲁辩论，校长辩不过同学们，但仍坚持一定要补考，只是做出让步，给同学们10天时间，一边上课一边复习。在校长的压力下，同学们被迫补考，但在老师的帮助下，同学们考试都及格了。

冯庆埠记得，当时参加支持抗日的顺德籍同学有严桂庄、黄建中、黄建铭、关毓麟、游寿培、郑赤痕和他本人。

"红棉剧社"演《八百壮士》

老前辈李鸣皋、潘道良回忆说，抗日战争初期，顺德中学内曾成立一个话剧社，名叫"红棉剧社"，曾多次在大良及附近地区演出。

1937年10月初，顺德中学的"恳亲会"上演出话剧《洋状元》，组织了家长观看，颇受欢迎。于是，林智文、龙庆锵两位老师得到启发，决意组织话剧团体，作为学生自治会组织下向社会做宣传的阵地，开展抗战宣传，并得到学校领导和广大教师的支持。剧社的骨干主要是学校内的青年教师，他们大多是因抗战关系，从各地回到顺德家乡的爱国青年。其中有林智文、龙庆锵、梁凤坚、苏粤海等。他们既有抗日救亡之志，又有戏剧艺术表演的兴趣和能力。当时决定，凡顺德中学师生以及附属小学的教职员工都可以自愿参加剧社。结果，全校师生约有30%报名加入，由苏粤海当社长。

剧社的宗旨在于通过戏剧形式，唤醒各界人士的抗日救亡意识。经费来源完全自给，社员每月交会费国币两角。社员各有职责，除担任演出者外，还分别参加歌咏、推销门票、贴海报和标语、台前幕后、道具制作等工作。当时的主要演员有梁汉辉、梁显辉、黎志强、苏雄辉、潘道良、冯怀琦、龙公廉、潘翠华、杨泽瑶、何伟珠、廖佩玉、连锦香、谢月容等。除谢月容是附小老师外，其余都是初中生，年龄最大的不过十五六岁。

根据剧社本身的特点，决定先演街头剧，后演舞台剧，从采用现成剧本到自己编剧，循序渐进，逐步提高。他们先后演出过的剧目有《放下你的鞭子》《卢沟桥》《毒药》《最后一计》《八百壮士》《烙痕》《飞将军》等，还有自编剧目《金门岛》（三幕剧）。因为演员是在校初中学生，所以排练要在课余时间进行，主要是每天下午的第三节课和星期六的下午以及星期日白天，力求做到学习排练两不误。有时为了赶戏，间或也会排练到深夜。

每次彩排或演出多在校内礼堂进行。学生家长及社会人士都来观看，多告满座，而且观众情绪激动。据李鸣皋、潘道良回忆，有一次演《八百壮士》这出戏，当时上海四行仓库还在我坚持抗日的军队手中，剧里有一个情节是一位 14 岁的童子军游泳过河，把国旗送给我守军团长谢晋元，让国旗升上四行仓库楼顶。演至这一动人情节时，观众无不流泪和鼓掌。饰演送旗童子军的初中学生廖佩玉由剧场门口高举国旗，直奔台前，其时掌声不绝。台上台下连成一气，效果很好。又如演出《卢沟桥》一剧，揭露当时侵占东北之日军的暴行，以及在街头演出《放下你的鞭子》等剧目，都大大激起了家长和乡亲们的义愤。

暑假时，初中二年级学生杨衷权组织该班的剧社成员，到伦教、羊额、北滘等地演出。初中一年级则由谭克昌同学负责组织下乡演出。平时的下乡演出，时间多选在星期六下午。有一次去勒流演出，当时没有汽车，只能搭船经水路去，午饭后出发，到达时已是下午 3 点多钟了。于是大家立即分工合作装台，晚上 7 点准时演出。后来，剧社在县内的知名度日高，各区有相邀前往演出的，剧社都应邀前往公演。为减轻广大群众的经济负担，有时只收几个铜币的门券费，当地政府社团也负责资助一些演出费用。

当时的布景是很简陋的。野外景用旧报纸糊制而成，由林智文绘制；室内景用布幕，后来发展为硬景。转幕间场，则插入大合唱，台上台下齐唱救亡歌曲，大家情绪高昂。晚上演出需要灯光，当时大良的电灯电力微弱，而且收费高昂，故租用煤油汽灯作为光源，店主也不收租金，作为捐献。服装和道具则向群众借用。有些道具没有现成的，木店也肯献工代制。请白铁店仿造演戏所需的军用钢盔，他们也只收材料费。

爱国话剧为爱国群众所接受后，社会上不少青年男女要求参加剧社，但因限于建社时的规定，不收校外群众，剧社只好婉言谢绝。

剧社为何命名为"红棉剧社"呢？李鸣皋、潘道良说，当时顺德中学校址在凤山书院，校务处前面种有两棵百年大红棉树，是凤山书院一大特色。校务处就是当年的主讲课堂，主讲李翘芬亲书"红棉壁障"横额。当时的顺德中学校歌歌词是"红棉壁障映书堂，莘莘学子爱国和乡，须努力，猛著祖鞭长"。剧社同仁认为红棉树为本校一大特色，每临春日，满是红花，其色鲜艳。红棉花，英雄花。采用"红棉"为剧社名，含义深远。剧社成立后，又确实大力进行抗日救亡爱国宣传工作，对当时顺德抗战戏剧活动的发展起到了积极的推动作用。广州《生命线》小报曾以《艺术的生命线》为题，报道"红棉剧社"的点滴动态。"红棉剧社"自1937年10月创立，到1939年3月12日大良第二次为日军侵占，师生因战火而四散，剧社遂告结束。

抗战"青救队"

杜启芝先生在《顺德文史》发表的《抗战初期的容桂青年》一文中说："抗战前，容奇、桂洲都属顺德十区，容桂两地，经济、政治、文化紧相连，是顺德经济最发达的地区，而且邻近广州、佛山、江门、中山、香港、澳门，水陆交通方便，人口众多，因而信息敏捷，对国内外政治形势变化的反应较快。因此，当一九三七年七七事变后，容桂人民反对日寇侵华的民族意识十分高昂，特别是一些有知识的青年人，他们起来互相串联，准备自动组织起来，为抗日救亡贡献力量。"[1]

1937年秋天，由少校队长张奠川率领的第四战区战时工作队，进驻容奇直街李家祠后，邀请容奇、桂洲搞抗战宣传的青年开会，表明他们

---

① 杜启芝：《抗战初期的容桂青年》，《顺德文史》1986年第8期。

的任务是发动地方群众，组织抗战力量。当时"第四战区"这个招牌很有威望，宣传抗战态度很鲜明，杜启芝等青年都愿意在工作队领导下组织起来搞救亡活动。不久，由战时工作队组织起"十区防护团"，以当地抗日青年为骨干，邀请了十区公所、容奇警察所、各乡镇公所以及商会学校等派员参加，各单位捐助经费，开展抗日救亡宣传工作。

"十区防护团"出版《防护周报》，由张奠川、梁垣、杜启芝、廖世彦等轮流主编，在十区和县内散发，宣传抗战形势、理论和战时常识、战地救护等。有一期《防护周报》，杜启芝将中共地下刊物《救国时报》（刊头印明发行地址是法国巴黎）一篇关于游击战争的文章摘录作为头版头条刊出。

《救国时报》社经常将《救国时报》连同杜启芝订阅的《抗战三日刊》《世界知识》《生活·战时版》《中流》等杂志寄送杜启芝，杜启芝就从中摘录或改写有关抗战文章、通讯等刊出来。《防护周报》的报头是郭沫若题写报名的。这份刊物后来由于经费紧张，出了十期左右便停刊了。

在"十区防护团"下面，还组织了一个"十区青年抗日救亡工作队"，成员有50人左右，都是容奇、桂洲的小学教师、青年商人、医生等，他们到容奇、桂洲各乡村轮回演出自编自导的话剧。杜启芝记得，有一次演出时用真的左轮手枪和钳去弹头后用棉花塞口的子弹作为道具，当演到游击队阻击日军时打了几枪，棉花贴在"日军"的外衣上着火冒烟，演出很逼真，但烧烂了一件黄色军衣，出乎意料，一时场面便很狼狈。

容奇、桂洲还有一个"青救队"，总共推选出7个负责人，分别是张奠川、梁垣、杜启芝、胡庆昌、刘立、梁萱、廖世彦，他们经常开会研究如何开展工作，研究抗战形势和学习进步理论，都是自觉投身抗日救亡工作，并无任何报酬。

张奠川思想进步，很有抗战热情，他表面是农工民主党党员，实际是中共党员，到1938年中调离了顺德；梁垣是失学青年，颇有工作能力，多才多艺，很有组织能力；胡庆昌是留日归国学生，在日本接近进步组织，抗日态度坚定；刘立、梁萱是容奇、桂洲的知识青年，满怀抗战热情；何世彦是广东法科学校的毕业生。

杜启芝记得"青救队"在容奇占里邓氏宗祠办过一家农民夜校，由杜启芝和广雅中学的学生罗士英负责。他们在周末晚上，携带火水灯入占里，自编识字课本，教农民认字，大约有30个人参加，课程还有介绍抗战形势和宣传抗日必胜的内容。这个夜校坚持了一个月左右，因农忙开始而停办。

"青救队"在桂洲外村曾组织一个"农民抗日自卫大队"。事前，胡庆昌和杜启芝，与外村实力派胡棣伯，同去大良县前路南亚酒店（是当时大良唯一的四层楼建筑物），找到吴勤同志，与吴勤商量组织农民抗日武装事宜，由胡棣伯任农民抗日自卫大队大队长、胡庆昌任副大队长，这是第一个有"招牌"的容奇、桂洲抗日武装。

不久，杜启芝又与胡庆昌、梁垣到八区逢简参加"逢简农民抗日自卫大队"的成立典礼。这个大队是由梁庆根任大队长。梁庆根是大革命时期的中共党员，是那时顺德全县农军的总指挥，曾组织几路顺德农军支援广州起义，行军途中得知广州起义军已全部撤出而退回顺德。大革命失败后，梁庆根逃亡南洋，抗战全面爆发后，梁庆根与吴勤一样由海外回来参加抗战。可惜没多久，梁庆根就因病去世了。

"青救队"经常与过往容奇、桂洲宣传抗战的团体、学校联系，开座谈会，相互介绍工作情况，交换对抗战形势的认识，或联合宣传演出等。记得有一次，在顾地墩（在容奇公路蚕丝局对面）的顾家祠，

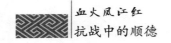

"青救队"与"港澳青年战时回乡服务团"举行座谈会，一直谈至深夜，大家都很兴奋，互相鼓舞，互祝抗战必胜。

"十区防护团"属下还有一个陈汝棠领导的容奇、桂洲"战地救护干部训练班"，设在上街市本仁善堂，由黄健负责。这个护干班培训了一大批抗日青年，他们与"青救队"也有密切联系，其中黄健、陈振、胡筎、关振英、黄荫棠等人，在顺德沦陷后也与"青救队"的人共同进行抗日武装活动。到解放战争时期，他们又一同组织起顺德县第一个党领导的秘密武装小组，后来又组成粤赣湘边纵队北江大队，举行武装起义，解放容奇、桂洲。

1938年春天，日寇空军天天空袭广州，还进一步空袭广州外围各县，特别是顺德县。日寇曾滥炸大良石湖涌一带，以及轰炸顺德糖厂。一时人心浮动，容奇圩头的民众向农村疏散，不少人逃到香港、澳门。到夏天，"青救队"许多成员随各自的家庭转移到四乡或港澳，整个容奇、桂洲显得冷清，特别是一些骨干和战时工作队的张奠川等也陆续撤走了，但"青救队"成员分头到各地去发展，仍坚持抗战，坚持为进步事业斗争到底。

第八章　挺进西江

迎接王震部队南下

1944 年秋天，日寇沿着西江、北江向广东韶关和广西南宁、桂林等地发起疯狂的进攻。

顺德抗日武装为了迎接八路军王震部队南下，迎接更大的发展，创造华南斗争新局面，又光荣地接受了广东省委和广东军政委员会交付的新任务：梁鸿钧、罗范群、刘田夫、严尚民和谢立全一路，率领黄江平、谭桂明、卢德耀、陈中坚、李进阶等部队挺进粤中，与当地党组织建立的武装，即陈春霖、黄士聪、陈江、李超等同志领导的部队会师；梁嘉、谢斌、刘向东等同志一路，率领陈胜、何达生等部队挺进粤桂边境广宁、四会一带；林锵云、周伯明等同志一路，率领郑少康、冯剑青、欧初、梁奇达、罗章友等部队，分批向粤赣边境和北江地区挺进，配合东江纵队和各地方兄弟部队追歼敌人，发动群众，开辟新的根据地和游击区，壮大发展自己，坚持对敌斗争。

1945 年 3 月下旬至 4 月下旬，留在顺德的邝明、黄友涯、徐云、李冲、吴声涛、戴耀、何球率 150 多人在番禺、顺德敌后坚持斗争。部队人员减少，活动地区大为缩小，各种困难增加，日、伪军频频搜索、跟踪、追击，在敌后坚持斗争的同志们所处环境十分恶劣。4 月末的一天，邝明、黄友涯带短枪组 10 多人到广州郊区小洲执行任务。第二天拂晓，突然遭伪联防队和国民党特务武装黄德部共 200 多人袭击。双方激战 1 小时，我方终因寡不敌众，遭重大损失，邝明、刘腾、麦森、陈如、江洪等牺牲，陈洪、苏宽被俘。黄友涯、余民生、吴兆、杨汉

在沥滘民兵掩护下，突围转移到安全地带。

"小洲事件"后，5月，珠江纵队司令部指示成立番顺武装中的党领导机关，由黄友涯（为主要负责人）、徐云、李冲、吴声涛、戴耀组成，并与中共禺南特派员周锦照加强联系，互相配合，开展工作。

坚持在番顺地区敌后斗争的第二支队一部，依靠群众和上层统战朋友的掩护和支持生存了下来。那时禺南大谷围的大岭、小龙、赤岗、东村、大氹、塱边、桥山、冼庄、植地庄、马庄、大江南、草塘、蔡边、塘美坑、会江以及番禺、顺德周边的谦益围、六耕围等地，部队都可以安全驻扎，而且还开辟了新的活动据点。

6月，部队曾一度与上级中断了联系。敌伪仍然穷追人民抗日武装，搜捕共产党员，而且施行"自新"花招来分化瓦解抗日军民。部队活动地区更比以前少了许多。何球带领的部分人员在番禺、顺德县交界的八沙河面被"挺三"钟添的别动队伏击，何球当场牺牲，冯来被捕，其他人员被打散。过了几天，坚持在大谷围、大岭斗争的女共产党员陈绍卿惨遭敌伪杀害。

环境日益恶劣，种种迹象表明，必须改变斗争方式才能生存和发展。

7月的一天，番禺大队大队长戴耀等接到驻大石伪乡公所内线情报，称有一队不足一个连兵力的伪刑警队当天由大石去南村。戴耀即带领一个中队，连同梁奋、萧培带领的队伍，赶到伪军必经之路的官塘地带，在公路两旁埋伏。中午时分，当伪军进入伏击圈时，突击组向伪军冲击，高喊"缴枪不杀！"几分钟全歼敌一个中队。俘伪队长莫桂达、伍绍元和伪警70多人，缴获长、短枪70多支。

7月下旬，戴耀、徐云、李冲、梁奋、何洪、余民生等接上级命令，分批离开番禺，由广州西郊凤溪村党支部叶树、杨润等秘密引路，经过广州市内五眼桥等前往三水。留下的尚有黄友涯、吴声涛等80多人，其中非战斗人员占三分之一。禺南地处广州城市边缘，敌伪统治较强，日伪军频频跟踪追击他们。顽军林小亚、钟添部在顺德异常猖獗，还有国民党特务葛肇煌、黄德部在广州市郊活动。不少大乡镇的地方实力派或统战朋友先后被逼口头或用书面形式表态拥护国民党当局。

面对这种不利的形势，广游二支队在番禺、顺德的部队改变策略，把部分人员安排到地方当教师坚持工作，疏散了有条件回家隐蔽的非战斗人员，留下精干的战斗人员50人左右。把机枪、步枪掩藏起来，战斗人员全部佩备短枪和手榴弹，化装成百姓，分成几个武工队分开活动。黄友涯带着几个机关工作人员转移到大谷围一带"灰色据点"东村，日伏夜出去指挥各个武工队的工作。这一策略的改变，使部队活动方便，适应环境，有利于生存、发展。

抗战胜利前夕，中共广州市委负责人陈翔南接收了番禺、顺德人民抗日武装中党的组织关系。黄友涯、吴声涛、巢健、梁铁、陈克等先后撤离番禺、顺德，留下干部、战士40人左右，后并入独立第三大队。

到达英德，日本投降了

1945年4月28日，根据上级指示，顺德大队到达黄洞与番禺大队会合，广游二支队与独立第三大队一起，在黄洞村加紧挺进西江的各项准备工作。黄洞村群众从人力、物力上给予大力支持，保障了挺进西江各项准备工作的顺利进行。5月上旬，谢斌、刘向东集中挺进西江部队（称为"西挺大队"）进行整编。

西挺大队由广游二支队大部和独立第三大队一部组成，大队长为陈明，副大队长为冯光、陈胜，教导员为李海，组织员为陈奇略。部队挺进西江后，增补叶向荣为政委、蔡雄为副政委。西挺大队共400

多人，配有轻机枪 20 挺和掷弹筒，由珠江纵队司令部指挥，下辖五个队一个组，分别为：雄狮队，队长为梁国僚，指导员为谭锋；猛虎队，队长为陈绍文，指导员为钟灵；烈豹队，队长为周流，指导员为陈少东；特务小队，队长为黎洪；手枪队，队长为蔡九；爆破组，组长为区伯祥。

在挺进西江的过程中，部队连续多次打退了顽军的进攻，获得了立足、生存和发展时机，而且开辟了以广宁为中心的广宁和清远、广宁和四会、广宁和高要、广宁和怀集周边 4 个游击区，完成了广东省临时委员会、东江军政委员会下达的执行战略任务中的首期任务。

1945 年 8 月 10 日，广游二支队一部和独立第三大队，接到广东区党委关于挺进粤北的命令。

郑少康、梅易辰当即召开中队长以上干部会议传达命令，要求部队迅速做好挺进粤北的准备工作，并决定：留下独立第三大队 1 个中队 20 多人及部分抗日民主政权干部，由高云负责，在南海、三水周边地区分散活动，保存力量，迎接胜利。

8 月下旬，广游二支队一部、独立第三大队（缺一个中队）和番顺行政督导处主任徐云等部分干部共 500 多人，先后到达三水县源潭圩集结。此时，郑少康、梅易辰又接到广东区党委指令广游二支队一部和独立第三大队迅速挺进粤北的通知。

很快，广游二支队一部整编入独立第三大队，在郑少康、梅易辰率领下，于 8 月 23 日晚在三水县源潭圩召开誓师大会，随后当即出发向粤北挺进，至 9 月上旬到达英德县倒洞，与东江纵队西北支队、北江支队会师。此时，日本已经宣布投降。

11 月上旬，梅易辰部行军至坳背村休息时，被司前国民党驻军包围袭击。机枪手黎勤在掩护部队突围时不幸中弹牺牲，副指导员冯庆马上捡起机枪，继续向敌人射击，也在掩护部队突围时牺牲。在仓促突围中有35人牺牲，丢失3挺机枪。其他人员冲出敌人包围圈后在附近山林中隐蔽下来。中队长杨忠在此次北上挺进途中因伤病无药治疗而牺牲于始兴。他临牺牲前说："我此生的路走对了，可惜死前未能见林叔（指林锵云）一面。"

正当梅易辰部处境十分困难的时候，粤北指挥部派来的东江纵队叶镜大队长终于与梅易辰部联系上，并带领他们进入南雄县内东江纵队北上部队的活动地区。12月上旬，梅易辰部到达江西省大庚县河洞乡天井洞，与东江纵队第五支队胜利会师。粤北指挥部负责人、珠江纵队司令员林锵云前来梅易辰部驻地，亲切慰问从珠江三角洲长途跋涉，经过艰苦奋战胜利北进到此地的指战员。林锵云见到指战员寒冬季节还身穿破烂夏衣，十分难过，当即脱下棉背心给一小战士穿上。随后，梅易辰部转移到粤北仁化县廖地休整，总结经验教训。

12月中旬，粤北指挥部根据形势发展的需要，把从各地挺进粤北的部队合编为东江纵队粤北支队，刘培任支队长，黄业任政委，郑少康任副支队长。独立第三大队一部分编入粤北支队，大部分编入粤北支队的南雄大队，大队长为戴耀，政委为陈中夫。梅易辰、徐云、麦君素、何干成等一批干部调往香港、广州等地工作。

至此，长期在顺德活动的广游二支队一部，在抗日战争最后阶段形势急剧变化、斗争十分复杂、环境极端艰苦的条件下，同兄弟部队一起，坚决执行中共中央的指示，克服重重困难，完成了上级赋予的使命。在争取和平、反对内战，以及后来解放战争时期在粤北恢复发展武装斗争方面，起到了重要的作用。

1946年6月30日，在顺德抗日的人民子弟兵，在大鹏湾与广东抗日将士搭乘美国舰艇向北挺进，前往解放区——山东烟台，加入了解放军。

1949年，他们又打回广东，解放了顺德。

第九章　前赴后继

农讲所学员吴勤

　　吴勤（1895—1942），原名吴勤本，南海县第四区南浦村（今佛山石湾）人。他自幼爱好武术，练就一身好武艺。

　　辛亥革命爆发后，吴勤与佛山的同盟会会员王寒烬、钱维方等人结识，受到民主革命思想的影响，继而参加了同盟会和民军①。由于吴勤身材魁梧，武艺高强，作战勇敢，他被选拔为孙中山的卫士。1918年孙中山离粤赴沪后，吴勤回佛山务农。1921年于佛山大桥头开设"鸿胜武馆"分馆，组织青年工人、农民习武。1924年第一次国共合作后，工农运动空前高涨。吴勤组织南浦乡农团300多人，武装反对大地主陈恭受等封建势力，得到广州国民政府和中国共产党广州地委的支持。

　　1924年8月，吴勤参加了第二届广州农民运动讲习所的学习。9月，吴勤率南浦农团部分成员随广州农讲所学生一起赴韶关参加训练和调查，在韶关听了孙中山的讲话并会见周恩来、彭湃、谭平山等中共领导人，对中国革命形势有了进一步的认识。10月5日，吴勤由谭平山、罗绮园介绍加入中国共产党。10月10日，他率农军参加了在广州市第一公园召开的反对商团的大会和示威游行。1927年广州起义前夕，吴勤担任南海农民赤卫军第二团团长，配合广州起义，率队攻占佛山镇普君圩。起义失败后，他辗转流亡到新加坡。

　　抗日战争全面爆发后，吴勤于1937年年底从国外回来参加抗战，

---

①　民军，辛亥革命时期反抗清政府的起义军队的通称。

并秘密与中共南方工作委员会取得联系，在广州南郊开展抗日救亡宣传活动，组织农民自卫队。1938年10月广州沦陷后的第二天，他率领19名热血青年逃出广州市区，在市郊的崇文乡组织起一支60人的抗日义勇队，并于南海平洲夏滘附近的河面上袭击日军运输船，缴获一批粮食和枪支弹药。接着抗日义勇队又在广州、三水之间的小塘车站伏击敌人，捣毁铁路，阻延日军西进计划。为了使这支队伍合法化，并得到武器和给养，吴勤征得撤退到广宁的广州市市长兼西江八属游击总指挥曾养甫的同意，把"抗日义勇队"改为"广州市区游击第二支队"，简称"广游二支队"，吴勤被委以司令。

1939年1月以后，中共广东党组织应吴勤的请求，派遣刘向东、严尚民等一批干部到广游二支队担任具体领导工作。1940年6月，中共南番顺中心县委决定，将林锵云带领的顺德游击队一个中队，编入广游二支队。因为有了中共的领导和支持，广游二支队的政治素质和战斗力大大提高，他们活跃在番禺、中山、顺德、南海和广州市郊一带，频频打击日伪势力。后来这支革命队伍发展到500多人，于1945年1月编入珠江纵队第二支队的序列。与此同时，吴勤还于1939年5月，与禺南大石乡知名人士何福海（后来加入了共产党）一起，组建起抗日民族统一战线性质的半武装的群众团体——抗日俊杰同志社，简称"俊杰社"，由吴勤任社长。"俊杰社"成立不到几个月，就由禺南发展到南海、顺德和广州南郊一带，拥有50多个分社，成员达3000人。其中农民基干武装有400人，与广游二支队紧密配合，到处打击敌人。

由于吴勤接受中国共产党的领导，对日伪势力频繁出击，威名大震，因而遭到国民党顽固派和日伪的忌恨。1942年5月7日，吴勤与夫人霍淑英经陈村水枝花渡口过渡时，被国民党顽固派预先埋伏的军队所暗杀。中华人民共和国成立后，中国共产党和人民政府在烈士的故居修建了陵园，立碑镌刻吴勤的英雄事迹，以纪念他为国捐躯的爱国主义精神。

林叔锵云是司令

　　1985 年 1 月 15 日的《羊城晚报》刊登了一篇题为《珠江水长忆林叔》的文章，作者为刘田夫、陈翔南、严尚民、欧初、卢德耀、罗章友。文中的"林叔"就是林锵云，6 位作者都是顺德抗日战争时期的亲密战友。

　　林锵云 13 岁到香港，14 岁当海员、洋务工人，参加了举世闻名的香港海员大罢工和省港大罢工，是省港大罢工委员会的演讲队员。1926 年夏天，中国共产党 5 岁生日时，他到南海县任农民部干事，同年 9 月，由邓发、龚昌荣介绍加入中国共产党。后来，林锵云参加了广州起义，先后任香港洋务工会党支部书记、南海县委书记、香港工人代表会党团书记、九龙地委书记。1931 年 5 月被任命为中华全国总工会驻香港特派员兼海员总工会香港特派员。因叛徒出卖，被港英当局逮捕，驱逐离港。

　　林锵云化装到上海，找到冯燊，海员总工会分派他到太平洋航线工作一年后，他又因叛徒出卖而被捕，后被押解到南京。在敌人的严刑拷打下，他始终没有暴露自己的政治身份和泄露党的秘密，被判无期徒刑，关押在苏州军人监狱。抗日战争全面爆发后，国民党大溃退，苏州监狱把主要犯人向西转移，途中因遭日机轰炸，看守逃命，他这才得以砸开脚镣逃走，历尽艰辛，于 1938 年 1 月辗转找到八路军武汉办事处，又回到了党的怀抱，后党委派他回广东工作。

　　广东抗日战争最关键的 8 年间，林锵云有 7 个年头在珠江三角洲，与广大农民、工人和知识分子并肩战斗，忘我工作，做出了重大贡献。广州沦陷前后，林锵云先后任南顺工委职工部长、中共顺德组织负责人、南顺工委书记。

1938年年底，在当时党在顺德的活动范围还很狭小的情况下，林锵云已在龙眼、西海、路尾围组成了10多人的顺德抗日游击队，活跃在顺德县城大良附近。顺德抗日游击队后来与活跃在番禺、南海一带的抗日武装——以大革命时期农民运动骨干、共产党员吴勤为司令的广游二支队直属队会合，组成完全由党领导的广游二支队独立第一中队，林锵云兼任中队长。吴勤被国民党反共顽固派"挺三"副司令林小亚密谋杀害后，林锵云就任广游二支队代司令、司令。1945年1月，珠江纵队正式成立，并公开宣布接受中国共产党领导，林锵云任司令员。

历史不会忘记，亲历者不会忘记，顺德人民群众不会忘记，以林锵云为首的顺德游击队、广游二支队司令部及其独立第一中队所在地的西海（含路尾围，西海辖区现有"二支村民小组"），经过多年的精心经营以及战斗的反复洗礼，逐步创建成为珠江三角洲抗日游击战的摇篮，成为珠江三角洲敌后抗日游击队的第一个根据地。林锵云是在珠江三角洲最早建立完全由党领导的抗日武装的创始人，是开创珠江地区敌后游击战新局面的代表人物。

珠江纵队成长的整个战斗历程与林锵云也是分不开的，顺德抗日成果是与林锵云分不开的。1940年夏天，广东省委为加强党对珠江三角洲武装斗争的领导，决定成立珠江三角洲中心县委（实为中共南番中顺中心县委），他是中心县委分工抓武装工作的首要负责人，从此没有一天离开过部队，始终战斗在第一线。林锵云紧紧依靠和服从上级领导，维护党的团结，特别是与中央从延安派来的军事干部谢立全、谢斌相处无间，在他俩有力的协同帮助下，出色地完成各次重大战斗任务。林锵云在工作中坚持党的原则，发扬团结的精神，为战士、群众所称道。部队运用的"伏击战""麻雀战"等灵活战术,特别是广泛采用的主要战术——"夜间战斗",在策划和指挥上都浸透了林锵云的心血。

1940年10月,在沙湾、涌边战斗中,广游二支队遭伪军突然袭击,指挥员之一的谢斌不幸手部中弹受伤,林锵云当机立断,陪同他退出了火线,经古坝将他直送回到中心县委所在地西海;林锵云与战士一样睡稻草秸秆地铺(大家笑称为"金针菇蒸鲩鱼"),给掀掉被子的战士盖被;林锵云设法给病号弄些好点的食物吃,陈翔南在西海时胃病发作,他亲自派人将其护送到大良部队"后方"地下"医疗接待站",请当地最好的医生、爱国民主人士罗守真为陈翔南治疗;一次西海洪水泛滥,部队驻地水深一尺,有一位战士患肠热病,林锵云亲手为这个战士搞了张垫高了的木板床,又指定专人护理;严尚民有一次同林锵云一起随部队驻在禺南植地庄,第二天一早要出发去外乡,林锵云提早起床给煮了饭和一个溏心鸡蛋;林锵云对警卫员、战士们的政治文化学习情况非常关心,亲自辅导他们。

林锵云慈祥厚道,和干部、战士同甘共苦,干部、战士和老区群众,都把他当作难得的好领导、慈父般的长者,亲切地尊称他为"林叔"。

延安派来的"两谢"

一

1939年冬天,中共中央组织部决定派同在延安抗日军政大学三分校二大队工作的谢立全、谢斌一起到广东敌后创建抗日根据地。此时,谢立全是二大队政委,谢斌是大队长。

谢立全、谢斌不但是战友、同事，还都是江西人，谢立全来自中国革命的摇篮兴国，谢斌来自中国革命根据地吉安。他们都是中国工农红军，经历了二万五千里长征；他们都是参加了沙湾、西海、林头等战役的延安派来顺德的军事干部；他们与林锵云等一起在顺德创建了珠江三角洲敌后抗日游击队的第一个根据地；他们在 1955 年一起被授予少将军衔。

1939 年冬天的一天，延安天气晴朗，刘少奇同志下午召见了谢立全、谢斌，要求他们到敌后要灵活运用党的政策，积极发动群众，组织武装打击敌人，建立抗日根据地。

三天后，谢立全、谢斌、庄田、林李明便搭上汽车，告别了延安。

好不容易，谢立全、谢斌他们来到了八路军驻重庆办事处。周恩来同志、叶剑英同志召见了他们，做出了重要指示。

在重庆住了一段时间后，谢立全、谢斌他们继续乘车经贵州娄山关、遵义、贵阳、独山，广西柳州，到达新四军驻桂林办事处。

在桂林，谢立全、谢斌脱下军服、军帽，换成了大褂，戴上草帽与墨镜，扮成商人，与庄田、林李明握手话别后，搭乘火车去了湖南衡阳。

在衡阳转火车南下，次日早上到了广东韶关。

走出韶关火车站，在旅店住下。第二天早晨，谢立全、谢斌去了一间地下党联系点的酒楼，与一名 18 岁的姑娘接头后，由这位姑娘带路，搭乘长途汽车来到了中共广东省委所在地南雄。

到南雄的第三天，中共广东省委张书记要谢立全、谢斌暂留南雄，给省委举办的干部培训班讲授"军队中的政治工作"和"游击战术"两门课程。

经过十天备课、一个月授课后，中共广东省委决定派谢立全、谢斌到珠江三角洲地区工作。

第一天，谢立全、谢斌在培训班学员卫国尧的带领下，乘坐木船沿着曲折的水道向珠江三角洲前进。在清远，他们接受了国民党别动队登船检查后，改由陆路艰辛地到了肇庆，徒步前往中共广东中区特委所在地三埠，认识了中区特委书记罗范群，以及负责珠江三角洲敌后武装斗争工作的林锵云。林锵云得知谢立全、谢斌在中央、毛泽东主席身边工作过，很是敬佩，他说："你们的到来，正是党中央和毛泽东主席对华南敌后斗争的重视与关怀。"

次日，林锵云带着谢立全、谢斌离开三埠，经过两天路程，越过新会，到了鹤山的沙坪镇。沙坪镇就是沦陷区的边缘，他们见到了地下党员李进阶，四人聊了一个通宵的珠江三角洲工作。

第二天，离开沙坪镇，林锵云、谢立全、谢斌来到西江边（现江顺大桥附近），搭乘一艘渡船过江。在江中遇到日军汽艇，日军开枪向渡船扫射，他们三人躲过子弹，上岸后一口气狂奔几百米翻过堤围，这才脱险。

脱了险，林锵云、谢立全、谢斌就坐在围堰上休息。举目远眺，珠江三角洲展露在谢立全、谢斌眼前，稻田、桑基、蔗林，好比是一片绿色的海洋，左一条右一条数不清的河涌，在阳光的照耀下，像一条条闪光的飘带；大大小小的鱼塘，星罗棋布般嵌在原野上，犹如一块块被切成几何图形的玻璃。

多么富饶美丽的地方啊！这就是顺德。

穿越林立的炮楼，走了一段路，前面横着一条宽阔的大江（现为西江顺德支流），大大小小的船只穿梭般来来去去，船上都插着各色各样奇形怪状的旗子，有红的，有黄的，有绿的，也有白的；还有方形的、三角形的以及镶着犬齿边的。旗上分别标着一个大方块字，如"廖""何""周""马"等。林锵云同志告诉谢立全、谢斌，这里每一面旗子都代表着一个有势力的"大天二"。

◎延安干部谢立全、谢斌来到顺德后看到的大面积桑基鱼塘

中午时分，林锵云、谢立全、谢斌走到龙眼村。这是两位谢姓延安干部历经数月，从陕西的黄土高坡来到广东的岭南水乡，在顺德落脚的第一村。

一进村，谢立全、谢斌看到的是断壁颓垣，粪溺遍地，住在低矮而阴暗的房子里的村民，个个面黄肌瘦，衣不蔽体。有几个躺在路边的乞丐，全身水肿，奄奄一息，身上叮满了苍蝇。可是，当谢立全、谢斌走进街心，却又是另一番景象。这里烟馆、赌馆、妓院一家接着一家，家家粉饰一新，生意兴隆；茶楼、酒馆也是人头涌涌，十分热闹，真是一个村庄，两个世界。

林锵云把谢立全、谢斌带到一家戒备森严的茶楼要了三盅龙井茶，又吩咐伙计炒几样小菜，一边喝茶，一边打量着周围的茶客。

黄昏时分，林锵云、谢立全、谢斌乘着小艇，渡过大江（现为顺德水道），沿着弯曲的河汊到达顺德县西海乡的涌口，来到地下党员陈九同志的家。

　　至此，谢立全、谢斌就在陈九同志的家里安顿下来，结束了从延安到广东敌后半年多的旅程，开始了新的敌后斗争生活：谢立全被任命为广游二支队司令部的教官；谢斌同志被任命为参谋。为了掩盖敌人耳目，党决定谢立全、谢斌两人以"灰色"面貌出现。谢立全编造了一段曾在国民党十二集团军独立第九旅当过少尉排长的"履历"，化名为陈明光；谢斌也编造了一段"履历"，化名为刘斌。

二

　　谢立全（1917—1973），江西兴国樟木乡人；1929年参加中国工农红军，经历了二万五千里长征。1939年受党中央派遣到广东指导抗日游击战争。曾任广东人民抗日解放军参谋长、代理司令员等职。1955年被授予少将军衔，曾任中国人民解放军海军学院院长。

　　1939年冬，中共中央派延安抗日军政大学大队政治委员谢立全，参与组建珠江三角洲抗日武装。1940年6月，中共南（海）番（禺）中（山）顺（德）中心县委成立，他参与统一领导南番中顺地区党组织和抗日武装。8月，广东省委将谢立全分配到中心县委，负责军事工作。谢立全先后担任广东南番中顺游击区指挥部副指挥、广游二支队副司令员、珠江纵队副司令员、中区抗日纵队副司令员，广东人民抗日解放军参谋长和代理司令员等职。他率部同日军共进行了140多次战斗，对开辟珠江三角洲抗日根据地做出了重要贡献。

　　谢立全之子谢小朋回忆："我父亲生前常说，在广东打游击是他一生中最自豪的事情，而他晚年也一直在广东养病。"谢小朋说父亲经常和子女念叨广东抗日游击的日子，讲述在珠江三角洲开辟抗日根据地时发生的一些感人故事。"他最常说的事就是他在中山打游击时，有一段时间眼睛'坏了'，当地百姓提供了两个土方，一个是大公鸡血，一

个是年轻母亲的初乳，后来我父亲的眼睛真就这么治好了。"①

1946年6月，谢立全参加了东江纵队主力及珠江纵队等部分骨干北撤山东的工作。

1961年开始，根据组织安排，谢立全书写了《珠江怒潮》《挺进粤中》两本书，均由广东人民出版社出版。谢立全在这两本书中全面回忆了他在珠江三角洲抗日的经历。他还将这两本书的稿费大部分用于资助北滘镇西海村的贫困户。

谢斌（1914—2010），原名谢海龙，江西吉安县禾埠乡谢家村人。1930年参加中国工农红军，1931年加入中国共产主义青年团，1932年转为中国共产党党员。曾任中国人民解放军南京军区空军副司令员，福州军区空军副司令员兼参谋长、司令员。1955年被授予少将军衔，曾荣获二级"八一勋章"、二级"独立自由勋章"、一级"解放勋章"和一级"红星功勋荣誉勋章"。

谢斌参加了中央革命根据地第一至第五次反"围剿"斗争和二万五千里长征，参加了龙岗、东韶、层顶、胡田、漳州、水口、广昌、古城、豫旺等战役。抗日战争时期，他在延安、广东历任队长兼军事教员、队长、分校大队长、纵队副司令员等职，参加了沙湾、西海、林头、唐家湾、乌头山等战斗。中华人民共和国成立后，他为部队革命化、现代化、正规化建设做出了贡献。

三

这里，还要再说说谢立全将军的一段秘密故事。

1936年6月，美国著名作家、新闻记者埃德加·斯诺在陕北采访期间，于红军西征总部驻地——宁夏豫旺堡，拍摄了一幅照片，定格了一位红军战士头戴八角帽，腰挎手枪，手举军号，迎着朝阳，吹奏前

---

① 朱辉：《一张老照片续写中美跨国友情》，《中山日报》2015年9月9日。

进号角的画面。这幅名为《抗战之声》的照片，最早是刊印在《红星照耀中国》一书里，后来成了《西行漫记》（为《红星照耀中国》中译本）的封面，成为中国人民抗日战争的伟大见证。

1937年10月，《红星照耀中国》在英国伦敦出版，接着在美国翻印。不久，又相继被译成多种文字出版，一时间闻名遐迩。1938年2月，该书中译本在上海出版，译名为《西行漫记》。中译本与原著的不同之处是增加了原著出版时不便发表的大量照片。中华人民共和国成立后，在新版的《西行漫记》中，《抗战之声》被用作中译本的封面和书中的首幅照片，那位英姿勃发的"号手"——足以代表红星照耀下的中国年轻、奋发、无畏的形象，成为一段历史和一个时代的象征，为世人所瞩目。

◎美国作家斯诺《红星照耀中国》（中译本为《西行漫记》）封面照片《抗战之声》，照片中的红军号手就是谢立全

1972年2月，埃德加·斯诺在瑞士日内瓦病逝，《人民画报》刊发毛泽东主席为悼念斯诺发的唁电时，为了怀念这位中国人民的忠实朋友，用了4个整版配发了斯诺拍摄的几幅照片，其中就有《抗战之声》。

当时在北京出席海军党委扩大会议的谢立全将军看了《人民画报》后，提笔给妻子苏凝写了一封信，信中写道："在京西宾馆买了5月份

《人民画报》，那个吹'抗战之声'（的人）是我，这可以肯定，不会张冠李戴的。回忆当时我不是号兵，我是一军团教导营的总支书记……斯诺看我健壮，衣冠比较整齐，又是背了手枪的干部，把我拉去照相的。"他在信中告诫苏凝：这事是偶然来的。这张相片登载是历史的产物，你我知道就行了。总之，"人怕出名猪怕肥"，如果不谦虚谨慎、戒骄戒躁，就要跌跤子的。①苏凝尊重了丈夫的意愿，把这秘密埋在心底。

1973年，重病中的谢立全将军觉得是时候该让孩子们知道这件事了。于是，他请有关同志与存放底片的中国革命历史博物馆联系，冲洗了几张照片，分别赠给5个子女作为永久的纪念。同年10月，谢立全在北京逝世，家人将这张照片嵌于他的骨灰盒上，永远陪伴着将军的英灵。

对于公众来说，知道那位著名的"号手"是谢立全的时间则要推迟到1996年。适逢中央电视台军事部摄制组的人员为筹拍一部纪念长征胜利60周年的专题片，重走长征路，在江西兴国发现了《抗战之声》这幅照片及谢立全生前给妻子苏凝写的信的影印件，就与海军有关部门联系，这个被谢立全悉心珍藏了36年，又被他的家人珍藏了整整24年的秘密终于大白于天下。

2015年纪念抗战胜利70周年时，斯诺的后人——侄女谢里尔·比绍夫，应邀参加了北京阅兵式的观礼活动。在中山市政协的牵线下，斯诺的后人与照片《抗战之声》主人公谢立全将军的儿子谢小朋见面。一本旧版《西行漫记》成了谢里尔·比绍夫他们的"接头"联络珍品。

---

① 朱辉：《一张老照片续写中美跨国友情》，《中山日报》2015年9月9日。

宣传抗日梁棉很厉害

　　勒流人梁棉在抗战时期，与林锵云、陈九一起进行了抗日宣传。梁棉 2006 年接受笔者采访时说："1927 年，我因为搞地下农会，被国民党通缉。所以到了抗战时期，我开展抗战宣传活动受到了多方的阻力。当时一个乡只能有一个抗日队伍，要开展抗日活动，必须向乡长申请。但在搞农会的时候，与乡长发生了矛盾，在开展抗日宣传活动的时候，也受到了恶霸们的阻挠。"

　　虽然如此，但梁棉还是一边抵抗阻力，一边开展抗日宣传。他说："当时的宣传大概都是不愿做亡国奴之类的意思。广州教忠中学到了路尾围宣传抗日的时候也受到了很大的阻力，每到一处都会被人泼水。人们也不太敢参与抗日宣传，身边的人随时都有可能是伪军，一旦被伪军发现，很可能遭殃。"

　　2013 年，已是 103 岁的梁棉讲起抗日时说"三叔"起着重要的作用，他所指的"三叔"分别是林叔（林锵云）、棉叔（梁棉）和九叔（陈九）。抗日战争时期，广州教忠中学"抗先"组织下乡宣传队，率 20 余人到顺德西海、路尾围、碧江及番禺古坝、韦涌、涩湄、张松一带开展抗日救亡宣传活动。当时，林锵云从广州被派到顺德负责抗日宣传，他来到路尾围，在教忠中学的宣传队里找到陈九，问："抗日宣传的是否就是你们这么丁点人？"陈九说："不是的，在龙眼，还有一

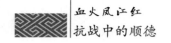

个梁棉，搞抗日宣传很厉害。"① 于是，林锵云找到了梁棉，并与陈九一起开展抗日宣传活动。梁棉说："当时见到林锵云，感觉突然间找到了组织，以前在农会无组织的抗日宣传现在可以更有组织地开展了。"

1938年6月，林锵云他们重新建立了中共龙眼支部和发展扩大了当地的群众组织抗日同志会。通过梁棉的联系，在大良恢复了大革命时期的共产党员何秋如、潘开、欧蔡的党籍，重建了中共大良支部。至此，顺德已有路尾围、西海、龙眼、大良4个党支部，隶属南顺工委，其中龙眼成为南顺工委另一个交通联络点。梁棉说："林锵云不允许我去前线打仗，因为当时熟悉南番顺情况的人不多，他怕我上前线后牺牲了，就再也找不到如此熟悉情况的人。"

梁棉在抗战胜利后，跟随部队北上，中华人民共和国成立后曾在煤炭企业任职。1975年，离休的梁棉独自一人回到伦教三洲找战友，并住了下来。刚开始时，他一直租住在一间20世纪50年代建的平房里。直到20世纪90年代初期，三洲烈士陵园建好，他搬到烈士纪念碑旁、现在住的一间旧楼里。村里很多次要把他转到新建的住处居住，老人就是不肯。虽然行动不便，但他每天都要到烈士纪念碑前坐一坐，缅怀英勇牺牲的战友们。

与何兰新单线联系

何兰新是羊额（现属伦教）人。1940年3月12日，他在参加保卫县城大良的抗日战斗中英勇牺牲，是顺德抗战初期较早殉国的共产党员。

---

① 佛山市顺德区民政和人力资源社会保障局官网：《梁棉旧居纪念馆》。

1934 年春，何兰新就读于顺德第一中学的前身——顺德农业职业学校。毕业后，继续升学，就读于广州中山大学。1938 年秋，日寇入侵华南，国民党军队不战而退，广州即沦陷敌手，何兰新随校迁往粤北乐昌县的坪石镇。当时，国民党广东当局在各阶层抗日人士的指责抨击下，乃于粤北连县的星子圩举办"高中以上学生集中军事训练"为期 3 个月的训练班，何兰新参加了训练。3 个月军训结束后，作为共产党员的何兰新，即由党组织分配，与党员岑君诚等进入国民党广东省当局所开设的"广东省地方行政干部训练所"学习，为该所行政系学员。

　　广东省地方行政干部训练所由中共地下党组织秘密领导，党总支负责人为黄福生，支书为罗湘林。由支部组委岑君诚负责与何兰新单线联系，共同为坚持党的抗日救亡路线而斗争。在此期间，何兰新对所内某些反共人物的丑恶表演，曾巧妙地予以揭露。比如：该所教育长在一次课堂讲话中，竟然发出反共叫嚣，大放厥词。何兰新就即席反问道："蒋委员长说'反共就是亡华'，教育长为什么要宣传反共呢？"这一质问使这位教育长面红耳赤，狼狈不堪，只好硬着头皮解释道："蒋委员长是讲讲罢了。"这就戳穿了蒋介石假抗日、真反共的本质，使听课的学员得到教育和启发，事后传为快闻。

　　1939 年秋天，从广东省地方行政干部训练所结业后，蔡仲填等人由何兰新带领回到顺德，任国民党顺德县政府的县、区"自治协理员"。何兰新的组织关系，随即由上级党组织转回顺德，由严尚民单线领导，并与广游二支队的党员、领导干部林枫取得横向联系。从此，何兰新回到了自己的家乡，走上了抗日救亡的第一线。

　　1939 年 3 月，顺德县城大良第二次被日寇占领。不久，日寇又退回容奇，国民党的县政府又迁回到大良。在党组织和各阶层爱国人士的推动下，顺德县政府委托何兰新、蔡仲填组织成立"县府政治工作团"，以容纳各界爱国青年，参加抗战工作。

顺德县府政治工作团由蔡仲填任团长，何兰新为副团长，有团员20多人，分为总务、宣传、救护、教育、救济等股，在县城内开展抗日宣传、开办夜校识字班、施粥救济难民，以及加强邮件检查、防止汉奸活动等工作。

◎昔日罗氏大宗祠绘图，这里是顺德人民抗日游击队成立旧址

当时，党领导的广游二支队吴勤、林锵云部有武装人员数十名驻于北门罗氏宗祠，负责市面巡逻以维持治安，政治工作团曾派出团员参与配合这一行动，对安定民心起到了很好的作用。部队指导员林枫与何兰新联系后，曾组织军民联欢活动，鼓舞士气。

1940年3月1日，日寇在容奇的驻军第三次进攻大良。由于马冈的国民党游击中队长罗某已被敌伪所收买，即于黎明前引渡日寇过德胜海（现为容桂水道），经大门村沿三眼桥直攻大良，致使部队设在金桔咀的阵地腹背受敌，被日军两门平射炮攻破。当日军抵三眼桥附近高地时，竟然插起国民党党旗冒充游击队以欺骗抗日部队，其时驻在佩岗冯家祠的顺德县政府正向三眼桥撤退，即为日寇的假旗帜所迷惑，于是全县府一干人马向高地前进，刚抵山脚即遭日军机枪扫射，当场死伤数十人，何兰新也于此时不幸牺牲。当时，游击部队分头撤离大良，顺德县城又沦于敌手。

事后，县长刘超常等曾派人到三眼桥脚找到何兰新的遗体，运回杏坛收殓。当日曾在杏坛西闸口一家当铺楼前空地上开了个简单的追悼会，把何兰新的遗体安葬在杏坛东南郊。

在掩护下脱险

2021 年 8 月 4 日，"龙江镇南坑村革命历史展"在党群活动中心内举行。该展览通过展示解放战争时期顺德人民革命斗争的历史片段、南坑村炳祖小学作为里海革命据点发挥的作用以及南坑村坑口人谭继行作为党的地下工作者（后来加入中国共产党），潜伏在国民党县政府内部，与国民党反动派进行艰苦卓绝、不屈不挠的斗争的事迹，展现当时革命先辈们忘我奉献、一往无前的崇高革命精神。

谭继行 1918 年出生于顺德县甘竹里海乡（现龙江镇南坑村）。他少时就读于广州广雅中学，在学校开展抗日救亡活动，被学校开除后依然以一腔热血宣传抗日主张，与同学岑振雄、黎寿如、魏为群等组织读书会，研究社会科学，并出版《活干》周刊。日寇轰炸广州后，谭继行家的"永兴祥"停业，其父回了顺德避难，谭继行则仍留于铺中，又组织张柏如、黎寿如、黄健、邓德文、李振国等人参加广州市靖海区御侮救亡会，开展宣传、出版、漫画、演剧、办民校等活动。

1938 年，谭继行参加广东省干部训练团政治训练班，结业后与邓德文结婚，随即被派往顺德县民众抗日自卫团统率委员会当政训员，组织抗日武装，还与林锵云有过接触。这年冬，谭继行回到家乡里海村组织了抗日自卫团"53 大队"。不料当时里海霍乱流行，他父亲染病身亡，他只能留家守孝。

1939 年春天，顺德游击队指导员何干成，在勒流黄连村大巷借用一所民房设立交通联络点，经常到龙江里海村与谭继行联系，收集敌伪情报。顺德沦陷后，里海经常遭到日伪及土匪蹂躏劫掠，生产凋零，社会秩序混乱。谭继行接受乡中父老之邀请，毅然出任里海乡乡长，接受抗日游击队的保护，并把里海一带提供给游击队作为回旋地区。

1939 年冬天，谭继行到尚未沦陷的中山大黄圃，与"中原公司"取得联系。该公司是中山、顺德爱国青年如杜启芝等组织的抗日团体，以商业作为掩护，已同广游二支队司令吴勤取得联系，并用经商的收入秘密购置了一批武器。谭继行与杜启芝等商量后，准备回里海甘竹一带组织"大原公司"与之互相呼应，把中山和顺德周边的游击队组织起来。令人叹息的是，1940 年年初，中山也沦陷，"中原公司"被日、伪军冲散，武器散失，人员转移到澳门、香港。

就是在这样的环境下，谭继行还是到香港组织读书会，维系着 10 多名流亡爱国青年的关系。不久，谭继行、黄健回到顺德与共产党领导的游击队联系。此时，中共广东中区特委派出党员李进阶、胡泽群、郑文骥等人以国民党党部干事身份，到了顺德六区东风围廖竹溪家落脚。廖竹溪把谭继行介绍给李进阶后，三人经常在里海村碰头研究敌后的抗日活动，他们决定在敌占区发动群众以"灰色"面目出现，成立教师联谊会，并吸收一些进步青年参加。有一次，在黄连村开会，参加人员有李健、黄健、谭继行、何大庆、余民生、郑文骥等。后来，谭继行他们又在廖竹溪家中出版印发油印刊物《捷报》，从此互相密切联系。

1941 年至 1942 年 5 月间，吴勤为筹划军费，派李少松、陈九等人到西江运货经商，但沿途关卡甚多。李少松得到王磊（即王迪文，中共北江特委负责人，是谭继行在广雅读书时的同学）介绍，与谭继行相识。当货运在日军封锁线受阻时，李少松就将货物留在里海谭继行家里暂避，人也在谭家住宿。谭继行还把李少松介绍给了当地各有关武装头面人物，使货物容易通过。曾有几次货物被里海一带土匪扣留，都是由谭继行出面交涉而获放行。

1941 年，日军在江佛公路水藤段被群众武装袭击，日寇疯狂报复，伪七区区长周晓东带敌人到里海烧村，谭继行祖居也被烧毁。此时，谭继行的家境甚为困难，祖传产业除住屋外都卖尽，其母及诸弟妹或出外谋生，或送人收养。谭继行与妻子邓德文及儿女则靠邓德文在乡设医馆助产才勉强维持生计。虽然如此，谭继行仍四处进行抗日救亡活动。1942 年年初，廖竹溪和谭继行以国民党六、七区分部书记和指导员的身份到五区莘村、良村、马村活动，并会见马济（也就是曾岳），积极支持马济关于"要真正抗日就要联合二支队"的正确意见。

余民生、黄健两位老同志回忆说，1942 年 4 月间，李进阶调往中山。党组织派邓梦云来接替李进阶的工作，并化名为陈安，在勒流、里海等地活动。那时，谭继行已经在勒流开有一家小店，就让邓梦云的亲弟邓耀生（化名李英）在店里住下，并负责交通联络。1943 年 4 月，党组织派张日清到勒流，在旧工会祠堂与邓德文一起教书，开展地下活动，也得到谭继行的支持和掩护。

1945 年 12 月，余民生由南海南三大队返回黄连，在勒流见到廖竹溪和谭继行，经过深入了解后，就和他们联系起来。余民生到广州找党员郭静芝时，没有适当的住宿地方，想起邓德文是住在广州其母亲家里（为广州市西华路金花街安荣里 15 号），就找到邓德文，并在该处借宿，日间则四处活动，寻找部队关系，并在西门口偶遇珠江纵队二支队政治处主任黄友涯。黄友涯对余民生说："南三大队政委吴星涛来了广州没有地方住。"闻讯，余民生带着吴星涛到金花街的谭继行岳母家住下。当时，谭继行到广州也是住在那里，就这样与吴星涛相识了。不久，吴星涛被叛徒出卖，不幸在金花街被捕，好在经党组织营救获释。当时，余民生、黄佩兰得到谭继行、邓德文夫妇掩护，方得及时脱险。

1946年年初，李株园了解余民生的组织关系时，余民生把六、七区情况及谭继行、廖竹溪、黄健等关系全部讲述，李株园同意余民生和他们加强来往。1947年11月，谭继行出面与"广东第一清剿区顺德谍报队"队长苏汉联系，协助地下党员杜启芝在容奇上街市成立名为"谍报第九组"的武装小组。该武装小组表面上是杜启芝的私人势力，实为顺德地下党的秘密武装组织。后来，杜启芝把谍报第九组调到镇公所驻扎，改挂"民众自卫大队独立第四分队"番号，成为容桂地区人民武装的骨干队伍。这支队伍也是解放战争时期顺德在恢复武装斗争中建立的第一支人民武装。

顺德县人民政府成立后，谭继行先后任民政科副科长、大良镇委书记兼镇长。

第十章　褪不了的疤痕

蔡廷锴在陈村被敌机击中

　　一·二八淞沪抗战最激烈时，十九路军上将总司令蔡廷锴寝食难安。为深入了解前线战况，以制订更加周密的作战方案，他多次到前沿阵地观察敌情，屡次遇险。

　　第一次是 1932 年 2 月 10 日，蔡廷锴到淞沪炮台视察，当时正值涨潮，日军舰队向炮台驶来，边靠近边发射炮弹。突然，一发炮弹向蔡廷锴的位置飞来，警卫黄荣秋听到炮弹破空的声音，立即把蔡廷锴扑倒，随即炮弹在十几米外爆炸，掀起的气浪把吉普车冲得左摇右晃，幸未伤人。不到两分钟，又有一发炸弹落在蔡廷锴身边两米处，幸运的是炸弹并未爆炸。第二次是 2 月 11 日，天才刚亮，日军便派飞机袭击军部，外围卫兵牺牲数名。午后，蔡廷锴坚持前往闸北视察，到达第六十师一八〇旅前沿阵地时，蔡廷锴不听劝阻，进到距离敌方守兵只有 40 多米的阵地观察。因蔡廷锴身材高大，目标暴露，遭到敌人机枪扫射，他的警卫黄荣秋立即把蔡廷锴推入掩体，但蔡廷锴左肋下军服仍被子弹穿破。看到黄荣秋和随行人员神情极度紧张，蔡廷锴哈哈大笑道："你们放心吧！小鬼子还没灭掉，我是不会死的！"

　　莫德平先生在《蔡廷锴将军贴身卫士的传奇人生》①一文中记载，抗日反蒋的"福建事变"失败后，蔡廷锴到海外考察，黄荣秋则回到罗定家乡娶妻生子。1937 年七七事变后，抗日战争全面爆发，蔡廷锴

---

① 　莫德平：《蔡廷锴将军贴身卫士的传奇人生》，《云浮日报》2020 年 12 月 20 日。

立即回国参加抗战，担任"大本营特任参议官"。同年10月，蔡廷锴写信给黄荣秋，嘱其立即来参加抗战。行至半路，黄荣秋获知蔡廷锴在南京遭遇车祸，左腿受了重伤，连忙赶到，把蔡廷锴护送到香港治疗。翌年6月，护送蔡廷锴回罗定龙岩养伤。

1938年10月12日，蔡廷锴在家乡突然收到余汉谋急电，说日军已于凌晨在大亚湾登陆，希望蔡将军立即启程前往省城共商抗敌大计。蔡廷锴乘坐余汉谋派来的小火轮出西江，随行的除黄荣秋等几个卫士外，余汉谋还派来了一个班的宪兵。18日上午约9时，蔡廷锴一行抵达顺德陈村江面时，见岸上逃难的民众一群接一群，扶老携幼，女哭儿啼。突然间，敌机飞来，疯狂地向手无寸铁的难民扫射，当即死伤遍地。黄荣秋和警卫拥着蔡廷锴躲避到岸上桑基，还未隐蔽好，蔡廷锴就被流弹击中腹部，血流如注，幸没伤及要害。当晚，他们撤到肇庆对岸新兴江口的一间砖窑厂。经过包扎治疗，蔡廷锴的伤情稳定下来。他特意交代黄荣秋，要保管好他染满鲜血的血衣，对日寇一定要血债血偿。在砖窑住了几天后，蔡廷锴联系上了余汉谋，余汉谋邀蔡廷锴担任广东抗日自卫团西江游击指挥官。蔡将军义无反顾地接受了这一任命，随即前往各地视察备战情况，没想到更大的凶险正在等着他。

11月9日，蔡廷锴从江门前往开平，为了躲避敌机，他们凌晨4时出发。没想到，敌人似有所料，居然有9架敌机沿路投下照明弹，专门寻找汽车进行轰炸。7时，又有15架敌机追到，炸毁了路上的汽车。幸好黄荣秋早就察觉，提前让车队隐蔽起来。蔡廷锴由此做出判断，敌机是冲自己来的，以图报一·二八淞沪抗战损兵折将之仇，而且，肯定有汉奸暗中通报消息。

11月10日，蔡廷锴一行从台山前往阳江，为了防止行动被汉奸获知，决定凌晨4时秘密出发，到达那隆时，天已拂晓。蔡廷锴对黄荣秋说，恐怕今日仍有敌机追来，不如先在台山休息，午后再入城。下午2时，大家判断敌机不会来，便出发了。离城只有5公里时，一群敌机突然飞来，投下数十枚炸弹后，又用机枪连续扫射了半小时，将3辆汽车完全摧毁才离去。敌机离去后，清点人员，只有一名卫兵被石子弹伤面部。蔡廷锴说，这是自己军事生涯中最惊险的一次。

头胸腿一同中枪

　　黄婵是北滘西海人，出生于1917年10月3日。1940年11月，南（海）番（禺）中（山）顺（德）中心县委和广游二支队司令部进驻顺德西海，经过近一年的努力，初步建立起以西海为中心的抗战基地。当时，日伪加紧了对沦陷区抗战军民的进攻，伪军第二十师四十旅把在番顺地区的进攻重点放在驻西海的广游二支队。

　　自从广游二支队进驻西海后，黄婵和丈夫林又得到了广游二支队队员的信任，经常义务为二支队的队员摆渡。黄婵身上的枪伤就是在执行任务时遇袭留下的。有一天黄婵等人要载一位游击队教官和几名队员到中山开会。当天下午5时左右，教官和队员上船。以防万一，他们扛了一支大枪上船。本来大家想趁着天黑出发，顺流下中山，但船到乌洲的时候，遇上了李塱鸡的部队，要拦下检查。黄婵等人当然不能靠岸让敌人检查，就跟他们打了起来。双方激战中，黄婵不幸被击中三枪，分别是头、右胸肋骨和右小腿。

　　黄婵受伤后，小船在大洲靠岸，大家分散撤离。同行的游击队员在大洲帮黄婵止血，再把她紧急送往大良一个叫罗秀珍的医生处救治。

　　2016年，99岁的黄婵离开了人世。

跳入水中躲子弹

2020 年 9 月，笔者参与了顺德区博物馆、顺德区文物保护巡查工作办公室组织的专题采访活动，对陈彩娇、马仁、周胜等当年的抗战老战士做了专访。

陈彩娇 15 岁就参加了西海"姐妹会"，在那个物资短缺的抗日战争时期，西海"姐妹会"想方设法为部队筹集物资，为部队提供后勤保障。不仅为抗战队员提供补给，还协助运送队员参加战斗。

顺德水网密布，"姐妹会"的工作并不仅仅是划艇那么简单，还时常得应对突如其来的战斗。陈彩娇在护送队员过程中，就有过生死一线的惊心动魄时刻。"有一次日本鬼子入侵，村子里的人都跑了，就只剩下我和另外一个叫阿青的女孩，我 16 岁，阿青 18 岁。"

陈彩娇记得很清楚，那天晚上她和阿青两人划着船，护送 10 名二支队队员到大洲海，在快到达的时候，不料被敌军发现。刹那间，枪声大作，漆黑的夜被炮火照亮了。"子弹'啪啪'地打过来，打在我们的小艇上，但不知道为什么，心里一点也不觉得害怕，也可能是因为年少胆大。"

当时在敌军猛烈的攻击下，小艇上的人只能跳入水中躲避。"我游到附近甘蔗地里，跟大家失散了。"后来陈彩娇经过几番周折，又重新回到了北滘西海，继续在"姐妹会"中为前线士兵提供后勤保障。

陈彩娇记得最清楚的是同村的冯二女，冯二女是富农家庭，但抗日战争期间，她的丈夫和公公均被杀害。当时，冯二女认为有钱也死，没钱也要死，还不如捐钱帮抗日部队抗战。为了报仇，冯二女决心加入抗日队伍，并向部队捐出家里的田地、房屋以及物资。冯二女家共有5个女人，后来也全部加入抗战妇女会，有3人在战火中牺牲了。

"凡是体力允许做的活，我们都能做。"作为后勤人员，支援抗战的顺德女性划艇将稻谷运往陈村碾成米。其中有一次经历让冯二女记忆深刻："我们运送几袋米，途中被敌人发现了，刚好碰到部队的另外一只艇，我们迅速把稻谷转移到该艇上，然后马上逃上岸，来到一个小店铺，老板娘人非常好，让我们爬梯躲在厨房里，敌人走了之后再让我们离去，非常感谢她。"冯二女还送过情报，而且没有出过一次差错。"我们把情报藏在斗笠里、头发里，甚至饭团里，尽量不让人起疑心。"

放哨时碰到老虎

马仁14岁那年，在碧江地下党员的推荐下，正式加入游击队。随后，他跟随大队来到西海，参加了由陈胜率领的抗日武装队伍。

马仁的抗战历程从1944年开始。"那时没饭吃，在北滘的中兴农场做散工，干一天才一斤米。当时有一个叫梁姐的中年妇女在碧江夜校免费教课，我便跑去听课。我的父亲在恶劣的环境下病死了，母亲被饿死了。后来梁姐对我说，反正你没父没母，不如你到西海去找一个人参加革命。"就这样，他加入了珠江纵队二支队。马仁还记得碧江的"猪头岗阻击战"，那是他加入游击队后打的第一场仗。当时他其实还是一个小孩，手脚颤抖了一个多小时，但当遇到敌人时，就没想其他，只想击退敌人。当时马仁和另一个小队员在碧江炮楼遇到了准备前往攻打西海的日、伪军，他俩在高高的炮台上借居高临下的优势，仅用步枪和土炮弹就击退日军及伪军。这一次经历，极大鼓舞了马仁的抗战信心。

1945年农历三月底，支队收到情报说日军即将进攻。敌强我弱，支队迅速收拾行装，半夜3点煮饭，准备吃过早饭马上启程撤往广宁。"那时，刚吃完饭不久，敌军来了，班长准备大炮，我们把弹药、破片等塞进炮里面，他招呼我按着炮尾部，只听见轰的一声，炮弹发出去了，烟雾弥漫，敌军迅速后退。我们趁他们后退的时候迅速撤退，那是我第一次开炮。如今放在西海烈士陵园展馆里面的那门炮，就是我们当年用过的。"

"步行至广宁大概用了10天的时间。当时我们大约有500人，而据说敌军有3000人。为了尽量不显露行踪，我们选择夜间行进，当时我们仅有的几个手电筒也不准开。"马仁说，部队行至三水处地界，与敌人展开了一次正面交锋。"当时在三水的两个祠堂落脚，敌人一路追击，发现了我们的行踪，于是开枪对决。当时的三水还是遍地的桑基和蔗林，我们熟悉地理形势，迅速逃走。但当时我们班的11人，牺牲了6人，很是痛心。"

那是第一次正面交锋，马仁说："以前听别人说得多，说日军有多厉害，所以当时很怕，一会儿就尿急，一会儿又尿急，心跳得特别快。但后来经历了几次交锋之后，发现自己越战越勇。"

马仁83岁那年，与人谈到受伤，他拉起衣服，指着心口处的一条疤痕说起了当年的经历。"当时也是一场面对面的交锋，敌军一个炮弹过来，我们迅速趴下，当时只听见'噗'的一声，我已经意识到有问题了，但也顾不上。后来感觉有一些凉凉的东西流下来，一摸，原来是血。翻开衣服一看，发现一块炮弹的破片插在胸口，我迅速拔掉。战友拿了一些烟丝掬在伤口上面，再在裤腿的地方撕了一块布包扎好，继续抗敌。此后，也曾经被破片击伤了右肩和头部。"

部队到达广宁之后，迅速登上五指山。"越高的地方越有利，敌军越难进攻。当时我们从太阳下山时上山，到第二天太阳出来才到达。五指山上有一个村，由于老虎多，村民都移居别处，我们就在这个村里面安营扎寨。"

因为这是老虎出没的地方，当时有几个队员在放哨时被老虎吃了。"有一次，一位队员去接岗，但找不到前一个放哨的人。于是回去报告，部队派人去找，在地上发现了他的枪支，不远处发现了破烂的衣服，然后在另外一个地方发现了他血肉模糊的尸体，身上肉质丰满的地方，如大腿，都被老虎给吃掉了。这些老虎，还会把尸体藏起来，等下一次继续饱餐。"

后来，部队将一人放哨改为两人放哨。"我们曾经在放哨的时候碰到过老虎，它们在山下，正在上山来，我们开枪想打，但它们迅速逃走。"

还没枪高就加入广游二支队

周胜，1928 年出生于顺德北滘，1942 年参加抗日武装广游二支队，1948 年加入中国共产党，参加过抗日战争和解放战争，中华人民共和国成立后转业到地方工作，长期在邮电系统和交通系统任职。

"敌进我退，敌退我们就追击。"2021 年 4 月，93 岁的抗战老兵周胜在家人的陪同下再次来到顺德西海抗日烈士陵园，缅怀当年同在这片土地战斗过的战友。

"那时我在北滘，看到日军在西海周围烧杀，日本人见到老百姓就打,把整个村都给烧了,当时西海军民同仇敌忾参加抗战。"1941年,只有13岁的周胜见证了中国共产党领导的抗日力量广游二支队团结带领西海人民取得以少胜多的"西海大捷",坚定了他参军抗战的决心。

1942年,"还没有一支枪高"的周胜在大哥周郁文的带领下参加了广游二支队,从此踏上了抗战的道路。抗日战争和解放战争时期,周胜随部队在南番顺一带参加了多场激烈的战斗,并转战粤北、江西和广西梧州等地。1948年7月,周胜随部队在赣粤湘交界的江西省大余县一带战斗,在战斗间隙,党组织为他和其他三名同志举行了入党宣誓仪式。"当时用一张红纸写下入党誓词,我们就这样宣誓入党。"周胜对在战场上入党的情景铭记于心。

刚许下入党誓言,周胜就马上迎来一场残酷的战斗考验。"当时赶路上山,走到山腰,正面遇上一个营的敌军。战斗非常惨烈!"这场敌众我寡的遭遇战足足打了一个多小时,队伍翻越了几座大山才得以脱身。

◎西海村设有二支村民
小组

在激烈的战斗中,周胜走了几十里路,脚上草鞋早就掉了,脚板插进了许多大竹棘也浑然不觉,直至回到后方才发现。卫生员用针挑出竹棘,周胜忍住剧痛,一声不吭。

"走水"时被日军打死

　　20世纪30年代初，因世界经济危机的影响，珠江三角洲，尤其是顺德的蚕桑农业出现大萧条，以至于有蚕农掘桑头改种其他作物；后来由某些乡绅操纵的保康围农场（又称保康公司，中华人民共和国成立后部分土地划属仙塘劳改场）甚至引种鸦片。保康围农场邻近苏埠，引诱得一些农民无心耕种，基塘丢荒。

　　1938年12月17日，日军进犯龙山村、苏埠村。苏埠地处江佛公路边，是日军必经之地，村民早早就逃跑到基埌躲避。日军进村后四处找人，村民左三根在北坊大沙塘伏在塘边躲避很久了，有点不耐烦，想看看日军收兵否，刚抬起头，即被发现，被日军一枪打中，即时身亡。

　　随后，日寇在龙山、苏埠实行严厉的物资掠夺和经济封锁管制。龙山本来就不是产粮区，粮食一向都是从外地运来的，日本军队到处强制征粮，完全不顾百姓死活。一旦没有粮，龙山即时陷入大饥荒。到1940年后，无助的乡民很多被活活饿死，抛尸街头。一到寒冷的冬天，龙山联济善堂每天都要收拾七八具死尸；苏埠街市也不时看到死人尸体，有时一天有三四具。因为死尸太多，起初还会用草席草草包了掩埋，再后来只能拉到山边一丢了事。

　　沦陷时期，不甘愿坐以待毙的人，有的就做起"走水"①的事，冲

---

① 走水：指走水路逃生。

过日军控制的西江，到鹤山沙坪买些杂粮食物，维持生计。因为当时日军只是占据九江，以西江为界，江之南的鹤山仍然是"国统区"，那边杂粮、食物比较多。不过，日军经常派出部队和汽艇严密封锁着九江沿线的西江水面，一见有艇有人偷渡过江即射击枪杀，从江北南海过南岸鹤山犹如过鬼门关。1939年前后，苏埠北坊人叶祥、叶行和叶棉为生活所逼偷渡过沙坪"走水"，均在九江横矶被日军开枪打死，尸体也收不回。

有一次，苏埠人周甜在九江沙口搭艇仔，被日军放枪追截，仓皇中跳水躲避，在茫茫西江中抓住艇上的一块木板，一直顺水漂流10多公里到顺德右滩才得以上岸，捡回了一条命。不料，日军后来还是抓捕了他。1940年的一天，周甜乘坐日本人管办的江佛公路"发达公司"的客车时被撞伤脚胫骨，日军答应给他治伤，实际上一直在拖延，本来不是十分严重的骨裂伤，最后竟截了肢，造成终身残疾。

左章熊老人回忆说，1937年，他们忍受饥饿的时候，上面派来一名蚕桑技术员在苏埠胡祠堂开设了蚕训班。蚕训班在晚上上课，参加的大多是青年人，左章熊也是蚕训班学员。授课老师在每晚上课前，都向蚕农们讲日本侵略中国的情况，号召大家要团结抗日救国。

掩护叶剑英家属与草明撤到延安

2002年7月14日的《延边日报》2版发表了张韶英的文章《峥嵘岁月——记张玉声抗日战争时期革命片段》。文章开头写道："我写的张玉声是广东顺德人，1919年出生在一个贫苦农民的家里。由于生活所迫，他13岁就背井离乡到广州谋求生路。先后在百货店、布店、饭馆、旧报馆当过学徒工、伙夫、报童，挨打受骂，受尽欺辱，吃的也只能是掌柜的残汤剩饭，时常流落街头。"

张玉声是勒流黄连村人。1937 年抗战全面爆发后，由周恩来同志亲自领导的《新华日报》在广州设立分馆。张玉声的哥哥张年在这个报馆当派报工，他就经常到报馆帮助哥哥工作。1938 年 8 月，报馆招用一批新工人，经报馆经理李雪峰同意，张玉声就到报馆当了派报工。

1938 年，正当全国抗战处于高潮的时候，国民党顽固派封闭《新华日报》广州分馆，制造事端，其时第二次国共合作陷入危机。9 月的一天，时任八路军广州办事处主任的云广英同志来报馆找到张玉声，同他促膝交谈，详细了解张玉声的身世、经历和革命愿望。云广英很喜欢张玉声正直、勤奋，机敏、活泼好动的品质和性格，选中他到八路军广州办事处担任通讯员工作。

当时，办事处的主要任务是掩护地方党组织的活动，开展党的抗日民族统一战线工作，给前方提供物资和药品，是我军后方与前方的联络站。张玉声刚到办事处时，当时领导八路军广州办事处的廖承志同志正以《新华日报》广州分馆的名义，在广州哥伦布酒店召开各界人士座谈会，愤怒揭露和批判国民党顽固派破坏抗日民族统一战线的阴谋和摧残抗日青年群众的罪行，重申我党的正确主张。会上，混入会场的国民党特务分子乘机捣乱和发表反动言论。张玉声和办事处同志一起挺身而出，同与会代表一起把特务分子赶出会场，挫败了敌人的这一阴谋。

1938 年 10 月中旬，八路军广州办事处奉命迁往粤北的翁源县继续坚持工作。10 月 21 日广州被日军占领。不久，由于汉奸告密，办事处驻地被日军飞机炸坏，工作处境更加艰苦。12 月，张玉声同办事处同志一道转移到韶关，办事处改名为"八路军韶关办事处"，在广东省委和桂林办事处领导下开展工作。过了一段时间，张玉声在八路军韶关

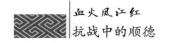

办事处加入中国共产党。

1940 年秋，国民党顽固派加紧准备掀起第二次反共高潮，中央指示八路军韶关办事处转移到广西桂林。转移前，办事处发出紧急通知，揭露了国民党顽固派破坏抗战，妄图实行分裂、倒退、投降的罪行，张玉声和同志们巧妙地与跟踪特务周旋，夜以继日地奔走各地，将通知分发给抗日民主党派、民主人士、抗日群众团体，以及国民党当局各机关。之后，办事处就结束了公开活动，分两批转移。张玉声随云广英同志从韶关转移到八路军桂林办事处。

1940 年年末，张玉声和云广英奉命调到了八路军重庆办事处，跟随周恩来同志一起工作。新四军军长叶挺被俘后，《新华日报》刊登了周恩来的一篇文章，引发国民党大批军警特务阻拦报纸的发行，逮捕报童。当时，办事处的油料十分紧张，作为油库管理员的张玉声，既要保证周恩来等同志用油，又要保证油料各方面的安全。一次敌机袭击办事处油库，张玉声为保护油库，一条大腿在敌机扫射中受伤。还有一次，张玉声押送油车从重庆到贵阳办事处时，在遵义附近翻车了，他就动员百姓，一起坚守半个月保护这辆油车，直到任务完成。

张玉声在周恩来身边工作 4 个月的时间里，听周恩来作报告、上党课和文化课。周恩来还检查了张玉声的学习情况，称赞张玉声进步很快，称他为"张小鬼"。在 20 世纪 70 年代，周恩来总理还曾说自己与张玉声是同一个党小组的。

1941 年 1 月发生的"皖南事变"，标志着国民党反动派第二次反共高潮达到顶点。4 月，周恩来同志命令张玉声和部分工作人员护送吴玉章和叶剑英的家属，还有作家、同为顺德人的草明等撤退到延安。临行前，周恩来找负责护送的工作人员谈话，说明局势，提醒同志们："现在的国民党反动派像恶狼一样，你们要注意！"

不出所料，在向延安转移的途中，张玉声和撤退人员几次遭到国民党军警的阻拦，他们甚至把所有人员和乘坐的大小5辆汽车、枪支和弹药全部扣留。后经办事处与国民党当局的斗争与交涉，才迫使敌人放行。

5月，张玉声和撤离人员历经艰险，终于到达陕甘宁边区。一踏上这片解放的土地，大家情不自禁地欢呼雀跃起来，纷纷从汽车上跳下来，有的激动地哭了，有的捧起一把土亲吻着，有的相互拥抱，见到老百姓也拥抱。他们抬头看着解放区那蓝蓝的天，深深吸了一口解放区那新鲜的空气，把在敌占区的那种郁闷全部吐了出来。

到达延安的第二天，毛泽东主席和朱德总司令就亲切会见了他们，并特意举办了欢迎晚会。"周恩来同志要我到了延安才告诉你'我是顺德人，是会说广东话的顺德人'。"就在这场晚会上，张玉声、草明这对顺德老乡相认了，他们这才知道周恩来同志的良苦用心与细微的安排。

原来，周恩来同志选定张玉声护送吴玉章和叶剑英的家属、草明等撤到延安时，专门找张玉声交代："你和草明都是顺德人，关键时候要用你们家乡话沟通，万不得已才用，到了延安可告知。"

在延安期间，张玉声先后被派到中央党校和中央西北局党校学习。

1942年秋，胡宗南率部大举进犯边区，张玉声被派到陕甘宁边区关中分区税务分局担任管理员、发票员。日寇残酷的"扫荡"和国民党的经济封锁，造成边区物资严重短缺，给边区的工作生产带来极大的困难。当时延安出版的《解放日报》靠用草纸印刷，边区没有什么主要工业，只有一些手工业，农业基础薄弱，税源不足。为了完成任务，张玉声徒步走遍所管税户，宣传边区的税收政策，讲清道理，主动服务。那时，边区一些地方三天就赶一次集，尽管敌人严密封锁，仍有不少"白区"的人民设法把生活资料，如日用品、医药、布匹等偷运到解放区，做紧缺的煤、盐物资交易。张玉声把握时机，及时缴

税入库，完成任务。

1944年年初，张玉声被调到陕甘宁边区关中警备一旅司令部任副官。1945年，警备一旅奉命与延安南下干部一路南下，准备接收敌占区。部队先到距离延安不远处的张村训练几个月后，在延安机场接受了毛泽东主席、朱德总司令检阅。后来，部队向山西、河南进发。一路边走边与日、伪军作战。途中，总部命令部队返回山西太行山，在刘伯承率领的一二九师师部驻地集结整训。整训中，张玉声调到了延安南下干部大队任副官，此时是董昆任大队长，雍文涛任政委，云广英任副政委。

1945年8月，日本无条件投降。毛泽东主席命令接收敌占区，歼灭拒不投降的日军残部。9月，延安南下干部大队奉命到东北执行接收敌占区的任务。张玉声和南下干部大队的同志们从山西太行山出发，靠两条腿急行军，而且一路上还要边走边打仗，用了一个多月的时间才走到河北的山海关，从这里乘火车直达沈阳。彭真同志在沈阳接见干部大队全体同志，指示延安南下干部大队分兵出发。11月初，以雍文涛同志为首的33名延安干部到达长春，张玉声就是其中之一。

遵照中共中央东北局和吉林省工委的指示，雍文涛一行即刻赶赴延边开展工作。由于长春—图们铁路尚未恢复全线通车，他们11月6日乘卡车从长春出发，但卡车刚驶到长春郊区就抛锚了。傍晚才赶到九台，车再也不能动了。雍文涛立即与苏军交涉欲坐火车前往，到了深夜才有一列运送钢材的敞篷货车驶过，允许他们乘坐。雍文涛一行爬上列车之后，一路上走走停停，几天几夜不吃不喝，同志们衣着单薄，寒风刺骨，10日才赶到敦化。在那里又等了一天，深夜开车时正巧下起了大雪，蹲在冰凉钢材上的同志们个个都成了雪人。就这样，他们历经千辛万苦，前后用了6个昼夜的时间，于12日到达朝阳川。当天，东北抗日联军延边分遣队负责人姜信泰同志乘大卡车到朝阳川接雍文涛、云广英、董昆到达延吉。

雍文涛一行到达延吉后，立即听取了姜信泰同志的汇报，传达了中共中央东北局和吉林省工委的指示，撤销了中共延边委员会，于 11 月 15 日成立了中共延边地方委员会。雍文涛任书记，姜信泰、云广英、董昆等 6 人为委员。接着，在延边地委的领导下，迅速接收了伪"间岛省"政府，建立了人民政权。11 月 20 日在延吉召开的延边各界人民代表大会上，选举产生了关选庭、董昆等 13 人为委员的延边政务委员会。11 月 21 日，政务委员会举行第一次会议，组成了延边行政督察专员公署。关选庭为专员，董昆为副专员。会议通过的"十大施政方针"宣布：前临时伪"间岛省"政府，从此宣告废止。会后，张玉声被任命为延边行政督察专员公署财政科税务股股长。1946 年年初，张玉声调到龙井市筹备成立税务局并担任税务局局长，开始了他在新形势下的工作和战斗生活。

16 名枪手去绑架"万能老倌"

有"粤剧伶王""万能老倌""万能泰斗"之誉的顺德龙江人薛觉先，在抗战时期的烽火岁月中，奋不顾身投入抗日救国的宣传。这名有着卓绝贡献的粤剧表演艺术家，在那个难忘的岁月里，通过诗文尽抒胸臆，充分表达其爱国之情、战斗之志。

"欲国不亡，先振人心，戏剧更负社会教育之重责，系哀乐盛衰之机枢。欲使吾民兴爱国之热忱，挽狂澜之既倒，不有斯作，何以沿衰，观者取其正义而扩其精神，抗战兴邦，赖此多矣"。[①] 这是薛觉先

---

① 曾石龙主编：《粤剧大辞典·人物》，广州出版社，2008 年，第 932 页。

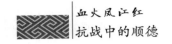

剧团于七七事变后仅半个月，在 7 月 25 日演出《貂蝉》时，旗帜鲜明地为义演所申述之说明书。

当日寇侵华战火即将燃烧到中国南方大地，南粤大地军民奋起准备抗战，粤剧艺人不甘落后，广东"八和戏剧工会"在广州海珠戏院演剧，筹款支持前线。正在香港拍电影的薛觉先、唐雪卿夫妇，率领白驹荣、曾三多等薛觉先剧团人员，专程赶到广州参加义演，决心为前线演好戏。他们以粤剧特有的艺术演绎手法，演出多场粤剧，激发广大民众的爱国主义情怀，同仇敌忾，团结抗日。

以薛觉先为首的觉先声剧团上演过《梁红玉》《狄青》《西施》《貂蝉》等多部寓意爱国抗战的好戏，而《王昭君》更为突出，薛觉先还在该剧中先演汉元帝、后扮王昭君。1940 年新年演出此剧时，剧团特意编印了演出"专号"，薛觉先亲自撰写了献词表示，抗战军兴，举国人士，无论男女老少，均卷入大时代洪流中，感觉国家险危，民族沦亡，如何加强抗战力量，驱除群丑，以谋独立生存之道，策复兴民族，必须群策群力，各本其自身职业技能，努力贡献于国家，方是以挽回全局。接着阐明编演此剧的意图，是要鼓动观众"增强抗战情绪"，为此对各个艺术环节"靡不详细巧订，切合时代"，精心经营，用心良苦。献词的最后，薛觉先表示："觉先愿随邦人君子之后，严守自己岗位，努力艺术工作，敬祝我前方后方，一致争取最后之胜利！"①

1941 年冬，日寇侵占香港，满怀爱国热情的薛觉先深感在香港难以施展才华，于 1942 年 5 月，冒着生命危险逃离香港，到湛江后即在报上刊登《脱离敌寇羁绊返国服务启示》。日寇见报大怒，指派宪兵小队长和久田率领 16 名便衣枪手前往湛江实施绑架，并潜伏于赤坎一家酒店伺机行动。当时，薛觉先正在赤坎"百乐戏院"演出，得接当地

---

① 曾石龙主编：《粤剧大辞典》，广州出版社，2008 年，第 662 页。

爱国人士通报，迅速把剧团班务交托吕玉郎，与妻子唐雪卿由后门上汽车驶过寸金桥，安全进入华界。日寇尾随穷追，企图把其骗出寸金桥头就乱枪射杀。但薛觉先机智躲藏，蛰伏草棚一段日子，再联络集齐原班人马，遂率团步行转赴广西、云南，进入大后方，编演《西施》《王昭君》《战地莺花》等一批爱国题材的粤剧，为抗日救亡图存奔波鼓与呼。

抗战期间，薛觉先创作了《四省之行纪事诗》（七绝）。在《纪事诗》开头，薛觉先深情地介绍，一九四一年秋，余率觉先声剧团同人，"经广州湾（即现在的湛江）进入内地，返回战时大后方服务，历时四载，行经粤桂湘滇四省区，所历所见，观感一新，工余得暇录为纪事诗，以志此行之鳞爪。复员后检查陈稿，得六十余笺，重读之下，虽然意钝笔挫，漫不成章，但因世事沧桑，亦弥觉其有谏果回甘之味也。"[①]

薛觉先在战争期间饱受流离颠沛之苦，这不但大大损害他的健康，对他的精神刺激也很大，所以抗战胜利后他在广州演出一个多月便匆匆赶去香港，但他的老家"觉庐"已被炮弹打了一个大窟窿，满眼是劫后的苍凉景象。原来，广州湾的报纸一登薛觉先启事后，敌伪马上把他的"觉庐"查封了，室内所有贵重陈设均被劫掠一空。

参加淞沪会战绘制油画

在抗日战争这场关系到民族生死存亡的大搏斗中，中国的艺术家们也经历了一场心灵的震荡、情感的冲突和精神的洗礼。顺德龙江人、

① 崔颂明、伍福生：《粤剧万能老人佬：薛觉先》，广东人民出版社，2009 年，第 91 页。

黄埔军校革命画报主编梁又铭是典型代表之一，他在中华民族波澜壮阔地为争取民族独立和人民解放而英勇反抗外来侵略的伟大历史时期，以"天下兴亡、匹夫有责"为大义，创作了一批以抗日战争为题材的美术作品，将民族危难、军民誓死奋战的历史画面诉诸画笔，充分展现了中华民族自强不息、发奋进取、不屈不挠的民族精神，为后人留下了一个重要时代的记录和一笔宝贵的精神财富。

中国人民抗日战争纪念馆曾将梁又铭毕其心力创作的部分抗战画作举办专题展，题为《一个人与一个时代：梁又铭抗战时期画展》。它们记录了一个伟大的时代，也昭示了个人与时代、个人与国家民族的前途命运息息相关，是一部生动而感人的爱国主义教育教材。

九一八事变之后，日本为了转移国际视线，并迫使南京国民政府屈服，于1932年1月28日夜里悍然发动一·二八事变。梁又铭得知消息后主动请缨前往上海参加淞沪会战。其间，他编绘了《日本侵华史》《日本侵略中国漫画鸟瞰图》等作品，用画笔记录了日本侵略者的罪恶行径。作为军旅画家，梁又铭总能最先捕捉到第一手资料。他想以画为媒，绘制战史油画。但绘制空军战史画，除了艺术技法外，还需要航空及机械知识的理论支撑。而这些知识体系，于他而言是未知领域。为此，在绘制重要战役画作前，他先得详细收集数据，包括时间、地点、气候、参战人员、作战队形等。一旦空袭警报拉响，他便逆行在炮火之下速写速记，然后回到画室制作敌我双方的战机模型，一个一个挂起来，模拟作战实况，之后拿着画好的草图去拜访参战空军战士，详细询问作战实况，接着再着手绘制水彩初稿，并再次与战史资料核对，几经修改，确认合理，方才着手绘制油彩画。

抗战初期，中国空军以数量较少和性能较差的飞机，以顽强拼搏的爱国意志，在淞沪会战、武汉会战等战役中，予敌重创，佳绩频传。作为战史画家，梁又铭抱着以画笔写史的信念，创作了很多反映空军战史的绘画作品。1938 年 5 月 20 日夜半，中国空军出动两架轰炸机远征日本本土，躲过当时严密的日本防空系统，投下百万传单，对侵略者提出严正的道德忠告："尔再不驯，则百万传单将变为千吨炸弹。尔等戒之。"这是日本有史以来第一次被外国飞机"袭击"，也是世界航空作战史上绝无仅有的"纸片轰炸"。出征飞行员徐焕升完成任务后，马上把此行经过告诉梁又铭，梁又铭立即绘图数幅，为历史留下见证。其中一图为轰炸机秘密离开基地那一刻，仅有少数知情人士送行，另一幅《东征归来》，今存广东省博物馆。

在创作过程中，梁又铭始终以写实为最高标准。每当空袭警报传来，他都不顾自身安危，带着速写本爬上高处，在战火硝烟中画下所见。之后，用雕刻的飞机模型模拟当时的战斗场景，并绘制出草图，随后拜访当时参加战斗的将士，对出战机型、攻击队形、天气状况、飞行高度等一一求证后，方才着手绘制作品。时任国民政府航空委员会主任的周至柔赞其画曰："以时代画人的手法，写时代武力的尖峰，为艺术辟新园地，为抗战唱大史迹。"①

1940 年 4 月上旬，梁又铭先后在各地举办画展。当时比利时代办劳德桑愿出重金购买《衡阳八一八空战》《只翼荣归》《击落三轮宽》三幅空战油画，却被梁又铭婉言拒绝。1940 年年底，这批空战史画被送到大后方展出 40 多次，深深鼓舞和坚定了全国军民抗战到底的决心。

梁又铭的空战画作，战时即多次在全国各地展览，对宣传抗战、鼓舞士气发挥了应有的作用。抗战时期，梁又铭呼吁"为抗战而艺术"，除了创作反映空军抗战史实的作品外，还创作了许多"现代水墨

---

① 中国国家博物馆官网刊登"抗战与文艺：纪念抗日战争胜利 70 周年馆藏文物系列展"之《梁又铭抗战美术作品展》一文；抗日战争纪念网 2014 年 11 月 4 日刊登的《梁又铭：中国空军抗战史画》一文；朱万章：《鉴画纪余：梁又铭绘画解读》，2015 年 7 月 8 日刊登于中国国家博物馆微信公众号"国博君"。

人物画"，以简明、生动的笔触，描绘了战时各界民众投身抗战、支援抗战的感人场景，再现了中华儿女万众一心、同舟共济、共赴国难的爱国情怀。

弃尸荒野被救活

　　黄泽南是顺德县兴原五区岳步村圩口坊人。那时候的岳步圩有两三百家店铺，以及数不清的流动摊档。每逢一、四、七圩期，小涌、大墩、劳村、上僚、水口等许多乡村的群众都来趁圩，人头攒动，十分兴旺。在此，黄泽南认识了不少志同道合的青少年朋友。

　　1921年，中国共产党宣告成立。那时，中国国民党和中国共产党实行第一次"国共合作"，在广州开办了农民运动讲习所，培训农民运动的人才，黄泽南积极拥护国民党的"联俄、联共、扶助农工"的"三大政策"，接着参加了农民运动讲习所第二期培训班，同时，还加入了中国共产党。学习期满，这位被领导认为头脑灵活、意志坚定的青年，立即被委任为国民党中央农民部特派员，安排返回顺德县开展农民运动工作。

　　1923年夏天的一个晚上，黄泽南路过小涌忠恕学校，偶然遇见曾杰之。这两位志同道合的年轻人，很快就成了好朋友。后来，黄泽南还引导曾杰之等一批青年参加了社会主义青年团和中国共产党，并协助小涌在顺德五区率先建立农民协会和中国共产党农村支部。

　　1927年大革命失败，为了保存革命力量，黄泽南和梁庆根等同志转移到番禺一区大生围设馆教学，以教学掩护革命活动。到了第二年冬天，因为叛徒的出卖，敌人派出一批便衣武警到大生围，将在那里教学的黄泽南和县委书记冯德臣，以及另外一名叫冯少辰的女同志逮捕，关押在广州南石头监狱。他们受尽严刑讯问，但是由于大家一口咬定自己不是共产党员，敌人无可奈何。直到1930年秋天，在党组织和黄泽南家人的竭力营救下，反动派才将黄泽南等三人释放。出狱之后，黄泽南改名为黄健生。

黄健生离开南石头监狱，休息了几天，组织上为了他的安全，即介绍他到香港去。一到九龙，地下党组织就派人来和他联系了。接着，他被安排到九龙宋街启新小学，以一个教员的身份隐蔽下来。1942年12月，日军占领香港后，党领导下的广东人民抗日游击队，在九龙成立了一个分队，下设若干中队和小队，从多方面与敌人展开斗争。这些抗日组织，有个人的，也有三五成群的；有在陆地活动的，也有在水上活动的。他们经常神不知鬼不觉地出现在日军和汉奸眼前，弄得敌人惶惶不可终日，没有安乐的日子过。①

驻在九龙和"新界"的日军及汉奸，因为经常受到抗日游击队神出鬼没的无情打击，人心惶惶，这情况连日军驻港司令也知道了，因恐影响到整个香港日军的士气，于是，日军司令部提出：对待中共抗日游击队，要全力进行反扑，迅速侦破地下组织，对有怀疑的人物，立即逮捕，宁可错杀一千，也不可放走一个。在白色恐怖下的中国共产党地下组织，除了提高警惕之外，简直就不把它当作一回事。

有一天晚上，黄健生在一个灯光不大明亮的拐弯处，望见四周无人，走近墙边，想写"打倒日本帝国主义"这条标语，谁知刚写了"打"字的"扌"就被一队日军巡逻兵发现了。他们一拥而上，马上将这个被认为有嫌疑的人扣上手镣，押解到巡逻大队。不久，又将黄健生转押到日军九龙宪兵司令部。日军的审讯过程，一般分两个阶段进行。第一阶段像做戏一样演给汉奸走狗看，使他们相信日军审讯非常

---

① 刘桂香：《鞠躬尽瘁的黄健生》，《珠江商报》2021年11月17日。

民主，对没有证据的可疑人物，要马上释放，从而使那些走狗四处去宣传，欺骗无知群众。他们在审讯之前，故意召集大批记者和汉奸走狗到现场旁听，企图让人相信日军是讲仁义道德、文明礼貌的。

审讯开始前，黄健生由三位穿便服的人陪同坐在距审判桌两米外的椅子上，没有戴手铐和脚镣。旁听席上坐满了人。周围很多记者来来往往，除了审判官旁坐着两个穿军服的日本人外，持枪的军人一个也不见。审讯开始了，日军主审人像往常一样，公式化地压低嗓门，细声细气地问："你叫什么名字？""家中有妻儿子女吗？""有父亲、母亲没有？""他们为什么把你带进这儿来？""你当时在那儿干什么？"

《记岳步烈士黄健生为革命死里逃生的主要事迹》①一文中记载：当日本鬼子连续几次追问黄健生站在那儿想干什么、写什么时，黄健生这样说："想写'打鸟的，不准开枪！'"这时，那个狡猾而又阴险的主审人一边点头，一边露出傻笑，说："黄先生，你叫打鸟的人不要开枪，免得打死打伤行人，这是好心肠呀！现在，我问一下大家，在座各位认为黄先生这样想，有没有罪？"坐在旁听席的人，听见日军主审人都说黄先生是好心肠，于是一齐回答："没有！"那个主审人站起来说："既然大家都说黄先生没有罪，那么，我宣布：释放黄先生！"接着，他对左右两位说："你们请黄先生吃过宵夜之后，用车子送他回去！"两人站起来，一齐说声"是"。主审人行了个军礼，即宣布散场了。

凶残的豺狼哪有不吃人之理？当假审讯的鬼花招一结束，该走的人散尽，真戏接着开场了，也就是第二阶段。首先，伴在黄健生身边的3个特工人员，拿出手铐给黄健生戴上，扣上脚镣，再将他押解到另一间审讯室去，随即把大小门户严密地关起来。这间秘密的审讯室，

---

① 饶树荣：《记岳步烈士黄健生为革命死里逃生的主要事迹》，《琼璟文艺》2020年12月。

阴森恐怖，像个鬼门关，令人望之生畏。审讯台正中坐着一个头戴日本军帽、身穿黄绒军服、肩头佩上校级徽章、脚蹬长筒皮靴、嘴上留一字胡须、戴黑边眼镜的四十来岁的军人。审讯开始了，那个军人叫黄健生抬起头来，望了好一会儿才说："你老实告诉我，傍晚站在墙边想写什么？"黄健生依照原来说的，是想写"打鸟的，不准开枪！"那个军人说："这句话有什么意思呢？简直是胡说。若然你再不老实说出来，别怪我不客气了。"

黄健生这个视死如归、坚贞不屈的共产主义战士，在敌人皮鞭打、"吊飞机""雷公尖""老虎凳"等各种重刑面前，即使被折磨得皮开肉绽、死去活来的情况下，他也没向鬼子屈服，没吐出一句真言。敌人见黄健生什么都不说，又继续用刑，人昏过去了又用水泼醒再问。这样来回多次也毫无收获，直至黄健生奄奄一息，昏死过去。鬼子审不出结果，以为黄健生死了，不好向上头交代，就用军车将黄健生的尸体运出荒野丢掉了事。

日寇要将黄健生弃尸荒野的消息很快就传了出来。九龙地下党组织知道讯息后，马上派出同志去收尸。当同志们将黄健生抬上担架的时候，偶然发现他的心脏仍有点暖流，再用手去摸一下他的心脏位置，还感到有些微弱的跳动。于是，同志们立即将他秘密地运到一个地方去，请医生来抢救。这个打不死的共产主义战士黄健生，就这样从死亡的黄泉路上被抢了回来。战友都打趣地叫他"黄翻生"和"打不死的人"。

黄健生脱离生命危险之后，组织上立即把他送回广州疗养。当他的身体稍微好转一点的时候，他就打报告要求组织安排工作。领导批示，未有医生证明身体已恢复健康之前，暂不安排工作。他于是就偷偷地跑到东莞，找到一位战友领导的游击区。老战友以为上级批准他来的，于是留他在那里工作，一直干到日本宣布无条件投降，他才返回广州报到。不久，他被分配到东江纵队去担任宣传和文化教育的领

导工作，继续为解放战争贡献自己的力量。

1949年10月，中国人民解放军野战部队南下时，黄健生随东江纵队的先头部队到广州和大部队会合，参与接管广东省各部门政权的交接工作。初时，黄健生负责支前工作，后来担任珠江区农民协会的领导工作。到1951年，黄健生奉命调到顺德，担任顺德县文化馆馆长；1956年年初，广东省人民政府委任他为广州市文史馆馆长。

黄健生是乐从地区最早参加革命工作、最早加入中国共产党的同志之一。他从事革命工作30多年，绝大部分时间都是在国内革命战争、抗日战争、解放战争时期度过的。

他的一生，是革命的一生，是鞠躬尽瘁的一生。

黄健生逝世后，广东省委为他举行了隆重的追悼会，追认其为革命烈士。1957年，广东省人民政府为表彰黄健生同志，特授予他"革命烈士"的光荣称号。

被抓去做壮丁的邱联远

1917年，顺德龙江镇里海南坑村的邱家迎来第11个孩子，邱联远成为家中第四个男孩，乳名"憨联"。

1942年，25岁的邱联远因一袋米而改变一生——身穿丝绸衫在鹤山买米的他，被一队"便衣队"带走，被"抓壮丁"去抗日。他被带到贵州，加入新一军三十八师一一二团三营七连。同年8月，从昆明巫家坝坐飞机飞越"驼峰航线"到达印度兰姆加接受训练7个月后，编入新一军三十八师一一二团三营七连（军长孙立人，三十八师师长李鸿，一一二团团长陈明仁，营长陈内涵，连长陈宫），使用美国汤姆逊冲锋枪，穿卡其布军装、翻毛皮鞋。

缅甸战役反攻开始，国民党军一路南下打来。攻打密支那的一天，他们接到7连的命令，调往密支那南面，拦腰切断密支那与八莫的日军的增援，堵死八莫的日军向密支那的联系和增援，收复八莫。在飞机、大炮的掩护下，他们收复了密支那，搜捕地道里的日本兵，邱联远亲手抓获两名日军军官，缴获了两支手枪后上交连长，并又缴获了指挥刀3把。在八莫和日军的战斗中，邱联远背部、头部、脚受了伤，被送往野战军医院治疗，由美国医生从背部取出弹头3颗。

出院后，邱联远参加了南坎战役，攻打日军炮兵阵地，在战斗中不幸中毒，阴囊肿大，被送到野战军医院治疗。在住院期间，日军被全部消灭，战争结束。邱联远因身体受过重创，离开了部队，回到云南定居。后与缅甸南坎傣族姑娘小兰结婚，养牛、养鸡，成家立业，生有两女一子（在缅甸生活，后失联）。

2012年5月24日，邱氏族人邱锡章、邱礼章与龙江镇政府工作人员一行到云南德宏州盈江县昔马镇黄伞坡村接邱联远老人回乡。老人回到龙江时，镇村和南坑村民热情迎接，镇村协助邱联远恢复了顺德居民身份，并为他协调住房。老人回乡后，由于水土不服，生病入医院。5月28日，老人发烧致肺炎，紧急入龙江医院，直到6月10日才出院回家。9月老人又再度入院，经检查发现患上慢性阻塞性肺疾病、肺感染，如此反反复复。族人对邱联远的身体极为担忧，把他送到龙江敬老院休养。刚入敬老院时，邱联远便试图与周围的老人交流，他不但讲自己抗日的故事，还现场教人擒拿术。虽然如此，但老人沟通困难，又不适应这里的生活，内心感到很孤单。

2013年，邱联远提出要回云南。当年9月，96岁的抗战老兵踏上了回云南的行程。由于他在黄伞坡村的房屋非常破败，当地政府为他建了新房。邱联远于2014年4月2日逝世，享年97岁。

飞虎队员龙启明

大良人、清晖园的主人龙启明是"飞虎队"（中国空军美国志愿援华航空队）队员。历史不会忘记"飞虎队"。

"中国空军美国志愿援华航空队"成立于 1941 年 8 月，1946 年 4 月战争结束后解散，创始人是美国飞行教官陈纳德。1938 年 8 月，根据宋美龄的要求，陈纳德在昆明市郊筹建航校，以美军标准训练中国空军，积极协助中国空军对日作战。

1941 年，在罗斯福政府的暗中支持下，陈纳德以私人机构的名义重金招募美军飞行员和机械师。当年 7 月和 10 月，200 多名队员来华。在 31 次空战中，"飞虎队"以 5 架至 20 架可用的 P-40 型战斗机共击毁敌机 217 架，而自己仅损失飞机 14 架。由此，"中国空军美国志愿援华航空队"以插翅飞虎队队徽和鲨鱼头形战机机首闻名天下，其"飞虎队"的绰号也家喻户晓。截至抗日战争结束，"飞虎队"共击落敌机 2600 架，击沉或重创 223 万吨敌商船、44 艘军舰、13000 艘 100 吨以下的内河船只。"飞虎队"多数队员均得到了中国政府的嘉奖。

龙启明是"飞虎队"中国飞行员六人之一，而当时他所参与的"驼峰航线"，是中国抗战最危难时期接受国际援助的唯一通道。"那一年，我刚刚 21 岁。"龙启明自豪地说，"我被调入美空军第十四航空队，成为最年轻的'飞虎队'队员。"[1]

---

[1]　王茂浪：《播撒爱心的顺德三捐》，广东经济出版社，2020 年，第 144 页。

1944年7月，龙启明被调入轰炸机大队，成为真正的"飞虎队"飞行员，开始驾驶轰炸机轰炸日军在缅甸的后勤基地。加入"飞虎队"后的龙启明，主要执行对云南腾冲、缅甸腊戍、安徽立煌、湖北汉口等地日军目标的轰炸任务。

　　太平洋战争爆发后，中国的陆路、海路交通全被切断，而于1942年开辟的"驼峰航线"，成为中国抗战接受国际援助的唯一通道。从中国到印度的航线几乎全是海拔数千米的山峰，由于飞机飞行高度的限制，飞机只能在峡谷中穿行，整个航线宛如驼背，所以取名"驼峰航线"，除了高山、恶劣气候外，日军战斗机的半路阻截等，都使整个行程充满危险，甚至时刻都要面临死亡。据战后美国官方的数据，美国空军在持续三年零一个月的援华空运中，在"驼峰航线"上一共损失飞机468架，平均每月达13架；牺牲和失踪飞行员及机组人员共计1579人。

　　龙启明他们3人一组每天从昆明的巫家坝机场起飞，穿过"驼峰"到达印度阿萨姆省的机场，装满国内急需的汽油等战略物资后，再经"驼峰"返回，一次飞行约6小时。1943年4月，他们早上7时从昆明出发，从印度运载物资返回后，天黑前再返回印度，然后在当地过夜，第二天早晨回来，一架飞机带20多桶汽油。飞过去的时候载人，回来主要就是装汽油。

　　有一回，龙启明他们快到印度阿萨姆省机场时，忽然塔台说机场正遭到日军袭击，无法安全降落。"运输机没有武器，只能躲避，没有办法，我开始准备迫降。"龙启明说到这里有点激动，"就在这时，警报解除了，我们能够降落了。"但是，飞机已经无法爬升，就在距离跑道六七米时，飞机螺旋桨停止了转动，他们依靠惯性强行安全着陆。

　　"终于，抗战胜利了，日本投降了！"龙启明兴奋地说，"1945年8月25日，我和队长希尔少校驾机从四川凉山起飞，直接降落在汉口，

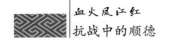

接受日军投降。①"

这次任务是龙启明在"飞虎队"生涯中最辉煌的一刻。"我在'飞虎队'执行的最后一次飞行任务，是将10个日本军官押到上海。"龙启明说，在抗战胜利前，美军在日军的一部战争宣传片里，发现一架美军飞机被其击落后，活捉了幸存下来的美军飞行员，然而日军士兵却穿上中国军人的衣服，冒充中国人殴打美军飞行员，随后又浇上汽油将其活活烧死。"在随后的调查中，美军逮捕了10名日军军官。"龙启明回忆，"我驾机将这10个日本人押到上海，交给了美军总部处理。"随着抗战的胜利，龙启明的"飞虎队"生涯也结束了。

抗战胜利后，龙启明当了民航飞行员。在上海解放的前一天，龙启明被迫驾机飞往香港。1949年11月9日，龙启明参加了"两航起义"，他与战友们驾驶12架飞机，从香港回到了祖国内地。1952年，龙启明转业去了重庆钢铁厂。"当时，我完全可以加入美国国籍。"龙启明说，"但被我拒绝了，因为我是中国人，我的父母就是被日本侵略者杀害的，日本给中国带来了深重的灾难和痛苦。"②

2005年7月17日上午，龙启明出席了顺德区纪念抗战胜利60周年图片展揭幕式，以及顺德区纪念抗战胜利60周年座谈会。在座谈会上，龙启明讲述了"飞机失事后其他飞行员不准去现场"等许多从未公开的"飞虎史"。在图片展的"日本侵华罪行——轰炸"展区前，龙启明驻足许久："有一次到缅甸执行轰炸任务，遇到日军地面防空火力的抵抗，飞机尾巴被打了十多个洞，等到摧毁敌人目标回来后，才发现，机尾已经被打穿了，如果是油箱中弹，那后果肯定是机毁人亡。没有战争才是福，我在香港的大街上看到日本人刺杀中国人后，就坚持要到前线抗战。"

①② 王茂浪：《播撒爱心的顺德三捐》，广东经济出版社，2020年，第144页。

"那时国内没有炼油厂，每一滴汽油都是靠'驼峰航线'运入，但航线险恶，每天都会有一架飞机坠毁，一滴汽油一滴血。"龙启明说，当时他想上战场杀敌，但后来知道没有航空运输队运输油料，全国的战斗机都没法起飞，他便认识到"后勤"的重要性。

"'飞虎队'纪律十分严明，违反纪律会招来美国机长打耳光。"龙启明说，有一次从昆明起飞穿越"驼峰航线"时，在大理山前遇到黑云遮蔽视线，他熟练地将飞行高度由7000米抬高到9000米。"机器'哗哗'响后，飞机躲避了与'驼峰'相撞，可我旁边的机长忽然打了我一个耳光。"龙启明讲道，一时他心中满腔怒火，"不知道怎么回事，下了飞机其他中国飞行员说要打机长时，才知道是因为他私自抬高飞机飞行高度未向机长请示而招致机长不满。""次日，机长向我说了'Sorry'后，我被调到另一组，但我们仍然是在共同抗击日本侵略者。"

"在又一次飞行任务中，我和其他战友一共驾驶着3架飞机飞往四川宜宾。当时上空云层厚重，无法辨别航线，一战友的飞机要飞下云层探路，另一架飞机随后也飞下去。"龙启明说，他当时发现云层下冒出两串黑烟，"我感觉到情况不妙，战友生死未卜，于是立即改变航线飞往成都。"龙启明到了成都才得知战友不幸牺牲。

第二天，龙启明与战友飞到失事现场看到牺牲的战友们不是无头，就是无脚无手、面目全非、四肢不全的遗体，他心中无比伤感，并出现"做噩梦影响飞行"的情况。"从此，美国航空总部发出命令，为避免影响军心，飞机失事以后禁止飞行员到现场察看。"龙启明说，"直到现在，美国航空业还在执行这一规定。"

"国难当头，我没过多地把个人的生死放在心头，一心投入到战斗中。"龙启明说，每次起航前，美国士兵都要在自己胸前画十字，求上帝保佑。而他什么也没多想就直接投入到战斗中去。"要是没有'飞虎队'的存在，整个战场的制空权将完全落在日本人手里。"

　　"在军营里的一次舞会上，我约陈香梅女士一同跳过舞，那时她还没有与队长陈纳德将军结婚。"龙启明说，陈香梅是飞虎队十四航空队教育基金会名誉主任。"至今我们还有些联系，前一年国庆节她还回过广州，虽然每天还在上班，可是有空的时候，她会和朋友去唱歌和跳跳舞。"①

　　"我与陈香梅都是佛山人，是真正的同乡人。"龙启明说："'飞虎队'队长陈纳德将军之妻陈香梅是佛山市南海区人，他们夫妇二人携手献身抗日斗争，并积极协助中国发展空军。中国抗日战争结束以后，陈香梅随队长迁居美国，经过30多年的经商、从政，成为女中豪杰，担任过美国国际合作委员会主席，积极参与美国对亚洲的事务。"

　　龙启明说，当年他与另外两个中国军人和部分美国人，代表盟军到汉口执行日本人受降的任务，日本人借"我们只向中国人投降，不想向美国人投降"闹事，"我们把他们的枪支都收缴了，后来通过军方交涉才把冲突解决了。之后，我走过的地方只要遇到日本军人，他们就得鞠躬"。先前，中国被日本人侵略的时候是中国人被强迫鞠躬，现在是日本人主动向中国人鞠躬了，角色的对换使龙启明感到战争终于要结束了。龙启明激动地说："回想起弟弟抵达昆明后告知我父母被日本人杀害的噩耗时，我恨不得打日本人几个耳光以泄心头之恨，但我是军人，我没有这样做。"②

①②　王茂浪：《播撒爱心的顺德三捐》，广东经济出版社，2020年，第144页。

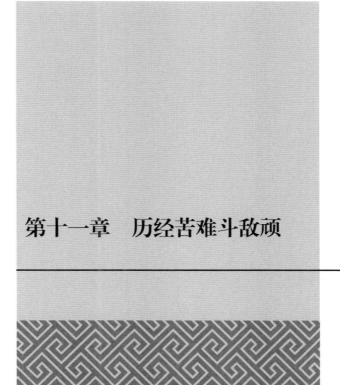

第十一章 历经苦难斗敌顽

八百难童逃离顺德"延续国脉"

　　日本侵华，顺德沦陷，一时哀鸿遍野，整个县城笼罩在战争的阴影之下。顺德人口锐减，并留下大量失养失教的儿童。国难当头，"曲江顺德旅韶同乡会"成立"顺德抢救难童委员会"，推举以顺德北滘人周之贞为首的"邦人君子"，以"青云文社"的名义，与何彤、伍蕃、冯焯勋、郑军凯、郑彦菜等人开始筹建"延续国脉"的"青云儿童教养院"。

　　作为顺德有影响的公益文教组织，青云文社在其三百多年的历史中，曾经资助和鼓舞了无数顺德学子，被视为顺德文脉振兴的起点和象征。以"青云"之名，继承先贤的大义与仁爱，获得的更多的是一笔精神上的无形资产，因为随着大良失守，青云文社的资产大部分落入了日伪手中。实际上，青云儿童教养院能从青云文社得到的资金支持非常有限。儿童教养院的经费，主要靠主理人四处筹措。为了保障几百名儿童的生活和学习，周之贞多方呼号，甚至几次变卖自己的家产来维持运作。他卖掉的家产包括锡矿、果园、杉山、上海滩物业，乃至自己珍爱的古籍。

　　青云儿童教养院的筹建者、第一届院长周之贞，经过多方筹划，选定当年的国统区广宁县荆让乡佛仔塘村（中华人民共和国成立后划归四会江谷镇）为难童安置点，在顺德勒流设难童收容站，然后雇船把收容的难童分批转运，在夜间突破敌人封锁线渡过西江，长途跋涉，途经沙坪、高要、四会等地，日夜兼程到达佛仔塘村。这些难童清一色是男孩，稍大的有十一二岁，小的只有七八岁。据统计，从 1941 年至 1945 年的 5 年间，教养院分期分批共集中收养难童 800 多人。面对这么多难童与经费拮据的窘况，时值官方向直辖儿童教养院征选海陆空军人员，顺德抢救难童委员会认为此可解决难童出路，先后征得广西桂林中央儿童教养院、柳州四战区干训团和广东省立儿童教养院同意，选送 150 名难童前往桂林等地入征。此外，为减轻院中负担，又于 1944 年冬把 200 名难童分两批送至曲江、连县、南雄等地各儿童教养院。至此，院中难童仍有 400 余名。

据当年的难童罗树毅回忆，他们同批 20 多名儿童在一个青年的带领下到达勒流，当晚正准备偷渡时，日军得到消息前来追捕，他们只好折返大良，一个星期后才偷渡成功。难童张泽彭是在 1942 年冬天的一个晚上成功穿过了封锁线。100 多名儿童分坐在 10 多条小艇中，大人们交代不准说话、不准动，要把身子伏在船舱里。随着船工的一声"加快"，小小年纪的他已能够意识到身处危险之中。照明弹在天空闪耀，接着又是一阵密集的枪声，他幼小的心脏扑通乱跳。直到几十分钟之后，船工宣布安全抵达自由区，大家才松了一口气，心情开始雀跃，然后，不知从哪艘船开始的，大家一起唱起了歌：起来，不愿做奴隶的人们……

从顺德到江谷，遥遥几百里，路途艰辛，要走几天才能到达。但这一路，从偷渡前的侦察和偷渡时的警戒保护，到接待、食宿、医疗等后勤保障，周之贞都做了周密的部署，沿途共设有 5 个接待站。各乡护送儿童的委员都是热心桑梓的人，而投入这项艰险的工作并没有报酬。刚抵达目的地时，校舍还没有建成，儿童们需要分散到祠堂去住，上课时则露天席地而坐。尽管物质生活条件非常艰苦，但相对于被炮火蹂躏的沦陷区，这里已经犹如世外桃源般美好宁静。在师长的引领下，儿童们接受文明的熏陶。

教养院设立初期，既要安置难童住宿，又要解决衣着伙食，困难重重。周之贞出钱出力，设法召集一批有志青年为管理员，并深入群众宣传探访，获得佛仔塘村民的大力支持，借出祠堂、空房，作为难童及管理员的栖身之所。随后，周之贞带领教养院的人员，在村后山脚的一片空地上，兴建简易平房作为校舍。纪念馆内展示的资料显示，教养院全体人员齐动手，稍大的孩童也要参加劳动，到附近的龙湾圩、江谷圩搬运砖瓦、木料。经过一段时间的艰苦劳作，建设起简朴实用的平房新校舍，分设礼堂、教室、宿舍生活区等，还开辟了体育活动场地。除了学习知识外，教养院还非常注重锻炼学生的劳动能力，培养他们刻苦耐劳的品德和爱国意识。周之贞规定，教养院的人员一律要参加劳动，实行半耕半读。孩子们每天上课之余，要开辟菜园种菜，做手工、磨豆腐等，每天集中到饭堂用餐前，要集体高呼"不忘国耻，打倒日本帝国主义！"等口号，逐步树立起勤劳节俭和爱国家、爱集体的思想。

战争的阴影犹在，但这一片童年天地得到过许多人的呵护。1943年天旱导致农作物严重失收，粮食来源断绝，危急关头，四会县长邓澂涛联络马来西亚华侨领头人邓享雪中送炭，送来一万多斤粮食，解了燃眉之急。1945年，日军进犯江谷，为了儿童们的安全，儿童教养院将儿童分散到四周农户家。几百儿童被各家各户认作自己的儿子，得到很好的照顾和保护。在县长邓澂涛的机智周旋之下，日军被引走，儿童教养院毫发无损，度过危机。然而，在这几年间，由于战事和各方面的条件制约，儿童教养院的学习、生活确实十分艰辛，有的学生因长期营养不良患上了"夜盲症"。江谷圩有间屠牛店，得知儿童教养院的苦况，店员自觉免费把牛骨送到教养院，供教养院集体煮牛骨汤食用，经过一段时间的饮用，患"夜盲症"的儿童也逐步恢复健康。但由于缺医缺药，几年间有34名儿童先后因病去世，均安葬在附近的

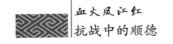
山冈上，成为幸存者心中永恒的哀思。

1945年抗日战争胜利，儿童教养院的全体师生与群众一起举行盛大的庆祝活动。此后，周之贞决定把儿童教养院搬回顺德开办，还增设"青云中学"，让儿童教养院的学生按期升学深造。那年秋天，师生们依依不舍地惜别患难与共的佛仔塘村乡亲，儿童教养院也成了今天陈村青云中学的前身。

现在，让我们来回看当年顺德抢救难童委员会的经费情况。

筹划之始，确定由广东省建设厅厅长何彤指拨存顺德县府赈济余款4万元，青云文社划出1940年和1941年两年租金，旅部同乡会捐助70万元，以及顺德抢救难童委员会向各机关、同乡会募捐所得，全部充作经费。不过，由于抢救难童的沿途辗转周折，耗资颇巨，赈济、捐助款项业已用尽。虽得热心人士陈劲节捐米一批，还是入不敷出，到达四会滘头后，粮款告绝，难童唯有借食于当地富商殷户。周之贞也献出部分私产暂应急需，并即潜回顺德，向青云文社提取两年租金未成，又往来于沙坪、曲江、四会、肇庆等地募捐，再得陈劲节拨米300担，但也仅敷一时之用，后陈劲节又再出售上海私产百万汇到垫用，经费始获解决。

1943年，儿童教养院迁至广宁不久，为筹措经费，周之贞向上级各赈委会、各团体呼吁救济，先后得"赈侨会"拨助谷米、省府准购领公粮、渝社会部拨补费、各赈委会卫生署拨助药物，各团体、同乡会捐助，以及青云文社拨出租金等，经济来源虽然不少，但仅够300余名难童的教养之资。为筹措款项，周之贞再度潜回顺德，办理批发青云文社田亩出租事宜。时值战乱，契据无从寻获，几经周折，始查得40余顷，而大澳沙良田13.7顷，却被番禺汉奸李辅群霸占，无法收取租金。余中山县属土地，当地人士惧怕招惹纠纷，不敢投批，故1942年的租金难以收缴，后经届仁则出面周旋，始获解决。为弥补经费短绌，周之贞再献私产垫用，并发动全院难童辟荒 25 亩，广种杂粮、蔬菜，借以自救。到了 1945 年，谷价骤起，来款 400 余万，仅为总支出额的五分之三，不足之数，皆由周之贞呼吁救助填补。其沦陷期间的经济状况，下列账目足以说明：

年 份	1943 年	1944 年	1945 年
收 入	2417021.45 元	2363960.88 元	7830468.00 元
支 出	3202846.00 元	3104991.00 元	6651747.62 元
超 支	785824.55 元	741030.12 元	无
结 余	无	无	1178720.38 元

雇仵工收路上的遗尸

　　顺德老人连次生等人撰文 ① 介绍，20 世纪 20 年代中期，大良市面地方不靖，抢劫频仍，枪伤事主及自卫人员之事屡有发生。大良商民乃组织市民团以资自卫，龙肇墀、罗邦翊、黄伯仁、龙侠郎、罗叔平，以及各行商人余桂卿、罗机南、曾秋樵、黄竹生等组成筹款组，与周瑞川、周拙补、刘焯臣等大良医务人员于 1925 年组建大良救伤队。

　　大良救伤队成立后，为培养救伤人才，设立救伤传习所，学制一年。学科有全体学（生理解剖）、药物、调剂、救伤法、救急法、绷带等科。教员为刘焯臣、冯兰荪、周瑞川、罗梅川、周拙补等人。救伤队成立后，黄岗金陡附近土匪"打单"勒索海傍"大信"米机巨款不遂，在"大信"米机铺面投炸弹，当场炸伤顾客及店员 10 多人，救伤

---

① 连次生、梁应沅、潘定宇：《忆大良救护队及顺德赠医社》，《顺德文史》1987 年第 13 期。

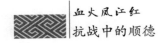

队与红十字会临场救治，伤势较重者则临时收入留医。1926年，大良工商界龙肇墀、余桂卿、罗机南、曾秋樵、黄竹生、黄子芬、冯信可、苏沔桥、李志岳、谭子芬等发起组织"顺德赠医社"，后购得救伤队旁边的华盖路"永昌"篦店及隔壁住宅，作为赠医社的社址。

1938年10月26日，日寇侵占大良，救伤队员闻枪声即整装配备药物，出外救伤，被日军误以为是我方军队，开枪射击，队员胡医生当场壮烈牺牲。11月29日，日军退出大良。约一星期后，为胡医生开追悼会以志哀思。1939年3月12日，日寇又占领大良，南海县警防队队长李道轩领所部先进城，驻扎赠医社，却被日军掠去救急用单车10辆及摩托车2辆。

1940年，赠医社组设"掩骸慈善会"，雇仵工收拾大良路上的遗尸。太平洋战争爆发后，中国香港、新加坡先后被日军占领，断了侨民接济，筹捐已成弩末，赠医社经费时常竭蹶难支，邑人黄蕴前往广州劝捐经费，广东福民堂邑人廖心石数次捐款，经费始勉强得以支撑。

老幼三人从后门脱险

大良是顺德的政治中心，抗日战争时期沦入日军魔掌有7年之久（1938年10月至1945年10月）。那时，李鸣皋是一介少年，对此有不少难忘的见闻与经历。

1937年后，大良街头天天出现和尚串街走巷的现象，当时并没有引起人们的注意。李鸣皋的记忆中，那是个身材高大壮实的汉子，身披黄色袈裟，背负一木牌神像，脑壳上几颗受戒疤痕，手敲木鱼，口中喃喃，轻悠步伐，双目低垂，不停步，不化缘，不知挂单于何寺，总之在大街小巷不时出现，有点来无踪去无迹，疑点甚多。后来，有人质疑这和尚行径。1938年年初，日本海军侵入中国南海，三灶岛上筑起了飞机场，顺德上空出现日本军机。

　　1938年10月21日，传来广州失守的消息。平时唯一获取官方战况的报刊讯息没有了。大城市有广播电台，但大良人基本上没有收音机，仅靠相识者互相奔走听些小道消息。李鸣皋是县立中学在校学生，那时，学校停课，有条件的同学已随家人离开大良。26日上午，寂静的大良上空，从东面传来不断的枪声。后来，李鸣皋知道是顺德县政府当局上午9时撤往中山县，日军从番禺向顺德逼近，未遇抵抗，沿途鸣枪示威，居民关门闭户，全城死一般沉寂。中午，枪声停了。下午，李鸣皋在屋里听到街上日本巡逻兵的军靴声，心惊胆战。

　　李鸣皋听闻日军每占一地，惯例是给军人放假三天，纵容士兵掠夺财物，奸淫妇女，滥杀无辜。李鸣皋的父母经一晚磋商后决定让他和幼弟暂离家躲避，一来免于满门遭难；二来逃到佛堂附近或可避过日军凶残的滥杀。27日凌晨，李鸣皋兄弟两人就到了城郊老仆农家，因她的近邻是佛门居士，在家设佛堂朝夕虔诚奉佛，心中暗想可能此处易于隐藏。

　　上午9时，大良城里日军挨家搜索到了这里，进得屋里，贼头贼脑先找有无隐藏反抗的壮丁或武器，转入佛堂，只见穿着道袍的主家女儿和儿媳正俯伏在蒲团上诵经文。哪知日军无视神灵，心无廉耻，见状立即撂下手持的步枪，强行拉着妇女入房侮辱。李鸣皋等老幼3人从后门溜出暂脱虎口。此时，在荒野处远望大良城内西山岗（今称凤岭公园）和县后岗（今大良街道办大院与顺德一中初中部相隔的小山）等制高点，已驻有日军哨兵在横枪眺望，控制全城。

　　三天后，大良市面逐渐恢复正常，有人告诉李鸣皋在街上见过日本占领军的"安民告示"，署名是"日本日军第五师团步兵第二十一联队队长生田运"。趁局面较为平静,李鸣皋一家人举家迅速离开大良,返回出生地北滘乡。乡间没有日军驻防。由于交通逐步恢复,在乡间必经的横水渡头上,每天都有可能等到走乡串村的报纸小贩,其中有贩卖香港大报的,虽是隔日的,价钱也比平常贵一倍,但对渴求外界消息的人们而言是异常宝贵的。

日军占领大良县城后仅10天就撤出,一兵不留,大概增援别处去了。学校传来复课通知,李鸣皋在初三毕业班,学业重要,必须返回大良,校址设在北区近郊锦岩山脚附近一间区氏祠堂。学校师生有一部分已离开大良,小祠堂已够用,而且学校设在郊外,万一出现情况易于疏散。

1939年3月12日是星期天,又是孙中山先生逝世纪念日。若在平时,学校是会举办纪念活动的,但这天也是大良第二次沦陷日。

1945年9月2日,日本签署投降书,正式投降。驻大良的日军放下武器等候受降。10月中旬的一天,李鸣皋从北滘回大良,看到羊额、伦教公路段被严重破坏,桥梁拆了,路基种上甘蔗变为蔗田,于是他改走水路。小艇过了三洪奇河段转入黄麻涌水闸,沿羊额、北海、伦教河段、新滘口、石湖涌,再到大良。大良市面各主要马路每日有少数便装战俘手拿大扫帚打扫卫生,其余的集中管理。但李鸣皋没看到群众对他们施暴。李鸣皋在船中所见的集中营区内,一小群俘虏赤膊坐着晒太阳,下身包着薄薄的白布算是内裤,享受着中国南方的温暖;还有一小群俘虏在轮候理发,也有的在河边洗被褥、衣服,任其自由活动。

被日军刺中七刀

出生于 1937 年的龙江老人泽明，2020 年在家中向笔者讲述了他叔叔被日军刺中 7 刀后死里逃生的经历。

20 世纪 30 年代，泽明出生在顺德一个富裕之家。由于日寇入侵，家道中落，父亲 7 兄弟，两人去香港谋生，其余留在顺德。有一天，日军进村疯狂搜人，据说是一个"大天二"得罪了日军，日军要把他找出来。"据老一辈说，当时日军进到我家，把枪放在我家门口，进屋四处乱翻。"泽明回忆说，"后来找不到什么，就把我 4 个叔伯带走了，当时留在顺德的叔伯就 5 个人，被日军带走了 4 个。"

泽明说，全村被日军带走的男性近百人，他们逐一排查，从早上审查到傍晚，没有什么线索。日军不甘心，放走了一大批，剩下五六人准备拉到河边杀掉，途中又放掉几个，最终剩下 3 人注定难逃厄运。

"第一个人跪在河边，日军一刀砍下去，他便急速滚进河里，竭力游到河面漂浮着水仙的地方，不时把头浮出河面换气，最终逃离捡回一命。第二个可没那么幸运了，日军一刀砍下去，他同样滚进河里，可惜他找不到掩护换气的地方，头一浮上来，便被日军乱枪打死了。最后一个是我叔叔，日军当时有点生气了，在我叔叔身上刺了 7 刀，其中两刀刺穿身体。叔叔奄奄一息躺在河边，当时天色已晚，日军认为他没可能生还的，便走了。到第二天凌晨，叔叔爬到堤围处，浑身是血，被村民发现，赶紧通知家人，家里人拆下一扇门板，把他抬回家。我当时也四五岁大了，有一点印象，那时是寒冬季节，见到被抬回来的叔叔浑身是血。我们住在靠近西安亭大桥旁的勒流村庄里，过了河就是龙江。当地没有医疗条件，大家赶紧找来艇把他运往其妻子的娘家龙江，找中医医治。"泽明一口气诉说了那段悲惨往事。后来，泽明的叔叔被救过来了，休养好后重新参加劳动，至76岁才离世，是7兄弟中寿命最长的一个人。

回忆起抗战时期的惨景，泽明说叔伯卖掉了5个儿女，后来寻回4个，还有1人下落不明。"我差点也被卖了。"泽明说，"但家族开会一致认为不能卖我，因为我是独生子，不能卖。当时我爸爸去了香港打工，妈妈织布出身，不熟悉农活，她只好回勒流大晚娘家继续织布，但叔伯不允许她带我一起去，担心妈妈改嫁把我一起带走。五六岁的我开始了一个人的生活。"

每天，泽明起床后，用破衣服做洗脸巾，洗漱过后就到地里干活。妈妈走时只留下一点点米，叮嘱一天只能吃一小杯。为了中午有饭吃，泽明不得不饿着肚子到地里干活。到太阳升至头顶，他便回家煮饭吃。但一天只能吃一小杯米，怎么才能分配成两餐呢？泽明在地里摘了一些豆角、瓜叶、瓜藤等，放进米里熬稀粥吃。妈妈隔一段时间就回来看看他，留下一点米，又回去织布。

1941年香港沦陷，泽明的爸爸失业了，回到顺德在茶楼做工，也曾去卖寿衣。1945年日本投降了，其父于1946年春再返香港谋生。

冒险回顺德拿衣服

出生于1930年的赖际云是顺德龙山人，1937年在舅父陈荆鸿的安排下，他一家八口辗转到罗镜，躲在山区里一熬就是8年。

1937 年年中，赖际云的舅舅陈荆鸿在报馆工作，看到时势恶劣，便联系罗定县的朋友，建议赖际云的母亲带领其 70 岁的双亲、侄儿及赖际云姐妹共八人逃难到罗定。这时赖际云才 6 岁，姐姐 9 岁，最小的妹妹仅 2 岁，而赖际云的父亲当时在安徽。舅舅不跟他们同行，继续留在"国统区"从事文艺工作，在韶关、开建、云贵等地有他很多文艺界的朋友。

就这样，由赖际云 40 岁的母亲扶老携幼，乘坐木船离开家乡——顺德龙山。几经周折，两日两夜才抵达罗定城。舅舅的朋友唯恐罗定城亦会沦陷，建议他们转入罗镜（罗定市内的一个镇）山区。第二天，他们便乘车直达罗镜。初到罗镜，人生地不熟，彷徨终日。幸好山区民风淳朴，知他们都是教师人家，为避难而来，不久，当地的乡亲父老把他们安排到一些空置的简陋房舍。大家总算安顿下来，但生活费用如何解决的问题迫在眉睫。还好，母亲自幼深受家庭教育，熟读四书五经，平日也是靠设私塾为生，在村民的帮助下，设馆授徒。当时的学费按米或谷来算的，并非给钱。收入虽极其微薄，但每天三顿稀饭亦勉强把赖际云和姐妹养活。而赖际云的外祖父国学知识渊博，当地群众又尊师重道，便请他在一些祠堂开设大馆（私塾主要招收少年儿童；大馆主要招收成年人，教的内容也较深），收入不足糊口，便由舅舅补足供养。

那时，山区特别寒冷，赖际云他们逃难时，所带的衣服不多，又没钱购买新衣。无奈之下，母亲冒着生命危险回乡拿衣服。当时顺德已沦陷，行人随时会被日寇搜查。更危险的是，她折返罗镜时，要取道南海九江沙口，乘坐小艇到鹤山（当时未沦陷）。而沙口有日军驻守，白天人们都不敢过海，只有在晚上偷渡。但日军经常有探照灯照亮海面，如发现有船只，便开枪扫射。只有到深夜才敢过渡，母亲与同行人乘船拼命到鹤山。上岸后，挑着一担重重的冬衣，踏着崎岖的山路，步行至郁南县南江口，乘船至罗定城，再辗转回到罗镜，这时的母亲已疲饿交加。

赖际云的父亲在他们到罗镜一年多后，也历经艰险，终于来到罗镜，总算一家团聚了。但他回来时，只身一人，别无他物。因父亲离开安徽芜湖的那天早晨，刚往岸上购物，码头便遭日机狂轰滥炸，船炸毁了，父亲的行李也灰飞烟灭，侥幸保得性命。父亲画得一手好画，初到罗镜，以卖画为生。但当时大家都贫困，所赚杯水车薪，对生活帮助不大。后来父亲被聘为当地泷水中学的教师，此时父母收入依然入不敷出。他们住处前有小空地，赖际云和姐姐便辟作菜园，以菜熬粥。有时到当地农民挖过红薯的地里，硬挖深刨寻找"漏网之薯"，放到锅里煮粥。

赖际云能读上中学，全靠父亲的同事支持，他们见赖际云学习成绩好，常常排名第三，不忍心赖际云就此辍学，常常帮赖际云交学费、书费。那段时间，当地常遭日机骚扰，每听到警报，师生便迅速逃到附近的大树下，坐在地上，继续上课。教他们的老师，有不少是从广州逃难而来，普遍教学水平很高。他们后来了解到，有不少教师还是中共地下党员。上音乐课时，唱的多是抗日救国歌曲，如《义勇军进行曲》《游击队之歌》《在太行山上》《大刀进行曲》等。学校经常组织他们写抗日标语，拿到街上张贴。还有一些抗日运动宣传队，把《义勇军进行曲》的每句歌词配上彩色图画，向赶圩的群众宣传抗日精神。

1942 年，日寇侵占罗定城。出生于罗镜的十九路军抗日名将蔡廷锴立即动员群众，组织民兵队伍，与有关人士成立"三罗（罗定、信宜、郁南）抗日指挥部"，他亲任总指挥。一日，蔡廷锴专程来到泷水中学，在操场召开群众大会，赖际云也参加了这次大会。蔡廷锴号召大家团结一致，抵抗日敌，不用害怕，日本鬼子如果胆敢侵犯罗镜，他一定打他们个落花流水。蔡廷锴叮嘱各人可照常生活，师生可安心上课。果然，日寇占领罗定城仅两天，知道蔡廷锴就在罗镜，便掉头往广西而去。

1945年，日寇投降，赖际云他们便回到顺德。但只见四处惨淡荒凉，民不聊生。赖际云家的房舍财物被日军掠空烧光，只剩残垣败瓦。日寇的暴行，罄竹难书。"当时顺德缺乏粮食，饿死者固然不少。"赖际云回忆说，"其中有些青年妇女，为了免遭日寇的奸淫掳掠，希望死里求生，便随人贩来到罗镜。我上学时，常常听到一些操顺德口音的女青年，面黄肌瘦的，低垂着头，泪流满面，成排坐在大街两旁'待卖'。据说，当地有些小商人及生活稍好的农民，把她们买回去，或当小老婆，或当小妾，有些被卖到更偏远的地方。她们平常要下地劳动，上山斩柴割草，食不果腹。如稍有不顺主人意的，便遭毒打。"

日军经常入村抓妇女

"如果，我半路中途被打死了，回不来，你不要找，你找不到阿妈的，你要照顾好弟弟。"2015年7月，乐从镇沙边村83岁的何万全回忆抗战期间在顺德目睹的惨况时，想起母亲在战乱时给他的嘱告，突然心情激动，泪如泉涌，"在那个日军入侵的年代，你不知道何时会被饿死，也不知道哪一天就被日军抓了，更不知道自己会不会因为违反日军规定而被斩首示众……那是一个生死难卜的年代，虽然过去大半个世纪，但经历过的人，再提往事，根植心底的那种痛，依然狠狠地刺痛神经，久久不能平静。"

何万全在广州出生，他父亲在银号工作。1938年日军轰炸广州，他父亲说不行了，必须马上回乡下顺德去，于是何万全和两个姑姐、妈妈、弟弟，还有父亲的两名工友，坐夜船回顺德。途经陈村水位比较浅、两岸较窄的地方时，两旁突然响起枪声，原来贼要劫船。"我们坐的是拖渡，马力还算好，船长加大马力从贼寇丛中逃脱，船上两人中枪受伤。后面的清远渡没那么幸运，整船都被劫了。"

何万全一家回来的第二年，乐从水藤沦陷了。有些人逃到国外，更多人往东江、韶关、南雄、肇庆、博罗、河源、连平等地逃难。何万全的堂哥和一群乡亲步行 7 日到韶关。"因通往那里的铁路和公路已被日军封锁，他们只能经过高明、恩平、罗定、云浮，最后才到韶关。"1983 年，何万全作为村干部到河源出差，那里的顺德人听错了，以为是顺德书记来了，那天晚上本来是 12 人吃饭的，结果来了二三十人，"大家都在说当年是怎么逃难的，家乡门前有埠头、龙眼树、小桥等标记，他们希望我能帮他们找回失散的家，我把他们说的也记了半个笔记本。后来大家都哭起来了，很凄凉。"

何万全回到沙边一个多月后九江沦陷了。日军从 325 国道附近石路进村，来到水藤村文明队，罗沙关了闸门，进不去，"于是他们乘坐小艇到沙边镇林大社（顺德民间称为'社公'），径直往海口闸走去，走进江边的围泰丝厂（后期改名为'新生力'丝厂）。丝厂已停业，日军开枪扫射，看不见人影。我叔叔当时负责看厂，他就躲在大炉里，只听见日军的子弹在炉壁钢板上乱撞，他足足饿了两天才有机会逃出来。"

何万全记得当时水藤一共有 14 间丝厂，最后只剩下围泰丝厂和水藤丝厂，其他被日军拆光，把建筑材料储备作为战略物资。为何这两间没被拆掉？因为它们靠近江边，交通便利，日军将之用作储存军备物资的仓库。日军还在江边坝上建营房，建仓库，建慰安所。"当时日军一日三次驾飞机侦察，飞得很低，我们能清晰地看到驾驶员的样子。妈妈把床底扫干净，有紧急情况时就让我们躲里面。"何万全说，"日军经常入村抓妇女，有一次在石斗耕作区，一位姓何的妇女差点遭殃：

日军追上她扯破她的衣服，她光着上身扑通跳到河涌里逃走，日军没当地人那么熟悉水性，没办法追，她才逃过一劫。当时我知道的，水藤和沙边约有10个妇女被抓去当慰安妇了，有几个还死了。"

何万全记得，日军进入沙边、大闸、水藤村抓了数十人做苦工。"对岸龙江也有十几个，让苦力搞建筑。有些人跳到水里逃了，有些人躲到草地里逃了。最后剩下15人，全被拉去灌辣椒水，日军用穿着皮靴的脚在他们灌满辣椒水饱胀的肚子上狠狠地踩，当场死了12人。其余3人奄奄一息，其中的两人最终也死了，剩下一位学过武的，日军见他奄奄一息，就把他随手扔进死人堆里。到夜里，他爬了出来，回家了。后来，他亲口对我说，花了两三个月才医好身体，才能参加工作。这人享年90多岁。"

日军还到处抢劫，何万全家也被抢过3次。当时食盐被当作军用物资，储存在一间祠堂里，凭良民证购买。市场根本没米、没盐、没火柴卖。"家里开火煮食怎么办？我姑太每天天未亮就得出门，看哪一位吸烟的路过，乞求他好心借点火。没遇上，就到镇林大社看谁去上早香，碰上有人的话好心借个火啦。不过很多时候都没遇上，于是回家以石敲石，让石头撞击产生火花，旁边放棉絮，希望以此来生火。"何万全说，番薯、芋头等，有什么就吃什么，但也得去买呀，没有钱怎么办？大家拆屋，卖杉木。很奇怪，砖瓦是没人要的。"我住的巷子叫瑞星里，15户人，3户全家饿死，2户卖儿卖女，每次卖小孩，我们一整条巷子的人都在哭，哭得眼睛都肿了，有感情呀，舍不得。凡是卖小孩的那几天，整条巷子都愁云惨雾的。最后拆剩5间屋。当时工厂的工人和华侨拆得最多。拆屋买粮食也吃不了多少天呀，家里有什么就卖什么，但哪里有人买呢，人人都那么困难。"

日军侵略时期，乐从到处都是饿死和病死的人。"临近快死的人，开始时就到闸门楼等死，大家把那里叫作'升仙亭'。后来人多，于是到水藤圩廊等死。晚上有些奄奄一息的孩子被老鼠咬掉耳朵，在那发出微弱的惨叫声。在沙边大桥头，早上经常看到穿好衣服的小孩被放置路边，孩子身上放了纸条写明名字、出生年月和出生地，大家希望能有人收养留一条后路。可是大家都那么穷，哪里有人要呢？有一次还见到一位哺乳的母亲，她已经死去了，孩子还在怀里哭泣。"何万全说，回到沙边不久，父亲去了越南谋生，剩下母亲照顾他和弟弟，"那时没东西吃，每天一点点大米和野菜、树皮煮成粥，比喂猪的还要差。我们两兄弟水肿、咳嗽、哮喘，大热天要穿棉衣、盖棉被。母亲担心我们没救了，没办法，母亲和另外两名妇女约好每天晚上出发渡西江步行至沙坪贩卖故衣后买粮食回来。那里山高林密，日军还未打进去。一个来回需要 24 小时，而且必须入黑赶路，步行七八十公里，经常跌得嘴肿面青、手脚受伤。卖寿衣得钱后，买回番薯粮食挑回来。"

那时的西江，被日军封锁，日军下令任何人等不得过江，否则格杀勿论。何万全的母亲基本一个礼拜去一趟，晚上冒死过江。3 个女人扛着 20 多斤的东西，晚上 12 时从水藤到杨滘，在杨滘坐艇去沙头，再步行到南海太平，在那观察一阵，见没有日军电船经过，才敢过河。但西江很宽，水流又急，每次趁日军电船巡逻去了下游，她们马上上船，拼命划过去，一个钟头才能到对岸。

有一天，何万全的母亲又和其他两名妇女相约到渡口，只见 20 多个血淋淋的人头挂在渡口的树上。"这是日军警告中国人，不能在这里过渡，否则就如这些人一般付出生命代价。"何完全说，每天太阳没下山母亲就给他们吃的，叫他们睡到床上，"深夜，两兄弟在床上，听着隔壁的钟响，心里牵挂着，母亲怎么还没回来。外面这边叫抓贼，那边喊救命，两个小孩害怕得颤抖，大气都不敢喘一口。"

有一天，母亲回来了，何万全看到她嘴青脸肿的，哭着叫她别去了。但不去就得等死，母亲跟何万全说："如果，我半路中途被打死了，回不来，你不要找，你找不到阿妈的，你要好好照顾弟弟。"说完这话，三人抱在一起大哭起来。"后来父亲回来一趟，放下一点钱，母亲买药给我们吃。姑太也去养猪的人那里买了猪胎盘回来煲给我们吃，病才好了。"

节衣缩食购买救国公债

　　杏坛镇老人谭回华的家中，至今珍藏着一份"救国公债"，这是他父亲谭锦朝在抗战期间为助抗日从有限的工钱中节衣缩食认购的救国公债券。

　　谭锦朝曾到马来西亚打工，听闻日寇侵华匆忙返乡，回国后把战乱时出生的儿子取名"回华"。谭回华铭记父亲的爱国情怀，适逢反法西斯战争胜利 70 周年，他以毛笔抄写顺德抗战史展于马东村祖屋内，并把父亲生平经历及爱国事迹陈列于祖屋大厅内。

　　谭回华的父亲谭锦朝，字星南，生于 1905 年。刚到而立之年，见家乡谋生艰难，1935 年年底，他毅然离别已有身孕的妻子及两个幼女，还有病弱的母亲，随妻子的兄弟到马来西亚槟城，在大襟兄开办的木器厂里打工。赚到工钱，便托"水客"带回家乡，使家人得以维持生活。

　　后来，日寇侵华，顺德沦陷，谭锦朝牵挂亲人。1939 年初秋的一个晚上，熟睡中的谭锦朝梦见一个白发老人匆匆而来，诚心对他说："你该回中国了，而且要赶紧回去，否则以后回华不易。"他醒来后，正欲向码头奔去，妻姐见他如此匆忙，便问何因，他说要买船票回家。谭锦朝就这样匆匆上船了，当年离家时他穿的是笠衫，这次回国，手

里拿着的还是那个藤做的行李包，只是身上多穿了几件笠衫而已。

谭锦朝返乡可算历尽艰辛。他乘洋船回到香港，得知国内到处有日军把守，土匪猖獗，他不敢带着行李返乡。于是，把一包行李存放在香港的亲人处，自己仅穿着几件笠衫、短裤，赤着脚，从香港坐船到中山石岐。之后独自徒步，经过中山小榄到均安南沙，坐横水艇过河方到家中。待战局平稳后，香港的亲人才把行李带回给他。返乡第二年（1940年），谭回华出生，谭锦朝随即将儿子取名"回华"，爱国情怀可见一斑。

谭回华在家中小心翼翼地翻出一张以繁体字写着"救国公债"的纸张。当年他父亲和许多爱国华侨积极参与捐款赠物活动，这张"救国公债"就是在那时节衣缩食购买的，面值为100元，每年支付利息4元。何为"救国公债"？据有关史料记载，1937年七七事变后，战争造成了商业萧条、税收大减，前方将士供给困难。为了抗日救国，财政极为困难的国民政府于1937年9月1日向海内外发行了"救国公债"券。"救国公债"面值分为"五元""十元""五十元""一百元""一千元""一万元"6种，票面均为彩色印制，花边颜色分别为浅蓝、青蓝、赭色、浅绿、浅红。公债年息为400元，从1938年开始付息，从1941年开始还本，偿还期限为30年。

事实上，1932年6月，顺德就派销了"国防公债"36万银圆。谭回华家中珍藏的这张"救国公债"券，背面印有英文说明，格式内容与正面的中文对应，并且盖有"国民政府财政部发行公债之章"的钢印。其上还印有当时的财政部部长孔祥熙，次长邹琳、徐湛的签名和印鉴。债券有33枚息票，每枚息票均标注序号，并标有说明："凭此息票于一九五五年八月三十一日向各地中央银行或其委托机关领取到期利息国币四元。"

谭回华说，母亲到1979年才拿出这张票据及一本族谱，并嘱咐他要好好保存，因为这是谭锦朝生时最珍惜的东西，这张"救国公债"券见证了一位平民的爱国情怀。

关于抗战的回忆，谭回华还讲述了一段痛心的往事。

当年谭回华的伯父谭蕴朝，本是五口之家，但在兵荒马乱之时，难以谋生，最终妻离子散。其二女儿卖给别人，妻子被迫带着大女儿和二儿子逃难到香港。剩下谭蕴朝孤身一人，无土地耕种，食不果腹。1944 年，他得知征兵消息，主动参军。入伍后被安排当挑夫运粮和做厨工等杂役。后来大部队北上抗日，到韶关，谭蕴朝因水土不服，病逝于韶关军旅中，尸体以草席包裹长埋于山野中。

对于长辈抗战期间的经历，谭回华说："很想告诉父亲，现在和平了，祖国强大了，不再受外敌欺侮了。"

指挥抗战军运工作

杏坛镇吕地居委会泗社街三巷，有两间并排的青砖房，这是抗日先锋陈劲节的故居。陈劲节是抗日战争时期国民革命军的中将军需官，对指挥抗战军运工作有过重要贡献。

陈劲节原名陈孝廉，1896 年出生于马齐村一户农家。少时受过旧式教育。十六七岁时，到容奇一家茧栈做助理收银。20 岁后从军，参加孙中山领导的民主革命军，在粤军第一师参谋长陈可钰手下当勤务副官。北伐战争期间，他负责能征善战的第四军（当时人美称的"铁军"）的军需工作，屡建功勋，深受上级器重。蒋介石政权定都南京后，陈劲节擢升少将，任陆军军需处处长。

抗日战争全面爆发后，陈劲节调任第三兵站总监，亲临淞沪前线，

统筹调度中国守军的供给。其后，陈劲节随着国民政府西撤，第三兵站相继迁往安徽屯溪和广西桂林，升格为江南兵站统监部，由陈劲节担任统监长官，兼陆军后勤部次长，管辖多个兵站，陈劲节指挥调度周密妥当，使几千里防线的军需补给保持畅顺。

据史料披露，当战局紧张之际，八路军驻湖南长沙办事处全体工作人员撤退到桂林，也由江南兵站统监部担负护送之责。1942年，陈劲节奉调昆明，担任中国远征军后勤部长官。他克服重重困难，粉碎了日军企图封死中国抗战外援物资主要运输线滇缅公路的阴谋。在军中，他处处以身作则，事必躬亲，不仅深受部下敬重，就连最爱挑剔、认为中国人办事效率低的美国盟军指挥官也对他称赞不已。但长期的超负荷工作，严重损害了陈劲节的身体健康，1944年夏，陈劲节赴重庆述职期间，心脏病突发，救治无效，于6月18日与世长辞，年仅48岁。

懂英文的老师保护学生

抗战时期，乐从沙边一位姓黄的村民，从日本回到沙边。日军知道村里有一位懂日文的人，所以每次进村都让他做翻译。村里老人回忆："自从他当上翻译后，村里没那么多人遭殃。"

同是沙边村，一位懂英文的何老师，抗战时期在村内一祠堂授课。有一天，几名日军途经祠堂，看到里面有人便走了进去。学生们吓得颤抖，有的还尿裤子了。何老师用英文跟日军说："我们这里是一间学校，你们不该进来影响我们的教学。"日军随行的翻译如实告知，日军看了两眼那些颤抖的学生就离开了。

而在杏坛右滩黄氏大宗祠附近，靠山的地方有一条水渠，村内老人说这是抗战时期村民避难的地方。水渠旁是古老的民居，有些已经丢荒，有些还住有人家。老人黄伯指着一间小屋旁的水渠说："当年走日本仔（逃难），这里也是一处避难所。"

只见水渠深约半米，尽头的洞穴已被石封住。才半米高的水渠如何藏人？黄伯说："当年的水渠比这深多了，附近村民听到日军进村的风声，马上躲在里面，待日军离去方敢出来。当然，能藏的人数不会多，只是寥寥几人。"

一副棺材装几具尸骸

生于 1929 年的霍泽枋对大良沦陷后的生活记忆清晰：沦陷后，碧鉴路、笔街、鉴海路繁华不再，路有被遗弃的儿童，圩亭内有饿死骸骨。

那是农历九月初四白天，约 10 岁的霍泽枋在家里听到外面到处是机关枪的声音，日军虚张声势，不断放空弹枪，大人慌忙回家。大家都在说："日军来了，赶紧回家。"虽然因年事高，霍泽标没法清晰记忆具体年份，但农历九月初四是准确记忆，因为后一天就是他爸爸的生日。

"日军进城前，大良的碧鉴路、笔街、鉴海路等生意繁荣，但日军一来，大家慌忙关门，市民慌忙回家，几天几夜不敢上街。"霍泽枋的记忆中，日军曾三次进大良城。他回忆说，"九月初五是爸爸的生日，我们只在家里煮了点稀粥。几天后商家还是开门做生意了，市民还得上街买粮食。记得九眼桥的位置有日军的哨岗，过往行人必须敬礼，否则受罚。约 10 天后，日军离去，此时大良景象一落千丈。次年

正月廿二，日军再次进城，这次停留约三个月。再下一年的正月日军
继续进城，停留多久已忘记了。"

虽然是战乱时期，但依然有商家营业，只是对比抗战前的繁荣景
象，一落千丈。

霍泽枋记得当时的三间当铺，分别是"同益""均和""埠安"。
"很多穷人拿物件去典当，换取小钱买粮食。"他回忆说，"当期可以
是半年、一年、两年，一般两年后就不能赎回。米铺有数间，遍布大
良。当时卖米标价，不像现在那样一斤多少钱，而是多少钱能买多少
斤。例如两毛钱三斤。我们曾用白银买米，后来的纸币，两毛钱我们
叫'青纸'，一毛钱叫'红纸仔'，有时没一毛钱，就把两毛钱撕开一
半当一毛钱用，这种现象很普遍。米机主要集中在鉴海路，规模较大，
帮人碾米，也有售米。柴炭业也集中在鉴海路，只是时歇时开，生意
不稳定。此外，当时还有茶楼，包括"迎香""白金龙""发记""美
南""新大陆"等。各种缝补店比较兴旺。当时的百货店，我们叫'苏
杭铺'，主要销售雪花膏等化妆品和百货日用品。"

"为了谋生，很多人上街叫卖。记得当年一个"仙"①能买3串熟
马蹄，一串有3个。"霍泽枋说，"还有的卖糕点蒸饼、芝麻糊、糯米
糕、杏仁茶等，比较兴旺的要数云吞面。"

抗战时期的平民百姓，生活凄惨。霍泽枋回忆："生活实在困难，
很多人家不得不卖儿卖女，有的卖到广西、梧州、肇庆一带，有的干
脆把孩子丢在街上。记得我一个姨母在当时饿死了，表兄被迫卖到恩
平一带，一直都没有再回来。"

"印象深刻的，要数当时的细圩，也就是今天的华盖市场所在地。
当时那里只是一个圩亭，是流浪者的避难所。每天都有人饿死在里面，

---

① 粤语，一个仙，指一块钱。

晚上活人走进去，白天尸骸运出来。每天在那里，都有人用黑色棺材把尸骸运走，有时一副棺材装几具尸骸。穷苦人家有人去世，只能用席卷起来埋葬，我们叫'软葬'。当然，富裕人家的丧礼还是比较隆重的，在大良蓝天巷，就专门有出租各种祭品的店铺，名字叫'连福'。"

战乱时代，基本不办喜事。"没有喜酒，也很少有人结婚。就算结婚，也没有仪式。但当时的饼家还是有的，主要经营中秋月饼和龙凤礼饼。"

淌血的日本军刀

1926 年出生于顺德县龙山村一户商人家庭的简杏梅，是抗日战争的亲历者。简杏梅的父亲在家中经营着两家杂货铺，有房有船有铺，家底殷实。而她则是典型的资产阶级大小姐，16 岁前从未煮过一餐饭、洗过一件衣服。1938 年日军发动广州战役后，家道落魄，家庭人员四处逃亡。12 岁的简杏梅也在这一年见证了日军侵略顺德的残忍暴行。

1938 年 10 月 21 日，日军机械化部队 3000 人冲入广州，攻占沙河，并占领广州市区，广州沦陷。日军侵占广州市区后迅速向周围地区进攻，简杏梅家所在的顺德便是日军继续进攻的地区之一。日军抵达顺德后驻扎在九江镇沙口（现为南海区），几乎每天都到龙山及附近乡镇"扫荡"。清晨五六点，日军"嗒嗒嗒"地踏着整齐的步伐来到了村子里，完全扰乱了人们的生活秩序。发现日军进村后，村巷里的人们开始四处逃窜，幸运的藏了起来，不幸的则被无辜杀害了。这一天，12 岁的简杏梅目睹日军杀害了 3 名无辜民众。

龙山村有座关帝庙，那是村里人祭拜祈求平安幸福的地方。日军到来时，很多人就会躲到关帝庙里面的阁楼里和巨大的祭拜神像后面。和简杏梅父亲一样同是开杂货铺的一个40多岁的男人，他在日军进村时也朝关帝庙逃去，但是他的行动迟了一步，还未踏进关帝庙就被日军发现了。手无寸铁的他被日军用刺刀刺倒在了关帝庙前，躺在血泊之中，遇难了。而他的妻子才返回娘家生产不久，还在坐月子。距离关帝庙稍微远一点的市场，一位卖水果的老板也被刺死了，被日军杀害的还有一名税所工作人员。他们都是被日军用刺刀杀害的。简杏梅述说这一段目睹的暴行时，反复地强调"一条街上就被日军刺杀了三个人"。

日军在龙山横行霸道，滥杀无辜，洗劫钱财，侮辱女子。有一天上午，日军带着刺刀来到了简杏梅父亲所开的杂货铺前。躲在家里面的父亲、奶奶和简杏梅的姐妹及其他家庭成员，被日军搜查发现后赶到家门口低头排队站着，他们只要稍有小动作随时就有可能被看守的日军用刺刀杀害。简杏梅和母亲，以及才3岁大的八姑在日军进门前恰巧正在黑漆漆的厨房里喝粥，听到"嗒嗒嗒"的踏步声后，简杏梅的母亲赶紧抱着八姑捂住她的嘴巴和她一起躲到了楼梯底下。庆幸的是日军没有进入黑暗的厨房搜索，她们3人逃过了一劫并在楼梯底下清晰地听到了日军洗劫物品的声音和父亲遭到暴打而发出的惨叫声。

日军搜刮店铺时将大米、大豆、白糖等物品全部装进布袋里，搜刮过程中日军还发现了放在家里的保险柜，继续暴打简杏梅的父亲，要求打开保险柜。家庭成员站在一起紧张地目睹着日军对家庭顶梁柱的暴行，简杏梅的奶奶最终出声了。她颤抖着发出哀求："你不要打他，我们要靠他吃饭的。"日军的拳脚相加暂停后，简杏梅的父亲踉跄地从地上爬起来，走进屋里拿出来一把钥匙打开保险柜。里面任何金钱也没有，只放了一些账本。简杏梅说："日本人不仅将我们家洗劫一空、暴打我父亲，还要我父亲将被洗劫的物品送到他们的驻扎地。"

傍晚时刻，号角响起，日军开始返回九江的驻扎地。简杏梅的父亲被迫将日军洗劫一天所得的物品运到九江。他将物品运送到九江后返回家的路上，遇到了两名被日军囚禁在军营内折磨至出现精神问题的女子。遭受了这一天的洗劫和磨难后，民众人心惶惶，街坊邻居中已经有不少人开始逃难了。简家人也坐立难安，等到晚上简杏梅父亲从九江回到家中后也开始商定逃难。为了保护家中长女简杏梅的安全，没过多久就把她送到了香港的亲戚家中暂住。从踏上前往香港的轮船的那一刻，简杏梅也开始踏上了香港、广东、广西等多地辗转的漫漫逃难路，她的人生也从此发生了翻天覆地的变化。

母亲死了，女儿卖了

　　战乱时母亲在逃难中途突然去世，留下 4 岁的李桂英孤苦伶仃，同行的人把她卖到广西一位慈善的地主家，后地主帮她物色了夫君。虽然李桂英的一生在广西度过，但她却忘不了自己顺德人的身份，终其一生都在寻找家乡亲人，却未能如愿。李桂英的女儿唐坤已退休，她讲述母亲在抗日战争时期的经历，并继续寻找顺德的亲人，希望还母亲生前所愿。

　　当时正值抗战，李桂英记得他们一家住在大良或附近镇子。适逢战乱，家庭困难，李桂英的母亲只好把她送到大良亲戚家寄养。后来又舍不得，于是想把女儿接回家。不料半路上日军来了，李桂英的母亲带着她往广州方向逃跑。到黄埔码头时，李桂英的母亲突然去世，留下 4 岁的女儿孤苦伶仃。同行的人把李桂英带到玉林，卖给一个姓黄的地主，这家人给她安排的工作就是陪陪家里小孩。这家人为人挺

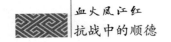

好，所以李桂英在他家也没有受过苦。

13岁左右，李桂英就到夫家生活了，当童养媳。地主家对李桂英很好，当时有好些人上门提亲，收养人就让李桂英自己选。李桂英最后选了唐坤的父亲。"父亲比母亲大几岁。父亲家大部分人都对我母亲很好。父亲1951年去当兵，20多岁时回来跟母亲成亲。1968年，父亲把我、哥哥、妈妈接到部队一起生活。1976年，父亲转业回玉林工作。"

自唐坤懂事以来，就听母亲提起自己的身世，说是顺德人，抗战时期逃到玉林。"她很希望能找回家乡的亲人。直至2009年她去世时，还对此事念念不忘。"

"李桂英"这名字是收养她的地主给她起的，当时她只有4岁，地主问她叫什么名字，她用顺德话说，不知是"李"还是"吕"，收养她的地主听不清楚就说："我们这姓'李'的多，你就姓李吧。"

"这收养人就帮她取了一个名字，叫李桂英。母亲身份证上的出生年份也是不对的，是她被卖到地主家后重新记录的出生日期。"唐坤说，她母亲共有三个哥哥和一个弟弟，外婆家在香港九龙。其中有一个哥哥，大家叫他"阿左"（谐音），大概是1921年至1923年之间出生的。

李桂英在家乡时，大哥二哥已经能帮父母干活，是三哥经常陪她玩，当时弟弟刚出生不久。李桂英记得，在顺德的老家，屋后有龙眼树，还有一个小学堂，幼年时每天都听到孩子的读书声。家里出门不远有条小河，上面有座小木桥，河对面有个小圩市。

唐坤的哥哥在玉林工作的玻璃厂里也有很多顺德人，1988年，顺德供销社有人送电风扇到玉林百货公司，玻璃厂的顺德人知道李桂英一直寻亲，于是把这位顺德来的送货员带去见她。"母亲把家里和周边的环境大致告诉他，这老乡回去后到处打听。"唐坤说，1990年，顺德送货员第二次来到她家，告诉她母亲找到一个地方比较像，"就在大良附近的龙眼村，也证实那家当年确实有母女俩失踪了。但那家房子已经丢空，房子主人隔几年才回来一次。那位老乡把母亲的经历写了一封信，交给邻居，叮嘱说房子主人回来后一定要交给他。后来在玉林也听说有人来找李桂英，但同名同姓的人很多，不知道是不是找母亲。再后来，我们到玉林的一家佛堂，据说是香港人捐建的，这位香港人曾经寻过一个叫'李桂英'的亲人，身上特征跟母亲相似，可惜已有人与他相认。"

在混乱中谋生

胡亮松，1935年出生，均安矺浦人。20世纪30年代，胡亮松的父亲胡德浩肩负起养家糊口的重任。当时胡德浩的父母已经不在世了，他已婚，还有两个未婚的弟弟，他既当长兄，也当父亲，养起一大家子的人。

当时胡德浩在广州经营布匹及买卖故衣的生意。广州沦陷前，他在广州上下九租了一排铺，售卖布匹和故衣，他的字是"广齐"，布匹店改名为"广栈"。他不但养起一家人，还带着两个弟弟一起做生意，而且还照顾乡亲。当时乡下生活比较困难，一些矺浦村民在乡下无法谋生，便到广州寻找谋生的机会，胡德浩租下的店铺也负责收留到广州谋生暂时找不到工作的乡亲。

胡德浩有两个女儿在10多岁的时候就到香港打工了。广州沦陷后，生意难做，他把上下九的店铺留给10多岁的大儿子打理，自己从香港批发故衣，也批发一些布匹，到鹤山沙坪销售。当时的沙坪，山高林密，日军不敢攻入，因此那里成了生意人转移生意的聚集地。

　　胡德浩不断奔走做生意，赚到钱马上拿回家。在广州留守"广栈"店铺的儿子守着卖剩的布匹，可惜所剩布匹最终被人骗走。有一天，一位穿着光鲜的顾客到店里，称附近学校的教师们要买布匹，让他把布匹捆好，随他到学校。胡德浩的儿子把布匹扛在肩膀上，随其到学校。这时，这位"顾客"让他坐在学校外面，他把布匹扛进去，等一下拿钱出来给他。可是，胡德浩的儿子左等右等，总是等不到那位人出来。后来他到学校一问才知道，学校教师并不认识那个人，那人扛着布匹从学校大门进去，却从另外一个门逃了。店铺最后的布匹被骗走了，生意无法继续。在香港打工的两位姐姐，虽然每个月只有20多元工钱，她们知道家里生意惨淡，从香港带回几千元投资到父亲的店铺。再后来，胡德浩也在豸浦开了一间杂货店，同样取名"广栈"。

　　同时，战乱时期，1929年出生的大良人霍泽枋，他的爸爸为了谋生，学会了修理藤席的技术，就带着他和弟弟到处跑，帮别人补藤席。"我们一段时间在一个地方停留，补完这个地方的藤席后又去另外一个地方停留。住宿的地方是租的，当时还没有'出租屋'的叫法，很多都是农民家庭多出来的一点点地方，我们就这样住下来谋生了。妈妈带着妹妹留在顺德，我们赚到钱就拿回去养家。"

　　"日军攻入后，大良生意难做，爸爸带着我们到万顷沙，大概就是番禺一带，其中以大岗的生意最好，因为这时那里还处于半沦陷状态。此后，我们还去过中山等周边地方。那时的我已经会补藤席了，爸爸到处跑，找生意，找到生意就由我们两兄弟上门帮人补。"霍泽枋说，"以旧补旧。当时爸爸回收别人不要的旧藤席，把藤拆出来，再用这些藤来缝补其他藤席。我们的技术很好，缝补过的地方，没有痕迹。"当时，一些收旧物的店铺也请他们帮忙补藤席。"我们很乐意去呀，工作完后就有一餐饱饭吃，这已经很幸福了。"

卖掉衣服换钱买米

何时端 1924 年出生于危地马拉。1932 年，父亲把他送回国读书，学中文。何时端清楚地记得，由于父亲到处都有生意，所以当时在广州读了一年，在沙滘读了一年，在小涌读了一年。他在乐从经历了抗战时期。

15 岁，何时端开始工作，他在沙滘市味兰熟烟公司打工，有点文化知识的他，当时已当上二掌柜。公司结业后他向父亲借了 1000 元，经营故衣生意。抗战时期，很多人把衣服卖掉换钱买米，他从佛山收故衣，一边拖着货一边步行至龙山销售。何时端很有生意头脑，他将买故衣剩下的钱用来投资片糖，当时的片糖 375 元一缸，他买了两缸，又托人再买一缸，到了年末卖了个好价钱。

后来，乐从永大丝织厂一位叫何长的股东兼管理人员欣赏他的能力，问他是否愿意到丝织厂工作。何长安排了一位厨师教他如何煮饭炒菜，何时端当起厨师和保卫（保安）。当时是"大天二"横行的年代，他走到哪里都背着两支枪，一支长枪和一支短枪。每次把货送出去把钱拿回来，随行必须由 4 名保卫护送，因途中常常会遇上"大天二"拦路打劫。

而在 1934 年出生的乐从人何耀祥的记忆里，抗战时期，日军在乐从沙边附近的大坝建设军营。当时村民划艇去耕作区，艇上一定要插着日军的小旗，而且划艇经过日军的哨岗还须敬礼。曾经有村民没敬礼，被日军抓起来，让他脱掉所有衣服，双手举起阶砖站着，直至找到下一个不敬礼的人才放他走。有一次干完农活回来，所有村民被日军抓住，要求锄掉路旁的草，大家只能听命。

一贫如洗仍心系抗日

在《沧海扬帆——乐从华人华侨历史》①一书里，记载了顺德华侨抗战时期的赤子之心和力助抗日之举。

乐从良教人霍荫芝（1889—1966）早年习医，后到马来西亚吡利霍广益矿务公司任书记员，1912年加入同盟会，后到南非，除默默支持孙中山推行"三民主义"外，还在抗战期间取道还乡，为广游二支队服务，出生入死，血雨腥风，而他全情投入，只为抗战出力，生死荣耀则置身事外。他更为乐从同仁医院的创办积极筹款，又在家乡良教开办夜校，赈济饥民，荣获清誉。

马达加斯加的同胞在乐从乡亲霍锡标、霍恩连等人的倡导下，采取竞赛形式，由各级级会各自负责筹募，以资比赛成绩。他们以标语、漫画等形式号召人们生产和购买"劳军袜"，而桑巴瓦的乐从人岑铨荣、马仲如、霍耀辉、黎真诚、陈仲簾等人积极筹捐，共筹得侨款200多万法郎。因此，《新华日报》《解放日报》分别对南非、马达加斯加、毛里求斯、莫桑比克的华侨捐款情况进行了报道。

抗战期间积极支持家乡的还有乐从沙滘南村人陈礼纯（1915—1986）。1934年他在马达加斯加承接父产，后又在巾麻郡经营"同发泰"，买卖土特产。抗战军兴，作为当地抗日救国总会领导人之一的他积极发动华侨捐款救国，后任华侨总会会长，并创办华侨学校。而在

---

① 李健明编著：《沧海扬帆——乐从华人华侨历史》，乐从镇教育和文体局出品，2014年。

1909 年便在毛里求斯定居的黎东生（1889—1981），于 1922 年在路易港开设保寿堂，专营药材杂货，后创办培英小学，1937 年到 1941 年任"华商总会"会长，后任抗战援助会总务主任。

生于乐从沙滘西村的陈信宁（1889—1971），少年时代家道贫困，后负笈出洋，在留尼汪当家佣，后渐积财富，投身商界，筚路蓝缕，白手起家的他终于与陈丽墀、张德生一并称雄商界，后任留尼汪中华总商会秘书长。抗战期间，陈信宁任"华侨救国后援会"会长。陈信宁是"同德"烟厂的老板，他当时有一台收音机，华侨们就建议他将所听到的抗战信息刊印出版。于是，他就用玻璃板印刷机刊印抗战消息，后来，他更创办《天声三日刊》中文报刊，自任编辑，及时报道抗战消息及英雄人物，令侨居海外的华人倍感自豪。据老人回忆，每逢周一，人们都会在陈信宁家中静听其传播抗战消息。

与他异曲同工的是勒流人廖平子。早年，他一直为广州《平民画报》、美洲《大汉日报》撰稿，笔锋所及，所向披靡，人们读之皆引以为快，他信奉民主革命，宣传抗日救亡，殚精竭虑，不舍昼夜。抗战期间，他避居澳门，虽一贫如洗，仍心系抗日。他独立手书《淹留》诗刊。此杂志，以诗画形式，痛斥日寇，宣传抗日。这本杂志，都是他独自创作，亲自作画，亲笔誊写，自己装订，可说是独一无二的奇迹。作为半月刊，《淹留》每期手抄 15 册，每册销售 10 元，他就是靠着每个月 300 元资金支撑全家生计。《淹留》共出版 40 期，后改名为《天风》，又发行了 14 期。最后，他寄居曲江，将刊物易名为《予心》，出版了 5 期，终因贫病交加，撒手人寰。

走遍大半个广东为抗日

　　曾炜是顺德人，他女儿曾应枫介绍，1938 年，广州沦陷，父亲与成千上万市民一起，逃往粤北。有志于以戏剧唤醒国民抗战意识的他，加入了"广东青年抗日先锋队战时工作队第 123 队"。作为宣传抗日救亡运动的一员，第 123 队辗转各地，每到一处，即张贴抗日标语，向民众演讲，上演街头剧。

　　"条件好时在村落搭建临时舞台，条件简陋时就将两根竹竿竖起来做布景，在街头、田头随时随地演出，宣传抗战。"曾应枫介绍，虽然在政工队从事文艺宣传活动，不用直接与敌人拼杀，但那环境之艰苦、思想之紧张，一点不比上战场轻松。政工队员整日背着背包，带着干粮，跟着部队行军，经常饭没吃一半就出发了，馒头放在怀里，行军中实在饿了，就摸出来啃几口。住的地方基本是村里的祠堂旧庙，用禾秆一铺就躺下了。那一年，粤北特别冷，寒冬腊月，冬装供应不上，上身穿一件厚衣，下身只穿条短裤，那大腿与双脚冻得红中带黑，可他们就这样坚持下来了。有一次宿营，父亲发现一位从香港回来抗日的年轻战友竟然没有毯子，就把自己的军毯剪成两半，一人盖一半，共度时艰。五年里，父亲和这些大部分来自城市的热血青年，为抗日时艰走遍了大半个广东，生活虽然艰苦，但他们一心只在抗日上，梦里都会呼喊口号："抗战必胜！"

　　1939 年，"广东青年抗日先锋队战时工作队"从广宁行军到韶关，集中到翁源十二集团军政工队集训，曾炜在此时阅读到毛泽东的论著

《论持久战》，同时也读了《铁流》等苏联小说，他的觉悟大大提高，人生观有了新的改变。同年 10 月，曾炜被编到一五四师九二〇团政工队，当选为队委，负责政工队的艺术宣传工作，他更加积极投身抗日救亡运动，当演员、导演，还当老师，教士兵唱歌，为大众写戏，什么都做。

曾炜最拿手的是自编自演活报剧，每到一个地方，在街头人多处竖起两根竹竿，拉上横额就可以演戏了。当他们演出街头剧《放下你的鞭子》时，台下的民众把戏当作真人真事，纷纷抛送铜币，情景感人。有时演戏时群情激愤，演反派的演员还会受到袭击，可见民心不可侮。由于经常行军，每到一个地方，宣传演出多是即兴发挥的，条件好些的地方，就会上演些小话剧，他记得还主演过小话剧《凤凰城》、多幕话剧《麒麟寨》等。

七岁离家，回来已是战士

顺德被日军占据时，许多人都往广西逃难。1939 年，年仅 7 岁的均安沙头的黄杏贤，得知桂林孤儿院在招收学生的消息后，就向父母提出要去广西。母亲不同意，但父亲认为不能全家人在均安等死，就在他的衣服上缝了一块布，写了父亲母亲的名字，给了一些盘缠让他和另外两个小伙伴一起走路去广西桂林，之后杳无音讯。他回来时已是解放军战士。

黄杏贤于 1949 年 11 月任粤赣湘边纵队顺德独立团的通信员；1950年 3 月起，任广东珠江分区顺德县大队通信员、班长、文书；1951 年 11月起，先后在广东珠江分区青年大队二中队、中南军区测绘学校、沈阳军委测绘学校学习；1954 年 7 月起，在中国人民解放军总参谋部测绘局任见习员、三角测量员；1956 年 10 月起，任国家测绘总局测量员。

1959年4月19日，黄杏贤随队进入新疆天山进行测绘。面对变幻莫测的天气、艰难险恶的自然环境，黄杏贤小组坚韧不拔，是当年第一个进入目标区域的尖兵。作为组长，他以身作则，坚定意志，凡事走在前面，并鼓励同志们克服困难。7月10日，巴音布鲁克大草原天气晴朗，因为连续多个雨天不能作业，此时黄杏贤十分兴奋，一早就带着工具和几位同事上山找点位，午后15时终于确定了6号点位。

回程时他想再检查一下情况，因为山路崎岖，同行的同事没有他走得快，他就让同事先回去，并说："我一定能比你们先到家！"傍晚时分，由于冰雪消融，返程必须跨过的河流瞬间变宽，黄杏贤被阻隔在河中间的小石滩上，由于只吃了早饭，穿着又单薄，入夜后气温骤降，饥寒交迫，他只能独自来回走动保暖。因河流湍急，四周漆黑一片，同事们几番努力依然无法跨过河流实施救援。

11日白天，同事找到黄杏贤冻僵的遗体，根据他携带的仪器，推定其牺牲时间是凌晨2时。黄杏贤的牺牲令测绘队员们十分悲痛，测绘队党委决定将黄杏贤生前最后所选定的6号点命名为"黄杏贤点"。

听了"对日寇最后一战"声明

草明，原名吴绚文，共产党员，1913年6月15日生于顺德桂洲东头第禄巷。在广州读中学时，即接受苏联十月社会主义革命的影响。草明1937年七七事变后任广东文化界救亡协会理事，以《救亡日报》记者的身份奔赴前线；1938年奉周恩来之命与廖沫沙、周立波、欧阳山到沅陵办《抗战日报》；1939年到重庆，参加"中华全国文艺界抗敌协会"搞宣传；1941年到延安，任中共中央文艺研究院文艺研究室特别研究员；1942年，参加延安文艺座谈会；1945—1950年赴东北做"接收"工作，先后在张家口、宣化、哈尔滨和牡丹江镜泊湖水力发电厂、沈阳皇姑屯铁路机车车辆厂等单位工作。

《我的1945——抗战胜利回忆录》《抗战胜利·民间影像特辑》①均有记载：1945年春，陕甘宁边区连续几个月干旱无雨。当时延安大学有19个班，每班排成一条送水线，19条由人群排成的送水线，从延河边伸向窑洞顶部的山顶，人山人海，此呼彼应，十分壮观。4月下旬，天公作美，连续几天下了几场透雨，庄稼都茁壮地拔地而起。真是天时地利人和，大家心里都乐开了花。

1945年，草明的女儿欧阳代娜年仅15岁，是延安大学自然科学院理预科班的学生。

8月8日，欧阳代娜从新华社知道了苏联宣布对日作战的信息。"苏联红军对日宣战了！"消息随欢呼声立刻在延安大学校园里传播开来。

8月9日，中共中央发表题为《对日寇的最后一战》的声明，号召全国人民团结起来为争取最后的胜利而斗争。

8月6日和9日，美国先后在日本的广岛与长崎投下两颗原子弹。党中央的机关报《解放日报》登载了这条消息，也转发了一些西方报刊的报道。

8月10日傍晚，延安新华通讯社从路透社、合众社收译到十万火急的电报："日本投降了！""日本天皇已经接受了同盟军的条件，宣布投降了！"

不一会儿，延安的清凉山上已经响起了一片欢呼声，从文化沟传向延安新市场，传向杨家岭，传向枣园。延安的每座黄土高坡，每条溪水小沟都传来了人民群众的欢呼声、锣鼓声、口号声："我们胜利

---

① 《我的1945——抗战胜利回忆录》《抗战胜利·民间影像特辑》均由《民间影像》编委会编，同济大学出版社，2017年。

了！""近百年来我们第一次打败帝国主义侵略者的进攻！"

延安大学更是沸腾了！全体同学走下山去，站在大礼堂门前那唯一的一块约300平方米的空地上，那也是学生们的露天饭堂。欧阳代娜与同学们打起火把，敲起锣鼓，跳起了秧歌，唱起抗战歌曲和陕北小调，全身心都得到了前所未有的舒畅与欢快，整个延安都沉浸在巨大的欢乐之中。

从8月中旬开始，延安大街上络绎不绝地走过一支支奔赴前线的小分队，大家相互告别的话语只有三个字："前线见！"

在川流不息的人群中，欧阳代娜看到身体瘦弱的母亲草明也在其中。一个月前草明还因病入院治疗，但在她三番五次的强烈要求下，组织上还是批准她跟随古大存同志出发了。虽有千言万语，草明、欧阳代娜母女相互也只说了一句话："妈妈您要注意身体！""你们放心，好好工作！"欧阳代娜目送母亲走入了东去的人流中。

蒋介石于8月14日、8月20日、8月23日分别三次发电给延安，邀请毛泽东主席去重庆谈判，商量国是。

8月28日上午，延安大学的师生和延安军民在机场欢送毛泽东主席去重庆谈判。欧阳代娜在现场看到：毛泽东主席的身影出现在机舱门口，向送行的人群告别。飞机在机场上空盘旋三圈后，直穿云霄飞走了。欧阳代娜的眼睛湿润了，她似乎也随着飞机远去了。

10月11日下午，欧阳代娜与同学们在延安机场迎接毛泽东主席从重庆回到延安。当毛泽东主席伟岸的身影出现在机舱门口时，全场欢呼声雷动。毛泽东主席满脸微笑，经过43个日日夜夜斗争的重庆谈判，终于取得了历史性胜利和对中国革命未来发展的信心。

1946年5月11日，16岁的欧阳代娜在延安大学加入了中国共产党。5月16日，中央组织部通知欧阳代娜到杨家岭中央办公厅工作，第二天她即打起背包去报到了。此后，欧阳代娜很幸运地工作、战斗在毛泽东主席的身边。

尾 声

日寇末日

1945 年春，驻在广西百色、由张发奎统率的第四战区部队改制为第二方面军。8 月 15 日，日本投降后一个星期左右，一向隶属张发奎指挥的广东部队第六十四军接到了第二方面军的命令，第六十四军归朱晖日指挥，开往海南岛接收日本军队受降。军长张驰即率参谋长陈郁萍等少数官兵由驻地苏墟先行出发，指挥队伍随同前进。原任该军上校日文翻译官，刚调任该军新成立的政治部第一科上校科长，因翻译工作需要，仍留军部并随同先行人员行动。但出发后只几天，8 月 28 日，突然奉令改为开往江门新会，接收在中山、顺德和新会等地的日军第一三〇师团受降。

9 月 16 日，广州地区的受降，已由第二方面军司令官张发奎，在广州中山纪念堂召见代表日军投降的日军第二十三军司令官田中久一，宣读了受降第一号命令，并由田中久一在降书上签字执行。第六十四军因此不用举行受降仪式，只是通知日军第一三〇师团"派遣代表于 9 月 26 日上午 10 时，到达单水口镇对岸的台山县公益埠胥山中学"接收第六十四军前进指挥所主任陈郁萍有关投降就俘实施的规定和要求的指示。日军遵照电令的联系办法，派出了该师团参谋长吉村芳次大

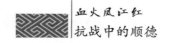

佐率领参谋石川中佐以及通译黑田、伊藤等，乘坐挂着日本旗的汽船依时到达。

李益三先生在《广东文史资料》第 50 辑发表的《江门大良受降接收见闻》一文中说，为了监视敌人投降就俘，接管武器物资，第六十四军除所属一三一师已于 9 月 29 日开始先后进驻接防江门、新会、九江、官山、市桥、沙湾外，所属一五九师主力也于 10 月 4 日由台山开抵石岐，接管该地仓库；另一个团于 10 月 5 日推进容奇和监视澳门的日伪行动。军部前进指挥所便由陈郁萍率领，于 10 月 8 日从江门推进大良，驻在西关区公所，指挥点验接收，限日军于 10 月 16 日前把所有携带的武器资财归入仓库，等候点验后进入集中营。日军则派出了参谋石川中佐为联络官，每日按时前来指挥所联系，听取有关规定指示，回去转达遵办。

第六十四军军长张驰于 10 月 16 日偕同政治部主任刘道琳，由江门抵大良视察，并出席大良各界在县民众教育馆召开的欢迎大会，以及在一间酒家举行的公宴。张驰于 10 月 17 日在旧县府礼堂召见日军师团长近藤新八，借以了解日军投降就俘的实施情况，当面指示他要督饬所属严格执行规定，并询问有何困难和要求。

不料近藤新八竟敢在会场无理取闹，演出了一场日军绝不甘心失败投降被俘的丑剧。他被召见，带进会场时，昂首望着张驰军长坐下，不但没有俯首低头的表示，且横眉竖眼，怒目敌视。张驰对他讲的话通过翻译，他虽连声说些什么"知道""是""已照办"等敷衍之词，但当张驰问到有什么困难和要求时，他就提出要了解进入集中营后有关解决给养的问题。

张驰即答道："这事以后由战俘管理处负责处理，到时定会妥为解决，我现在可将情况反映，可以放心。"

张驰语气平和，且合乎处理那些问题的程序。

　　岂料，近藤新八听后，突然以右手掌猛击桌面，并疾言厉色地指着张驰质问："你们既负责受降接收，则不该什么也不愿负责、不敢负责、不敢处理。这样的事情也要报告请示、等候答复，延误时日，这岂不是令我们到时遭遇困难也不知如何解决……"

　　平日素有"阿婆"称号的张驰不知其所指，只冷静地瞧着他凶相毕露的丑态。而随同出席的第六十四军军部参谋长陈郁萍、一三一师师长张显岐和一五九师师长刘绍武等，无不怒容满面，气愤异常。日军参谋长吉村芳次、参谋石川和两个通译两眼发愣，惊慌失措。

　　由于气氛紧张，两个日军翻译在仓促间弄得瞠目结舌，无法及时译述。近藤新八由于翻译未能译出其言，达到畅所欲言，气得他狂妄地用右手指着李益三大喝："你翻译！你翻译！你译得很好。"

　　当时，李益三已听入耳朵，怒在心里，只因职责攸关，不便发怒。现在由于近藤新八这一指一喝，激起怒火，李益三便用手在桌面大力一拍，指着他大声喝骂："真是岂有此理！你竟忘掉了你已是一个投降被俘的俘虏！你没有资格要我替你翻译！"

　　骂完后，李益三还瞪目向近藤新八怒视。

　　这时，近藤新八，他那只右手才悄悄地放下缩了回去，头脑稍微冷静了一点，会场的紧张气氛才逐渐地缓和下来。

　　事后，刘绍武问李益三："你是怎样用三言两语便把他的余威挫下来了？"

　　得知李益三的喝骂内容后，大家都赞扬李益三做得对，骂得好。

　　当天下午，石川中佐偕同两个通译神色沮丧地到指挥所要求会见李益三，承认上午发生的事情完全是他们师团长的错。几天后，李益三等人集中到一个大广场检查日军师团部军官的行李衣物，该检出的被检出，不该检走的则发回整理放置。这时，近藤新八又突然站了出来，破口大骂，他虽是喝骂部属，其实是指桑骂槐，借机发泄他不甘

降服的愤怒情绪。

先前日军第一三〇师团调抵中新（中山、新会）地区后，分驻在开平、台山、石岐、江门、顺德、东莞、虎门等地，师团部及直属队、野战医院皆驻沙湾。日军投降后，一三一师接防沙湾，令该地日军暂移驻新会。一五九师则接防石岐，令交防后的日军开往大良附近集中。10月5日，全部接防完毕。日军第一三〇师团除了留在虎门的官兵约280名及留在广州、九龙的病兵100余人未归外，其余主力11140名在交防后皆于10月8日全部开抵沿中顺公路两旁的大良、大洲、鸟岛、鸡洲、羊额、仕版、伦教、荔村、严家围等地集中，由一三一师三九三团对战俘的移防集中实施监视，并于10月14日起由该团对战俘实施解除武装。17日，已解除了武装的全部战俘徒手进入设在原地的集中营。

陈郁萍于10月24日在大良前进指挥所召集设立集中营所在地的乡镇保长及各界代表举行了座谈会，讲有关解除日军武装、设立集中营等情况，并要当地居民协助管理人员，做好对日俘的监视管理工作，并规定"不得虐待战俘；不要替战俘藏匿任何物品；应及时举报战俘的违法行为；不准与战俘有任何来往或非法交易，违者将受法律处分"。①

10月26日开始对战俘进行点验，至29日点验完毕，全部战俘被关进了集中营。至此，对日军第一三〇师团的受降接收工作，按照原来的部署计划全部完成。

1946年3月24日，近藤新八作为战犯从顺德战俘集中营被押解到广州，于1947年10月31日在流花桥刑场被处决。

这也是日寇的末日。

---

① 李益三：《江门大良受降接收见闻》，《广东文史资料》第50辑。

附　录

附录1　抗战硝烟中的顺德

　　翻阅日历，抗战硝烟中的顺德很是沉重，小小的土地上因为有对侵略者的抵抗、对来犯敌人的消灭，引来了敌人战机的轰炸、大炮的炮轰、枪弹的扫射，顺德人民家破人亡，清水变红。

　　阅读1996年中华书局出版的《顺德县志》，1931年至1945年的顺德，尤其是1937年到1945年期间，这片美丽富饶、四季常青的水乡，在中国共产党领导下，到处响起了反抗侵略者的枪声，真是血火凤江红！

1919 年

　　11月，顺德县立中学学生罢课游行，反对巴黎和会的不平等条约，顺德工人组织检查队，抵制和烧毁日货。

1931 年

　　9月底，县立乡村师范学生组织"抗日救国会"，陈村民众组织抵制日货检查队，禁止商户采办日货。

　　10月3日，县各界团体5000多人在县城顺中学校举行国难志哀民众大会，提案组织"顺德各界抗日救国大会"，并通电全国抗战救亡，

促蒋下台。会后冒雨游行。

10月，中共顺德县委与上级完全失去联系，解散组织，停止活动。

1933 年

10月，县民众团体征收商店住户救国月捐援助东北义勇军，并设举报箱，供民众举报奸商销售日货。

1936 年

1月中旬，广州广雅中学顺德籍学生宣传队到大良开展抗日宣传活动。

7月1日，大良各界举行抗日示威集会游行。

1937 年

8月2日，顺德县"御侮救亡会"成立。

8月15日，三区陈村、碧江等乡编组义勇壮丁队，以备抗敌御侮。

9月16日19时20分，日军3架飞机飞至陈村上空盘旋。

秋，国民党第四战区战时工作队抵驻容奇，开展抗战救亡宣传组织工作。

12月3日，县府编组义勇壮丁常备大队，以备抗日救亡，县长许廷杰兼任大队长。

冬，广州教忠中学、中大附中等校的顺德籍学生回县宣传抗日救亡。

1938 年

1月20日，容奇、桂洲地区组织民众抗日自卫团。

2月19日晚，大良各界万余人举行抗日火炬大巡行。

3月30日上午9时20分，日军飞机投弹轰炸沙头乡及容奇圩，毁屋数十间，死伤 10 多人。

春，中共西海路尾围支部建立，书记是罗享，隶属中共广州市委外县工作委员会领导。

5 月 5 日，八路军参谋长叶剑英到三区碧江振响楼作演讲，介绍七七事变前后国内外形势，号召进步青年投身抗日救亡运动。

5 月，中共南（海）顺（德）工作委员会成立，书记为范志远，委员为林锵云、黄万吉等。

6 月，林锵云在顺德重新组建中共龙眼支部和大良支部。

8 月，不少群众抗日自卫团相继成立。

10 月 2 日，日军飞机在大良、沙头投炸弹，炸毁房屋，杀害平民。

10 月 23 日，日军进犯陈村，遭到本县抗日武装 1000 多人奋勇抗击。其后，日军侵占陈村、乐从、龙江。

10 月 26 日下午，日军第五师团步兵第二十一联队进占大良。县长苏理平与政府人员撤至八区古朗乡。

11 月 5 日，日军退出大良，广东第一游击区第三支队司令何刚、县长苏理平和县民众抗日自卫团统率委员会主任何惠培率众返回大良，县府暂设珮岗冯氏宗祠。

12 月 17 日，日军 3000 多人在本县龙江、龙山和南海九江进行"扫荡"。

1939 年

1 月 4 日凌晨，驻九江、龙江、佛山日军近千人从水陆两路再犯陈村，焚毁屋舍店铺 100 多间，杀害 200 多人，强奸妇女 10 多人，拘禁 700 多人。

1 月 14 日，日军退出陈村后，土匪拥至新圩，一连三天焚杀劫掠。

2 月 19 日，林锵云、范志远、黄云耀等领取"第四战区直属广东第一游击区第二支队游击司令部特务中队"番号,建立人民抗日武装。

3月9日,日军焚劫大晚乡。

3月12日下午,日军由勒流、陈村分路攻进大良。县长苏理平率领职员撤至容奇、桂洲。

3月27日4时40分,日军进攻容奇、桂洲,顺德游击队①与日军激战。容奇、桂洲失守,日军沿途杀人放火。

4月22日晚,广游二支队司令吴勤率领部队袭击陈村新圩日军。

7月12日,日伪顺德县治安维持会改称"南海行政专员公署顺德行署"。不久改称"顺德县行政专员公署"。

9月21日晚,顺德游击队分五路反攻容奇、桂洲。

9月26日晚,第一游击纵队司令袁带率领顺德游击队反攻大良,日伪、军溃逃。

12月18日,日、伪军迭受重创,撤至沙头、容奇。顺德游击队开进大良。县长刘昭常设临时县府于珮岗龙箫轩祖祠。

12月28日,日、伪军沿容良公路进犯大良,与顺德游击队展开激战,日、伪军被击退。

12月31日,沙头、容奇日、伪军再犯大良,被顺德游击队击退。

1940 年

1月,各方武装队伍组织成立顺德游击临时指挥部,址设县府,潘幼龄任总指挥。

3月1日上午9时,日、伪军2000多人从海陆两路进攻大良。顺德游击临时指挥部分路组织抵抗,至傍晚,日、伪军攻入大良,城内一片混乱,城郊大火冲天。

3月,中共南番中顺工作委员会成立,林锵云任书记。

---

① 国共合作时期的抗日队伍。

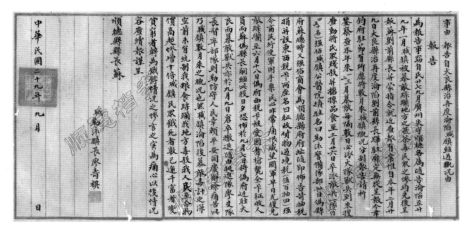

◎这是一份日军侵略顺德的铁证

4月29日，日军包围岳步乡，滥杀无辜，焚烧茧市。

6月，中共南番中顺中心县委建立，书记为罗范群，委员为林锵云、陈翔南、刘向东、严尚民。

8月，中共广东省委委派由延安派到广东的军事干部谢立全、谢斌担任中心县委委员，负责军事工作。

8月，罗范群、林锵云在鹤山沙坪同国民党顺德县党部书记陈文洽谈判，达成团结抗日的协议。

11月26日，乐从人马济、钟潮、钟添等在沙湾张涌口武装截击日本商轮"海刚丸"号，缴获枪械和物资。

12月，广游二支队独立第一中队进驻西海，开展西海据点的建设工作。

是年，大饥荒，死人甚多。

1941年

年初，中共顺德区工作委员会成立，书记为郭静芝。出版机关刊物《顺德抗战报》。

2月2日，护沙独立大队长张初招引日军到龙江烧杀抢掠，焚屋70

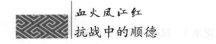

余间，民众死伤 170 多人。

2 月 3 日，日军分乘小轮 3 艘及拖船 2 艘偷袭西海，林锵云、谢立全指挥独立第一中队与民兵奋起应战，毙伤日军 10 多人。

3 月 29 日，伪陆军第三路第二团由广州郊区移驻顺德。

是月，独立第一中队袭击驻泮涌的梁润县伪警察大队，歼敌一个中队。

6 月，中心县委得知广游二支队第一大队大队长刘登预谋带队投靠国民党，通过二支队司令吴勤把其第一、二中队带回本县西海。

7 月 29 日，日军进犯陈村，将男女老幼 2000 多人囚禁新圩，施放毒气杀害 50 余名男子，强奸妇女 100 余名。

8 月 6 日上午 11 时，日军 100 多人在勒流抢掠，拘禁 2000 多人于麦云林祠堂，断绝供给饮食两天，并对部分民众施以酷刑。

10 月 17 日，伪军 2000 多人从番禺分三路进犯西海。林锵云、谢立全、刘向东率部迎战，在统战武装的配合下，击退来犯之敌，歼灭一个团，毙敌 200 多人，俘虏 10 多人。是役称"西海大捷"。

10 月 22 日，日军从广州调动一个联队兵力，以飞机、舰艇配合进犯西海，焚毁民房及茅屋 100 余间。在西海军民反击下，日军撤走。

11 月 22 日，汉奸周启勋勾引日、伪军进犯七区里海乡，纵火焚屋，抢掠财物，杀害群众 70 多人。

1942 年

2 月 15 日凌晨，日、伪军数百人分三路进攻西海，遭到广游二支队顽强抗击。天黑后，日、伪军杀害群众 23 人，放火烧屋后撤走。

3 月 25 日，日军进犯三区槎涌，纵火焚毁民房数百间。

5 月 7 日，战地国民兵团"挺三"司令林小亚买凶在陈村水枝花渡口暗杀广游二支队司令吴勤。

5月9日，广游二支队通电国民党第七战区司令部、省党部、省政府及各界同胞，揭露暗杀吴勤的行径。

7月初，广游二支队与马济大队联合攻打驻林头、北滘、广教的伪军。

夏，中共顺德区工委撤销。

9月22日，日、伪军2000多人围攻西海、北滘、林头、广教，广游二支队分路转移隐蔽。

10月，顺德县战地国民兵团自卫队在中山六沙阻击并俘获日军炮艇"南海丸32"号。

11月3日，国民党县党政联合办事处再迁鹤山县玉桥乡。在县境设临时办事处，代行县政府职权。

12月，日军侵占香港，居香港的顺德县人9500多人回乡避难。

1943 年

2月，南番中顺游击区指挥部成立，总指挥为林锵云，政治委员为罗范群。

3月，南番中顺中心县委撤销，成立中共南番中顺临时工作委员会，书记为罗范群。

3月，日军100多人分乘4艘橡皮艇再犯西海，焚屋100余间。

4月，日军派兵数百围攻龙山海口横塘角，与县战地国民兵团自卫队发生激战。

9月26日，勒流武装团队在古朗乡与日军交火，毙敌两名。

12月，南番中顺临时工作委员会改称"中共珠江特别委员会"，书记为梁嘉。

1944 年

6 月 26 日，南番中顺游击区指挥部组织番禺、顺德、南海、三水的武装队伍，由谢立全、严尚民、郑少康率领夜袭市桥，毙、俘敌 100 多人。

7 月 1 日，顺德与南海、三水的抗日武装队伍联合攻打乌洲，活捉伪联防大队长梁葵。

10 月，中共领导的顺德都粘乡抗日民主政权成立，乡长为何炽荣。乌洲、大洲、鸡洲联乡办事处同时成立，主任为梁启亮。

1945 年

1 月 15 日，广东人民抗日游击队珠江纵队成立。顺德、番禺大队编为第二支队。

3 月 30 日，日、伪军进攻驻旧寨乡的顺德大队旧寨中队。班长李国带领 5 名战士在旧寨塔阻击日、伪军多次进攻，至 4 月 1 日凌晨安全突围。

3 月 31 日，伪军 7000 多人大举进犯顺德、番禺的广游二支队。

4 月 24 日，顺德大队在三区都宁岗、桃村岗与日、伪军激战后，撤离西海。

5 月 10 日，顺德大队与番禺大队在南海县官窑黄洞村会合挺进西江，顺德大队副大队长何球率 70 多人留守。

10 月 5 日，国民党第六十四军一五九师四七五团团长李振中率部进驻容奇、大良，接收日军第一三〇师团战俘。

10 月 10 日，李振中在容奇海傍民族酒家设宴诱捕容奇、桂洲汉奸黄礼、黄祺、谭岳、朱坤、李文征等，后一一处决。

10 月 17 日，国民党第六十四军军长张驰在县府礼堂召见日军中将师团长近藤新八。当日，11000 多名战俘分别羁押城郊的多个集中营。

12 月 24 日，中共广州市工作委员会下辖番禺特派员周锦照，派出中共党员岑君成到桂洲开展活动。

1946 年

2 月，中共广州市郊区党组织委派李株园任中共顺德县特派员，重建顺德县地下党组织。

3 月 18 日，羁押在大良的日军战俘开始被分批遣返回国。

8 月 11 日，县政府部署各乡镇开展清查汉奸、土匪大行动。

叶剑英抗日演讲旧址

振响楼原名裕德堂，为赵氏家族祠堂，始建于明代。该楼坐西向东，原为三出三进，现仅存中堂。1937年秋，广州广雅中学迁到碧江，以振响楼为校舍。

1938年5月5日，八路军参谋长叶剑英在振响楼向800多名师生作题为《把握住抗战胜利的基本条件》的演讲，号召全体爱国师生"努力于中华民族的解放事业，求得中华民族的自由，努力前进！"这次演讲，有力推动了顺德民众团结抗日，鼓舞了民众对夺取胜利的信心，将顺德群众抗日活动推向高潮。

◎叶剑英当年在碧江振响楼作题为《把握住抗战胜利的基本条件》的演讲

1938年10月，顺德沦陷，加之广州战役形势紧迫，广雅师生被迫作别碧江，紧急迁徙至与广西接壤的信宜县水口村。部分学生选择留下，与当地爱国民众一起参加珠江敌后抗日游击战争，投入到独立自主的抗日救亡实践中。

从碧江迁址信宜后的广雅中学，于 1940 年成立中共南路临时中学党支部。在其领导下，同学们纷纷许身祖国，有的同学奔向延安参加革命，有的同学走上前线参加南路各地武装起义。不少师生在抗日战争中英勇牺牲。1996 年 7 月 7 日，叶剑英长子叶选平为振响楼题匾"广雅中学碧江校址"。

西海抗日烈士陵园

1938 年 11 月中旬，林锵云带领党员联合抗日军民开始在西海等地筹建抗日武装。由于西海地理位置重要，群众基础好，党和广游二支队在西海及其周边的游击活动越发活跃，逐步创建了以西海为中心的抗日根据地。此后，广游二支队以西海为基地进行了 30 多次的军事行动，消灭了大量的日、伪、顽军，取得了"西海大捷"等三次重大胜利，但也付出了重大代价。在整个抗战时期牺牲的中共顺德抗日武装战士，姓名可考的就有 105 位。

西海抗日烈士陵园始建于 1952 年，历经数次扩建、重修，现由烈士纪念碑、陵园园区和顺德抗日战争文物陈列馆组成。西海抗日烈士纪念碑高大挺拔，气势磅礴，彰显西海抗日烈士功垂千秋，象征烈士们永垂不朽。

◎在西海抗日烈士陵
园祭奠革命先烈

顺德抗日战争文物陈列馆

　　1980年，顺德县政府拨款在西海抗日烈士陵园内兴建顺德抗日战争文物陈列馆，于2010年加挂"珠江纵队纪念馆"牌子，该馆位于北滘镇西海烈士中路116号。馆内分区展出了抗战时期的珍贵文物，有武器、文件资料、医疗品、各色徽章等，更有主题为"广东抗日游击队珠江纵队革命历程"的展览，再现了那段风起云涌的历史。

三洲抗日烈士纪念碑

　　三洲抗日烈士纪念碑位于伦教三洲社区文明西路钟灵岗南侧，建于 1996 年。纪念碑前建有开阔的广场，占地面积达 5000 平方米。纪念碑高 8 米，宽 1.9 米，为方尖碑，坐北向南。

◎三洲抗日烈士纪念碑

　　纪念碑是钢筋混凝土结构，碑座用红砖砌筑，黑色大理石基座，云石碑身。碑南面上刻红五角星，下刻"三洲抗日烈士纪念碑 梁嘉"；东面刻"革命烈士功垂千秋 梁奇达"；西面刻"三洲抗日烈士浩气长存 黄友涯"；北面刻"革命先烈光辉不死普照千秋 严尚民"。

　　三洲抗日烈士纪念碑是顺德现有的四座烈士纪念碑之一，是顺德区爱国主义教育和党员教育基地。

容桂烈士纪念碑

1989年3月28日，为了纪念在国内革命战争、抗日战争、解放战争、抗美援朝等战争以及社会主义建设中牺牲的21名容桂籍革命烈士，当地政府在容奇镇建立容桂烈士纪念碑，谨此纪念烈士们永垂不朽。

◎容桂烈士纪念碑

容桂烈士纪念碑位于容桂街道容新社区德胜路60号（大凤山公园内），四周树木环绕、四季常青，庄严肃穆。碑后建有水磨石护栏，碑前是约200平方米的活动平台和三层台阶。碑下刻有9幅革命故事石雕，组成长廊，与纪念碑相互辉映。

梁棉旧居纪念馆

梁棉是勒流龙眼乡人，15 岁时便加入革命队伍，当过宣传员、交通员、侦察员，1927 年年底入党。抗日战争时期他参与对敌游击战，主要负责交通工作。1940 年，他在乌洲建立第一个武装小组。抗战结束后，他跟随部队北撤至山东，参与过淮海战役、孟良崮战役等。中华人民共和国成立后，他曾任顺德县委委员、顺德县农会副会长、顺德县法庭副庭长等职务。

◎梁棉旧居纪念馆

梁棉旧居纪念馆曾是他晚年的居所。梁棉在此一住 17 年，默默守护一旁的三洲抗日烈士纪念碑，为本地教育事业奔走。梁棉 2013 年辞世后，居所被改建为纪念馆。馆内大厅播放着以他的生平为题材拍摄的电教片《小镇上的老兵》，其他空间设有展览，细述梁棉无私奉献的一生。

旧寨塔保卫战旧址

大良旧寨塔又名太平塔，为八角七层楼阁式砖塔，建于明代，数次重修。抗战时期，顺德大队旧寨中队利用旧寨塔瞭望和监视大良、容奇的日、伪军动向，使旧寨塔成为敌人的"眼中钉"。

◎这里是日军攻占大良的旧寨塔一带

1945年2月的一个清晨，驻容奇的日、伪军数百人突然向旧寨等地发起进攻。为掩护旧寨中队转移隐蔽，一个班队员和民兵数人留下阻击敌人。当时驻守旧寨塔的一个班仅5人，分别为班长李国和战士苏雄、梁波、李卒仔、陈三珠。5人在旧寨塔上居高临下，全然不惧百余名敌人机枪扫射、炮火猛轰、剧烈火攻等手段，反以手枪、手榴弹击杀敌人。一直打到天黑，敌人无奈撤退。此战传开后，全身而退的李国等5人被称为"旧寨塔五勇士"。

吴勤烈士纪念公园

2021 年 8 月 4 日，陈村镇吴勤烈士纪念公园揭幕仪式在合成社区堤围驿站对面位置举行，新建的吴勤烈士纪念公园将打造成与党史学习教育相融合、与周边群众生活相融合、与社区治理相融合，通过新建烈士纪念公园，使公园内涵更加丰富、红色基因传承更加有力。

◎ 2021 年建成的吴勤烈士纪念公园

该纪念公园由陈村镇党建工作办公室、陈村镇宣传文体旅游办公室联合陈村镇合成社区，将抗日烈士吴勤的牺牲地打造为陈村镇"红色文化"教育阵地，推动广大党员群众重温"红色记忆"，传承"红色基因"，弘扬革命文化。吴勤烈士纪念公园占地 1000 多平方米，由休闲长廊、健身广场、党史教育宣传墙组成，以图文并茂的形式阐述了吴勤烈士生前的英勇光荣事迹。为打造身边的党史学习教育载体，陈村镇不断挖掘"红色文化"和"红色基因"，结合地域特色不断创新学习形式，充分激活"家门口"的"红色资源"，让党史学习教育可见可感，深入人心。

炮楼

谢立全将军从延安第一次来到顺德的印象就是:"我环顾近处的村庄,看见碉堡林立,那些在珠江三角洲被称为'炮楼'的碉堡,简直同蒋介石'围剿'江西苏区时所筑的碉堡群一般多。为什么要筑起这许多杀气腾腾的碉堡呢?我暗暗诧异起来。"①

林锵云察觉了谢立全的心思,对谢立全和谢斌同志说:"珠江三角洲的地主恶霸在农村中为了长期霸占掠夺来的肥美土地,镇压农民的反抗,实行封建割据,为所欲为,便收买了大批枪支,筑起炮楼来保护自己的地盘;加上过去这一带氏族之间,往往由于统治者挑拨起来的传统仇隙,发生大规模的械斗,世代相传,互相敌视残杀,因此枪多、炮楼多、土匪多,形成了珠江三角洲的特色。这些林立的炮楼,正是这种历史环境中的产物。"

更楼、炮楼是清末民国顺德乡村为防盗、御敌而建的高楼,高两三层或以上,青砖或红砂岩石砌筑墙体,墙体厚实,墙上开瞭望口或炮眼,部分红砂岩墙基高达3.6米。防御性强的,甚至将大门开在二楼,需进出时,可放小梯,以防外敌攻入。大门表面包裹铁片,以铁闩、铁链锁做防护。这种高楼曾是保卫顺德乡村的重要建筑,设于村落入口处。社会动荡之际,乡民轮流当值,或聘请专人守卫,在楼内监视村落附近的动态,炮楼这种防御性建筑在新兴很常见,顺德几乎每个村子都建有炮楼,防盗、防土匪、保村子平安。这种见证着一个历史时代的建筑,如今已寥寥无几。或因自然灾害,或因随意人为,炮楼在历史长河中愈发斑驳。留存下来的炮楼也大多外墙破损,爬满青苔。仅存的40多座炮楼分布于杏坛、乐从、均安、伦教等镇街,其中以乐从数量最多,很多都列入了不可移动保护文物以及各级文物保护单位。

① 谢立全:《珠江怒潮》,广东人民出版社,1961年,第11页。

◎炮楼是见证侵略与和平
的历史文物

后　记

　　1976年我出生在江西省吉安县，吉安是革命根据地，革命圣地井冈山就在吉安。我自幼喜欢阅读反映抗日战争的书籍，喜欢观看抗战题材的电视剧、电影，尤其是《小兵张嘎》《地道战》《地雷战》《鸡毛信》《中国地》等，伟大的抗战精神早早就烙印在了我心底。

　　1998年8月8日，我到顺德蚬华多媒体制品公司工作。我的同事梁翠月与北滘镇西海村村民、抗日战争英雄陈胜是亲戚关系，她知道我平日喜欢写东西，钻研顺德历史文化，就把她家珍藏的《珠江纵队第二支队史》一书送给了我。读了《珠江纵队第二支队史》后，我就经常骑自行车去北滘镇的西海村、广教村、林头村、碧江村寻找那烽火年代的故事。

　　广游二支队在西海村建立珠江三角洲第一个抗日革命根据地的艰辛历程，深深地感动着我，我那时就开始积累、保存抗战硝烟中的顺德故事。如今，在西海村，我们可以看到这里设有二支村民小组、二支路、二支工业区，这是西海人感恩的佐证。

　　成家后，我带妻女到南京大屠杀纪念馆、顺德抗日战争文物陈列馆，以及北京、东莞、西安、云南、上海、杭州、湖南等地纪念抗日战争的场馆，寻找与顺德抗战有关的素材。

　　2004年8月4日，我进入新闻单位工作后，在纪念抗战胜利60周年、70周年的时间点，作为一名记者，我发掘出很多抗日战争时期顺德人参与抗日战争鲜为人知的历史故事，以及顺德人在抗日战争14年中的经历。

其中，"飞虎队"队员龙启明的故事就是我联合上海、重庆的媒体一起报道出来的。到 2020 年，分布在北京、重庆、香港以及国外的龙启明家族成员与顺德已持续了 15 年的互动。

2006 年以来，为了写好《顺德的桥》《佛山古今桥梁掠影》《顺德的山和树》《播撒爱心的顺德三捐》《乐从记忆——一座古建筑轻触的历史》《顺德的水》《践行四力——一名中国县域记者新时代传播案例》《千锤百炼——乐从钢铁 40 年》《逆水铸魂》《顺往吉来——顺德吉安关系简史》等书籍，以及《北滘镇志》，我常年奔波在顺德 206 个村、565 个村民小组的 806 平方公里土地上，也获悉了很多与抗日战争有关的事迹和人物，尤其是在顺德县农民自卫军干部学校旧址、振响楼、太平塔、乌泥塘会议旧址、顺德革命烈士纪念碑、西海抗日烈士陵园、三洲抗日烈士纪念碑、水藤革命烈士纪念碑、东村革命老区纪念碑和吴勤烈士纪念公园等地，我读懂了顺德人的抗战、抗战中的顺德历史与精神。这为我写就《血火凤江红：抗战中的顺德》一书提供了"抗战一线"的口述素材，历经者的经历让我很是感动，令人沉思。

同时，我查阅《珠江纵队第二支队史》《珠江纵队史》《顺德县志》《顺德文史》（1 至 35 期）、《中国共产党顺德地方史》《中共顺德 90 周年大事记》等书籍和历史资料后，残杀乡民、火烧商铺民宅、奸淫掳掠……日军在顺德犯下的罪行总是浮现在我脑海里，顺德人民群众在中国共产党领导下奋勇杀敌、顽强抵抗的家国情怀更是感动着我、激励着我——就连不能上战场到前线冲锋陷阵的顺德民众也为抗战出钱、出力；进步学生自发组织抗日宣传队，发表演讲，义演筹款捐资前线；顺德海外乡亲密切留意家乡战况，画画、办报、建学校，宣传抗日思想，发动乡亲捐资回乡助抗日。更有甚者返乡投身抗战；懂外语的乡人竭力与日军沟通，尽力保护无辜乡亲；看似柔弱的妇女卖田卖地，变身情报员……

这些都是促成我书写《血火凤江红：抗战中的顺德》的动力与源泉。

2019年，在我的新书《顺德的山和树》等"顺德历史文化丛书"第一辑首发仪式上，广东文艺终身成就奖获得者、广东人民出版社原社长、总编辑，1926年出生、历经抗日战争的岑桑老师，用了很长时间讲述他在抗战时期的所见所闻。岑老先生同时寄望顺德作家能写出一本顺德人抗战的书，他说："对顺德人民子弟兵应该大书特书，尤其是抗日战争时期一些可歌可泣的故事，比如'西海大捷''三战林头'，还有1938年日本军炮轰乐从时，也有过一段村民顽强抗日的动人故事。"

这再一次坚定了我要尽快书写一本顺德抗战书籍的信念与决心。

2020年春天，疫情期间我在家潜心研究抗日战争时期党中央从延安派来顺德的军事干部谢立全、谢斌的故事时，知道了谢立全、谢斌两位少将都是江西人，其中谢斌少将与我还都是吉安县人，谢立全在兴国的家与谢斌在吉安县的家之间正好是我的老家。这让我加大了对两位参加过长征的老乡在顺德发展抗日革命根据地的故事的追寻力度，于是网购了一些有关书籍。真没想到，《西行漫记》封面人物，竟然与顺德、与我这个江西小老乡贴得这么近，这么可亲可敬。

也就在此时，我在乐从镇沙滘村陈家祠又一次遇到了岑桑老师。得知我正在写一本顺德人抗战的书，而且很快就要完稿，岑桑老师很是高兴。后来，岑老通过邮件给我发来了他连夜取的三个书名，以及推荐我研读谢立全将军的著作《珠江怒潮》《挺进粤中》，对我的写作给予不断的指教。

看到岑老在邮件中说为了书名"昨夜无眠"，我很是内疚。毕竟他那时是一名94岁的老人，且他每周还要去广东人民出版社上半天班。

三个书名，岑老由我自选，当我选择了《血火凤江红：抗战中的顺德》时，他高兴得像个孩子，自己走去给我沏茶，还念叨："我们交往有些年，你这次进步很大。"

在此，我向平易近人的岑桑老先生鞠躬致谢。

真的没有想到，谢立全将军的著作离不开岑桑老师的记录与整理成文成章;更没想到,岑桑老师1940年定名、主笔的墙报《白浪》,在2020年,历经一浪又一浪80年的风雨,会从"白浪"遇到"茂浪",从白色恐怖的环境到漫天日茂的气氛,这名"茂浪"还与谢立全将军同为江西人,同在顺德奋斗过。

在写作中,我得到了佛山市委宣传部、佛山市文化广电旅游体育局、佛山市文联、佛山市作家协会,顺德区政协、顺德区委组织部、顺德区委宣传部、顺德区文化广电旅游体育局、顺德区文联、顺德区档案馆、顺德区图书馆、顺德区作家协会、容桂街道党工委、北滘镇党委、乐从镇党委、杏坛镇党委,《佛山日报》《珠江商报》《珠江时报》《南方日报》《延边日报》《羊城晚报》《广州日报》等单位的关心与支持。还有叶卉时、网友"小羊羊羊娟儿"、周兆弼、饶树荣、丘树宏、霍升桂、梁炎福、卢明德、卢坤、张宇、杨厚基、黄云、马锡强、吴国霖、张鸿武等热心人士在此书的成稿和出版过程中,也是给予很大支持。我的妻子胡美玲花了差不多6年的时间,先后为我的写作整理了非常多的历史文件、史料书籍,陪伴我去各地采访,收集材料;我的孩子王哲靖、王冠靖对文稿、篇章"出谋划策"。而顺德区政协编纂的内部刊物《顺德文史》(1至35期)对我了解过去的峥嵘岁月尤为重要,在此一并感谢。

我在顺德工作、生活超过了25年,对这里的文化,特别是历史文化也有20多年的关注、研究。我的目的与初衷就是坚定文化自信,延续这座岭南水乡的文脉,挖掘文化资源,彰显文化魅力,引导全社会关心、了解顺德历史文化,让文化更加深入人心,增强人民群众的文化认同感和归属感,激发人民同心干事创业的精气神,让优秀传统文化成为顺德践行"新发展理念、高质量发展"的强大支撑。目前,我正在就顺德的书院、顺德的牌坊、顺德的塔、顺德的炮楼、顺德的会馆、顺德的纪念碑,以及顺德的作家、记者、龙舟等文化现象不懈地钻研,我要写就更多属于"顺德的"系列文化书籍,让后人知道顺德的过去,建设好顺德的未来。

　　我出生所在地的东固白云山脉中，也就是现在的吉安市青原区富田镇，是革命时期第三次、第四次反"围剿"的主战场，我从小就在党旗下成长。2009 年，我光荣地加入中国共产党，成为一名党员后，我就一直在宣传党的政策、方针。靠着敏锐的眼力，我从 2015 年开始，每年"七一"建党节前后，都会出版一本党建特刊，到 2020 年已经出版 6 本，版面超过 150 个。比如：2015 年为《党建促发展　顺德来先行》，2016 年为《光辉——建党 95 周年，顺德在奋进》，2017 年为《砥砺前行》，2018 年为《干，顺德范》，2019 年为《不忘初心　顺德铁军》，2020 年为《党旗飘扬》，2021 年为《奋斗百年路　启航新征程》。同时，我先后到中共一大、二大、三大、四大、五大以及多次召开中国共产党全国代表大会的北京人民大会堂参访学习，通过眼见为实，深入学习，努力做一名合格的中国共产党党员，以及一名善于和勇于践行脚力、眼力、脑力、笔力的新闻工作者与文学爱好者。

　　在中国共产党成立 100 周年的 2021 年，《血火凤江红：抗战中的顺德》就要完稿之时，我深深地感谢谢立全、谢斌、陈九、陈胜、徐国芳、刘田夫、陈翔南、严尚民、欧初、卢德耀、罗章友、张莫川、梁垣、杜启芝、胡庆昌、刘立、梁萱、何世彦、冯庆墀、霍淑、黄毅、黎朝华、余民生、黄健、李鸣皋、潘道良、李益三等历经烽火岁月的革命前辈，把革命经历用文字记录下来，留给了下一代。

　　在这里，我尤其还要再次感谢岑桑老师对此书出版付出的心血。2021 年秋冬之交，95 岁高龄的岑桑老师在三个月之内连续 10 多次呕心沥血编审此书内容，为此书作序、取名，耐心给予修正，直至他被送去医院治疗，他对我的很多指教，让我和我的爱人、孩子非常感动，一辈子忘不了。尤其是他把书中与他有关的章节全部进行了删除，更是让我敬仰，他说："我作序的书不能出现我的经历，这才对得起读者。"

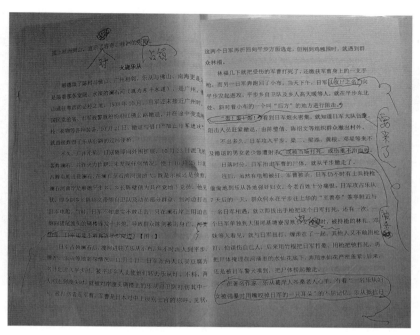

◎岑桑老先生把此书与他有关的经历进行了删除

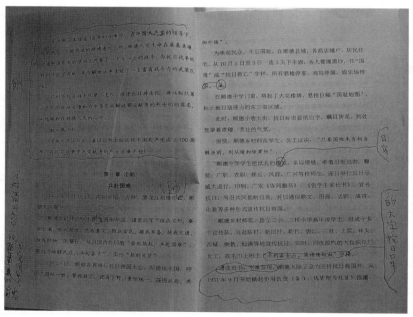

◎岑桑老先生为此书修改的书稿

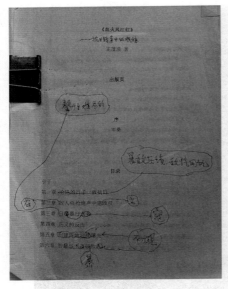

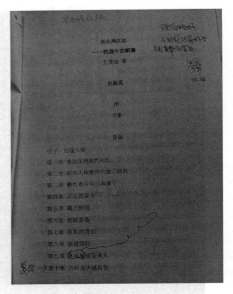

◎岑桑老先生修改的目录与书名、标题　◎ 2021 年冬天，岑桑老先生为此书的定稿签名

　　在我采写过程中，《血火凤江红：抗战中的顺德》获评佛山市文化广电旅游体育局 2021 年度原创文艺作品扶持项目、2022 年度佛山市文艺精品重大题材扶持项目、2022 年度顺德区文艺精品创作扶持项目。这是上级的肯定，这激励我更加努力创作。同时，我工作的单位佛山顺德融媒《珠江商报》为我的创作提供了非常好的环境，创造了很多条件，为获得上级扶持功不可没。在此，我向佛山市委宣传部、佛山市委党史研究室、佛山市文化广电旅游体育局、佛山市文联、佛山市作家协会、顺德区委宣传部、顺德区文化广电旅游体育局、顺德区文联、顺德区作家协会、佛山顺德融媒《珠江商报》致敬。

　　最后，感谢广东人民出版社的王茜、汪泉老师，是他们专业的出版、编辑水平，把这本书推向了新的高度；感谢佛山市委党史研究室领导与专家朱月嫦、张政殿、张群、刘裕强、蒋春香，还有我的同事李航、黄文静、吕敬新、彭艳超的无私帮助，其中刘裕强先生加班加点，2023 年的大年三十还在审读此书内容。

　　虽然此书前后历经 24 年的采访、资料收集，以及 6 年多的核对、修修改改，但内容肯定还有一些失误、不妥之处，也有更多抗日战争时期的顺德人和事没能一一呈现，希望经历者、前辈、先辈的后人与读者一起给予我批评指正，以便据以修改。

　　谨以此书缅怀为人民追求美好生活而付出的抗日英雄们！

　　谨以此书告诫顺德的世世代代要铭记抗日战争历史，珍惜和平！

　　谨以此书纪念中国人民抗日战争暨世界反法西斯战争胜利八十周年！

王茂浪

2024 年秋于顺德德胜河畔